师推荐新课标阅读书目
SHI TUIJIAN XINKEBIAO YUEDU SHUMU

QI HE FU DUAN PIAN XIAO SHUO

契诃夫短篇小说

[俄罗斯] 契诃夫 著 郭珊珊 译

崔钟雷 主编

哈尔滨出版社
HARBIN PUBLISHING HOUSE

图书在版编目(CIP)数据

契诃夫短篇小说／(俄罗斯)契诃夫(Chekhov)著；
郭珊珊译；崔钟雷主编.—哈尔滨：哈尔滨出版社，
2019.5(2019.6 重印)
名师推荐新课标阅读书目
ISBN 978−7−5484−4514−2

Ⅰ．①契⋯　Ⅱ．①契⋯②郭⋯③崔⋯　Ⅲ．①短篇小
说−小说集−俄罗斯−近代　Ⅳ．①I512.44

中国版本图书馆 CIP 数据核字 (2018) 第 303248 号

书　　　名：**契诃夫短篇小说**
　　　　　　QIHEFU DUANPIAN XIAOSHUO
- -
作　　　者：[俄罗斯]契诃夫　著　郭珊珊　译
主　　　编：崔钟雷
副 主 编：陈　锐　苏　林　石冬雪
责任编辑：翟嫦娥　韩金华
责任审校：李　战
装帧设计：稻草人工作室
- -
出版发行：哈尔滨出版社 (Harbin Publishing House)
社　　　址：哈尔滨市松北区世坤路 738 号 9 号楼　　邮编：150028
经　　　销：全国新华书店
印　　　刷：洛阳和众印刷有限公司
网　　　址：www.hrbcbs.com　　www.mifengniao.com
E−mail：hrbcbs@yeah.net
编辑版权热线：(0451) 87900271　87900272
销售热线：(0451) 87900202　87900203
邮购热线：4006900345　(0451) 87900256
- -
开　　　本：787mm×1092mm　1/32　印张：5　字数：160 千字
版　　　次：2019 年 5 月第 1 版
印　　　次：2019 年 6 月第 2 次印刷
书　　　号：ISBN 978−7−5484−4514−2
定　　　价：19.90 元

一本好书可以展现不同的人生，它就像一位慈爱的老者，把自己的人生阅历慢慢摊开，积淀他人的未来。一本被奉为经典的好书，一定有高妙的艺术造诣，蕴含了透彻的人生哲理，经得起时代的荡涤。青少年正处在一个认识世界、探索人生的关键阶段，这些历经时间洗礼而沉淀下来的名著是一盏盏的明灯，指引青少年走向成功的道路。

这是一套汇聚古今中外文学名著的集锦。"名师推荐新课标阅读书目"丛书精选了古今中外适合青少年阅读的文学名著，这些名著不仅深入人心，脍炙人口，而且在文学史上也占有重要的地位。"人可以被毁灭，但是不能被打败"，宣扬顽强不屈、勇敢与命运抗争精神的《老人与海》；表达真、善、美，传播友情、责任与爱的《绿山墙的安妮》；寓意深刻、发蒙启智的《伊索寓言》；既是科学著作又是人性诗篇的《昆虫记》；揭示动物情感，反映动物生命轨迹的《西顿动物故事》……从名著中汲取智慧，给成长以滋养，青少年必定受益终身。

阅读名著就像是在沙漠中行走，有时会觉得枯燥，但无论如何，如果你找到了沙漠中的那口水井，一定会收获一朵娇艳的生命之花。最后，谨以此套书献给在提高自身文学修养的道路上不断前行的朋友们。

目录
MULU

一个文官的死

　　在一个挺好的傍晚，有一个也挺好的庶务官，名叫伊万·德米特里奇·切尔维亚科夫，正坐在戏院正厅第二排，举起望远镜，看戏剧《哥纳维勒的钟》①。他一面看戏，一面感到心旷神怡。

　　可是忽然间……在小说里常常可以遇到这个"可是忽然间"。作者们是对的：生活里充满多少意外的事啊！可是忽然间，他的脸皱起来，眼珠往上翻，呼吸停住……他取下眼睛上的望远镜，低下头去，于是……啊嚏！！！诸位看得明白，他打了个喷嚏。不管是谁，也不管是在什么地方，打喷嚏总归是不犯禁的。农民固然打喷嚏，警察局局长也一样打喷嚏，就连枢密顾问官②偶尔也要打喷嚏。大家都打喷嚏。切尔维亚科夫一点也不慌，拿出小手绢来擦了擦脸，像有礼貌的人的样子往四下里瞧一眼，看看他的喷嚏打搅别人没有。

　　可是这一看不要紧，他心慌了。他看见坐在他前边，也就是正厅第一排的一个小老头正用手套使劲擦他的秃顶和脖子，嘴里嘟嘟哝哝。切尔维亚科夫认出小老头是在交通部任职的文职将军布里兹扎洛夫。

　　"我把唾沫星子喷在他身上了！"切尔维亚科夫暗想。"他不是我的上司，是别处的长官，可是这仍然有点不合适。应当赔个罪才是。"

---

①一个只有三幕的小歌剧。
②旧俄时代的三等文官，品级很高。

切尔维亚科夫就清一下喉咙,把身子向前探出去,凑到将军的耳根小声说:

"对不起,大人,我把唾沫星子溅在您身上了……我是出于无心……"

"没关系,没关系……"

"请您看在上帝的面上原谅我。我本来……我不是有意这样!"

"哎,您好好坐着,劳驾! 让我听戏!"

切尔维亚科夫心慌意乱,傻头傻脑地微笑,开始看舞台。他在看戏,可是他再也感觉不到心旷神怡了。他开始惶惶不安,定不下心来。休息时间到了,他走到布里兹扎洛夫跟前,压下胆怯的心情,叽叽咕咕地说:

"我把唾沫星子溅在您身上了,大人……请您原谅……我本来……不是要……"

"哎,够了……我已经忘了,您却说个没完!"将军说,不耐烦地撇了撇下嘴唇。

"他忘了,可是他眼睛里有一道隐光啊,"切尔维亚科夫暗想,怀疑地瞧着将军。"他连话都不想说。应当对他解释一下,说我完全是无意的……说这是自然的规律,要不然他就会认为我是有意啐他了。现在他不这么想,可是过后他会这么想的!"

切尔维亚科夫回到家里,就把他的失态告诉了他的妻子。他觉得妻子对待所发生的这件事似乎过于轻率。她先是吓了一跳,可是后来听明白布里兹扎洛夫是"在别处工作"的,就放心了。

"不过你还是去一趟,赔个不是的好,"她说,"他会认为你在大庭广众之下举止不得体!"

"说的就是啊! 我已经赔过不是了,可是不知怎么,他那样子有点古怪……他连一句合情合理的话也没说。不过当时也没有工夫细谈。"

第二天,切尔维亚科夫穿上新制服,理了发,到布里兹扎洛夫那儿去解释。他走进将军的接待室,看见那儿有很多人请求各种事情,将军本人就夹在他们当中,开始听取各种请求。将军问过几个请求事情的人以后,就抬起眼睛看着切尔维亚科夫。

"昨天,大人,要是您记得的话,在'乐园'里,"庶务官开始报告说,"我打了个喷嚏,而且……无意中溅您一身唾沫星子……请您原……"

"简直是胡闹……上帝才知道是怎么回事！您有什么事要我效劳吗？"将军扭过脸去对下一个请求事情的人说。

"他话都不愿意说！"切尔维亚科夫暗想，脸色发白。"这是说，他生气了……不行，这种事不能就这样丢开了……我要对他解释一下……"

等到将军同最后一个人谈完话，举步往内室走去时，切尔维亚科夫就走过去跟在他身后，叽叽咕咕地说：

"大人！倘使我斗胆搅扰大人，那我可以说，纯粹是出于懊悔的心情！这不是故意的，您要知道才好！"

将军做出一副要哭的脸相，摇了摇手。

"您简直是在开玩笑，先生！"他说着，走进内室去，关上身后的门。

"这怎么会是开玩笑呢？"切尔维亚科夫暗想，"根本连一点开玩笑的意思也没有啊！他是将军，可是竟然不懂！既是这样，我也不想再给这个摆架子的人赔罪了！去他的！我给他写封信就是，反正我不想来了！真的，我不想来了！"

切尔维亚科夫这样想着，走回家去，那封给将军的信，他却没有写成。他想了又想，怎么也想不出这封信该怎样写才对，只好第二天亲自去解释。

"我昨天来打搅大人，"他等到将军抬起问询的眼睛瞧着他，就叽叽咕咕地说，"并不是像您所说的那样为了开玩笑。我是来道歉的，因为我打喷嚏溅了您一身唾沫星子……至于开玩笑，我想都没想过。我敢开玩笑吗？如果我们居然开玩笑，那就表明我们对大人物就……没一点敬意了……"

"滚出去！！"将军脸色发青，浑身发抖，突然大叫一声。

"什么？"切尔维亚科夫低声问道，吓得愣住了。

"滚出去！！"将军跺着脚，又说了一遍。

切尔维亚科夫肚子里似乎有个什么东西掉下去了。他什么也看不见，什么也听不见了。他退到门口，走出去，到了街上，慢腾腾地走着……他信步走到家里，没脱掉制服，就此……死了。

胖子和瘦子

在尼古拉铁路的一个火车站上，有两个朋友相遇了：一个是胖子，一个是瘦子。

胖子刚在车站吃过饭，嘴唇上因沾着油而显得发亮，就跟熟透的樱桃一样。全身上下都冒出白葡萄酒和香橙花的气味。瘦子刚从火车上下来，拿着皮箱、包裹和硬纸盒。他身上冒出火腿和咖啡渣的气味。他背后站着一个长下巴的瘦女人，是他的妻子。还有一个高身量的中学生，眯着一只眼睛，是他的儿子。

"波尔菲利！"胖子看见瘦子，叫起来，"真是你吗？我的朋友！有多少个冬天、多少个夏天没见面了！"

"哎呀！"瘦子惊奇地叫道，"米沙！小时候的朋友！你这是从哪儿来？"

两个朋友互相拥抱，吻了三次，然后彼此打量着，眼睛里含满泪水。两个人都感到愉快的惊讶。

"我亲爱的！"瘦子吻过胖子后开口说，"我这可没有料到！真是意想不到！嗯，那你就好好地看一看我！你还是从前那样的美男子！还是那么个风流才子，还是那么讲究穿戴！啊，天主！嗯，你怎么样？很阔气吗？结了婚吗？我呢，你看得明白，已经结婚了……这就是我的妻子露易丝，娘家姓万采巴赫……她是新教徒……这是我儿子纳法奈尔，中学三年级学生。这个人，纳法尼亚①，是我小时候的朋友！我

———————————————

①纳法尼亚是纳法奈尔的爱称。

们一块儿在中学里念过书！"

纳法奈尔想了一下，脱下帽子。

"我们一块儿在中学里念过书！"瘦子继续说："你还记得大家怎样拿你开玩笑吗？他们给你起了个外号叫赫洛斯特拉托斯①，因为你用纸烟把课本烧穿一个洞。他们也给我起了个外号叫厄菲阿尔忒斯②，因为我喜欢悄悄到老师那儿去打同学们的小报告。哈哈……那时候咱们都是小孩子！你别害怕，纳法尼亚！你只管走过去，离他近点……这是我妻子，娘家姓万采巴赫……新教徒。"

纳法奈尔又想了一忽儿，躲到父亲背后去了。

"嗯，你的景况怎么样，朋友？"胖子问，热情地瞧着朋友。"你在哪儿当官？做到几品官了？"

"我是在当官，我亲爱的！我已经做了两年八品文官，还得了斯坦尼斯拉夫勋章。我的薪金不多……哎，那也没有关系！我妻子教音乐课，我呢，私下里用木头做烟盒。很精致的烟盒呢！我卖一卢布一个。要是有人要十个或者十个以上，那么你知道，我就给他打个折扣。我们好歹也混下来了。你知道，我原来在衙门里做科员，如今调到这儿的一个机关里做科长……我往后就在这儿工作了。嗯，那么你怎么样？恐怕已经做到五品文官了吧？啊？"

"不，我亲爱的，你还要说得高一点才成，"胖子说："我已经做到三品文官……有两枚星章了。"

瘦子突然脸色变白，呆若木鸡，然而他的脸很快就往四下里扯开，做出顶畅快的笑容，仿佛他脸上和眼睛里不住迸出火星来似的。他的身体缩起来，哈着腰，显得矮了半截……他的皮箱、包裹和硬纸盒也都收缩起来，好像现出皱纹来了……他的妻子的长下巴越发长了。纳法奈尔挺直身体，做出立正的姿势，把他制服上的纽扣全都扣上了……

"我，大人……很愉快！您，可以说，原是我儿时的朋友，现在忽然间，青云直上，做了这么大的官，您老！嘻嘻。"

---

①公元前四世纪，放火烧掉以弗所城狄安娜神庙的希腊人。

②公元前五世纪，出卖同胞，引波斯军队入境的希腊人。

"哎,算了吧!"胖子皱起眉头说。"何必用这种腔调讲话呢?你我是小时候的朋友,哪里用得着官场的那套奉承!"

"求上帝饶恕我……您怎能这样说呢,您老……"瘦子赔笑道,把身体缩得越发小了。"多承大人体恤关注……这一个,大人,是我的儿子纳法奈尔……这是我的妻子露易丝,在某种程度上说,是新教徒……"

胖子本来打算反驳他,可是瘦子脸上露出那么一副尊崇敬畏、阿谀谄媚、低首下心的丑相,弄得三品文官恶心得要呕。

他扭过脸去不再看瘦子,只对他伸出一只手来告别。

瘦子握了握那只手的三个手指头,弯下整个身子去深深鞠了一躬,嘴里发出"嘻嘻嘻"的赔笑声。

他妻子微微一笑。纳法奈尔并拢脚跟立正,把制帽掉在了地上。三个人都感到愉快的震惊。

变色龙①

　　警官奥楚美洛夫穿着新的军大衣,胳肢窝里夹着一个小包,正穿过集市的广场。他身后跟着一个头发棕红的警察,手里端着一个筛子,里面盛满了没收来的醋栗。四下里一片寂静……广场上一个人影也没有……商店和酒馆的敞开的门口,无精打采地面对着上帝的世界,像是些饥饿的嘴巴,店门附近连乞丐也没有。

　　"你敢咬人,该死的东西!"奥楚美洛夫忽然听见有人喊道,"小伙子们,别放它走!如今这年月不准咬人!抓住它!抓啊……啊!"狗的尖叫声响起来。

　　奥楚美洛夫往旁边一看,瞧见商人彼楚金的木柴场里窜出一条狗,用三条腿一颠一颠地跑着,不住回头张望。紧跟着有一个人追出来,穿着浆硬的花布衬衫和敞开了怀的坎肩。他跟在它身后跑着,后来把身子往前探出去,扑倒在地下,揪住狗的后腿。于是又响起了狗的尖叫声和人的嚷叫声:"别放它走!"顿时,睡意蒙眬的脸纷纷从商店里探出来。

　　不久,木柴场附近就聚集了一群人,仿佛从地底下钻出来一样。"好像出乱子了,长官!"警察说。

　　奥楚美洛夫把身子略为往左一转,往人群那边走过去。他看见那个人穿着敞开怀的坎肩,站在木柴场大门附近,举起了右手,把一根血淋淋的手指头伸给人群看。他那半醉的脸上似乎写着:"我饶不了你,坏包!"而且那根手指头本身就活像

---

①蜥蜴类动物,肤色会随着环境的改变而改变。

一面胜利的旗帜。奥楚美洛夫认出这个人是首饰匠赫留金。这场乱子的祸首是一条白毛小猎狗,尖尖的脸,背上有一块黄斑,这时候在人群中央的地上坐着,又开前腿,全身发抖。它那泪汪汪的眼睛里含着悲苦和恐惧的神情。

"这儿出了什么事?"奥楚美洛夫插进人群中去,问道,"这是干什么?你为什么伸出手指头? 是谁在嚷?"

"我正走着路,长官,没招谁没惹谁……"赫留金开口说,"我跟米特利·米特利奇谈木柴的事,不料这个贱畜生忽然间无缘无故地把我的手指头咬了一口……您得原谅我,我是个干活的人……我干的是细致的活。这得赔我钱才成,因为这根手指头也许要一个星期不能用了……法律上,长官,也没有这么一条,说是人受畜生的害也得忍着。要是人人都挨咬,那还是别在世上活着好……"

"嗯! 好,"奥楚美洛夫严厉地说,咳嗽了一下,动了动眉毛。"好……这是谁家的狗?这件事我不能就这么放任不管。我要叫你们瞧瞧,把狗放出来惹事会落个什么下场! 现在应该管一管这种不愿意遵守规章的老爷们! 等到他这个混蛋遭到罚款,他就会明白放出狗来,放出其他种种野畜生来会有什么下场! 我要给他个厉害看!叶尔迪林,"警官对警察说,"你去弄清楚这是谁家的狗,打个报告上来!这条狗应当打死。不要拖延了!它一定是条疯狗……我问你们,这是谁家的狗? "

"这好像是席加洛夫将军家的!"人群里有人说。

"席加洛夫将军家的? 嗯! 你,叶尔迪林,快给我脱掉大衣……天热得要命! 多半就要下雨了……只是有一件事我不懂:它怎么会咬你呢?"奥楚美洛夫对赫留金说,"莫非它够得到你的手指头?它那么小,而你呢,说真的,长得这么高大!你那手指头大概是让钉子扎破的,后来却异想天开,要人家赔你钱。你这种人啊……谁都知道是个什么路数! 我知道你们这些魔鬼!"

"他,长官,为找乐子,把烟卷往它的脸上戳,它可不肯当傻瓜,就咬了他一口……他是个无聊的人,长官!"

"你胡说,独眼鬼!你没瞧见,凭什么胡说?长官可是个明白人,知道谁胡说,谁凭良心讲话,像当着上帝的面一样……要是我胡说,那就让调解法官①审问我好了

①帝俄时代的保安法官,只负责审理小案子。

统编版名著高分秘籍
《契诃夫短篇小说》

- 真题前线
- 模拟训练
- 自我测试

核心考点梳理/突破阅读障碍/提高阅读能力

真题前线

一、选择题

1.(2011·湖北省咸宁市)下面说法正确的一项是(　　)

A.莫泊桑《我的叔叔于勒》,含蓄温婉;契诃夫《变色龙》,冷峭尖刻;吴承恩《范进中举》,嬉笑怒骂。这三篇小说都入木三分地揭露和针砭了生活中的荒谬与丑陋,显示了讽刺的力量。

B."多水的江南是易碎的玻璃,在那儿,打不得这样的腰鼓。"(《安塞腰鼓》)一句运用比喻和拟人的修辞手法,生动形象地说明江南的水无法承载震撼人心的原始生命力。

C.咸宁某县交警大队向全体驾驶员发出《劝酒信》,以禁止他们酒后驾车。这句话中的"劝酒"一词,明显误用。

D.不改变原意,紧缩"当曹操遇到王熙凤时,我们一定会为他们天设一对,地造一双的艺术形象而忍俊不禁"。这句话,应该是"曹操遇到王熙凤是天设一对,地造一双"。

2.(2011·贵州省贵阳市)下面属于契诃夫小说作品中的典型人物的一项是(　　)

A.屠格涅夫　　B.夏洛克　　C.奥楚蔑洛夫　　D.伏尔泰

3.(2016·重庆B卷)下列说法有误的一项是(　　)

A.鲁迅的小说《故乡》写"我"与中年闰土之间隔了一层"可悲的厚障壁",这里的"厚障壁"是指精神上的隔膜。

B.老舍的散文《济南的冬天》为我们深情地描绘出一个温暖如春、秀丽如画、天明水净的蓝水晶般的世界。

C.奥楚蔑洛夫是法国作家契诃夫在《变色龙》中塑造的一个见风使舵、媚上欺下的典型形象。

D.“学而不思则罔，思而不学则殆”，这句话出自儒家经典著作《论语》，它告诉了我们学思结合的道理。

4.(2017·广西贵港市)下列各项中表述有误的一项是(　　)

A.《我的叔叔于勒》《变色龙》《威尼斯商人》的作者分别是法国的莫泊桑，德国的契诃夫，英国的莎士比亚。

B.《陋室铭》《陈涉世家》《桃花源记》《马说》中的“铭”“世家”“记”“说”都是表示文体。

C.《童年》是高尔基写的自传体小说，通过叙述“那些铅一般沉重的丑事”，生动地再现了十九世纪七八十年代俄罗斯下层人民的生活状况。

D.《红楼梦》中的王熙凤在庞大复杂的贾府里，能够左右逢源，处理事务有条不紊，人际交往得体恰当；在她身上，也有见风使舵，阴险狡诈，贪婪自私和居心叵测的一面。

二、(2014年·温州)阅读下面这篇文章回答问题。

牡蛎

[俄国]契诃夫

(1)我跟父亲站在一条人烟稠密的街上，感到一种怪病逐步抓住了我。看来我马上就要倒下，人事不知了。

(2)我知道，这是因为饥饿。

(3)父亲挨着我站住。他在五个月前来莫斯科谋求文书的职位，一直在奔走，托人找工作，直到今天才下定决心到街上来乞求施舍。

(4)前面是一所楼房，招牌上写着“饭馆”两个字。我的头无力地往后仰，朝一边歪着，不由自主地看着楼上，看着饭馆灯光明亮的窗子。我凝神细看，认出那是墙上一张招贴。它的白颜色吸住我的目光，我竭力要认出上面那些字来。

(5)"牡蛎……"我终于认出了。

(6)奇怪的词! 我在世上活了足足八年零三个月,可是一次也没听过。

(7)"爸爸,什么叫牡蛎?"我费力地把脸扭向父亲,用沙哑的嗓音问。

(8)父亲没听见。他在注视人群的活动,用眼睛跟踪每一个行人……我看出他想对行人说什么,然而那句要命的话却像沉重的砝码似的挂在他颤抖的嘴唇上,无论如何也吐不出口。他甚至已经向一个行人迈出了一步,(A 碰碰 B 拉拉)他的衣袖,可是等到那个人回过头来,他却说声"对不起",慌乱地倒退回来了。

(9)"爸爸,什么叫牡蛎?"我又问。

(10)"这是一种动物……生在海里……这种东西是要活着吃下肚……"父亲说,"它们有壳,像乌龟一样,不过是由两片壳包住的。"

(11)"真恶心,"我小声说,"真恶心! "

(12)原来牡蛎是这么个东西! 我就想象一种类似青蛙的动物,藏在两片贝壳里,睁着又大又亮的眼睛朝外看,不住的摆动它那难看的下颚,伸出几只螯,皮肤粘糊糊的……所有的孩子都躲起来。厨娘厌恶地皱起眉头,提起它的螯,放在碟子上,送到餐厅去。 那些成年人,把它活活吃下去,连它的眼睛、牙齿、爪子一股脑儿吃下肚去! 它呢,吱吱的叫,极力咬人的嘴唇……

(13)我皱起眉头,然而……然而我为什么咀嚼起来了? 那个动物可恶,吓人,可我还是把它吃了,吃得狼吞虎咽,生怕尝出它的味道,闻出它的气味。我刚吃完一个,却已经看见第二个,第三个亮晶晶的眼睛……我把这些也都吃了……最后我吃餐巾,吃碟子,吃那张招贴……凡是我见到的东西,统统吃下肚去,因为我觉得,只有不断地吃,我的病才能好。那些牡蛎吓人地瞪起眼睛,样子可憎,我一想到它们就发抖,可我还是要吃! 吃!

(14)"给我牡蛎! 给我牡蛎!"这呼声从我胸腔里冒出来,我向前伸出两只手。

(15)"帮帮忙吧,诸位先生!"这时我听见父亲闷声闷气地说,"真羞于求人啊,可是上帝呀,我熬不下去了!"

(16)"给我牡蛎!"我叫道,揪住父亲的后襟。

(17)"你莫非要吃牡蛎?这么小的孩子!"我听见身旁有笑声。

(18)有两个先生站在我们面前,带着高礼帽,笑呵呵地瞧着我。

(19)"这倒有趣,你怎么个吃法呢?"

(20)一只有劲的手把我拖到灯光明亮的饭馆里去,一群人迅速把我团团围住,带着好奇心和笑声瞅着我。我挨着桌子坐下,吃一种粘糊糊的东西,有腌过的味道,冒出霉气。我狼吞虎咽地吃着,没咀嚼,没看它,也没问一声是什么。我觉得我一睁眼,就会看见亮晶晶的眼睛、螯和尖牙……

(21)我忽然嚼到一种硬东西,听到碎裂的响声。

(22)"哈哈!他连壳都吃了!"人群笑道,"小傻瓜,这难道也能吃吗?"

(23)这以后我渴得厉害,我躺在床上,却睡不着觉,因为胃痛。我觉得滚烫的嘴里有一股怪味。父亲从这个墙角走到那个墙角,用手比划着。

(24)"我好像着凉了,"他喃喃的说,"也许是因为今天我没……那个……没吃东西,我。说真的,有点古怪,愚蠢……我明明看见那些先生买牡蛎付出十卢布,那我为什么不向他们要几个钱呢?他们多半肯给的。"

(25)到第二天早晨我才睡熟,梦见一只有螯的青蛙藏在贝壳里,转动眼珠。中午我渴得醒过来,睁开眼睛找我的父亲,他仍旧走来走去,打手势……

(选自《契诃夫小说全集》,有删改)

1.下列表述与《牡蛎》原文意思不相符的一项是(　　)

A.跟父亲站在街上时,"我"正挨着饿。

B."我"认出招贴上"牡蛎"这个词,但不知道什么叫牡蛎。

C.在"我"的强烈要求"给我牡蛎"时，父亲终于开口向行人求助。

D."我"在饭馆吃到了美味可口的牡蛎。

2.阅读《读契诃夫》，简要概括医生这一职业对契诃夫文学创作有哪些影响？

3.阅读《牡蛎》第(8)段，根据语境为空缺处选择恰当的词语，并说明理由。

4.《牡蛎》第(12)段中，作者为什么把"我"想象写得如此丰富细腻？联系上下文说说其作用。

5.结合《读契诃夫》第(2)段，探究《牡蛎》第(20)段中，"一群人迅速把我团团围住，带着好奇心和笑声瞅着我"这一场面描写的用意。

模 拟 训 练

一、选择题

1.(2017·临沂)关于文学常识的表述,正确的一项是(　)

A.《假如生活欺骗了你》是英国诗人普希金的诗作,为世界各国人民广为传诵。他的名著诗作还有《自由颂》《致大海》《致恰达耶夫》等。

B.蒲松龄是清代文学家,代表作有文言短篇小说集《聊斋志异》。"写鬼写妖高人一等,刺贪刺虐入骨三分"是郭沫若对蒲松龄及其作品的高度评价。

C.《阿长与〈山海经〉》是《朝花夕拾》中的名篇。《朝花夕拾》是鲁迅回忆童年、少年和青年时期不同生活经历与体验的一部小说集。

D.《我的叔叔于勒》作者是法国作家莫泊桑,其代表作有《羊脂球》《悲惨世界》等,他与俄国的契诃夫和美国的欧·亨利并称为"世界三大短篇小说巨匠"。

2.(2016·舟山)下列有关文学常识的叙述正确的一项是(　)

A.《史记》是我国第一部纪传体通史,作者是西汉史学家司马光。

B.俄国作家契诃夫的小说《套中人》刻画了别里科夫这一沙皇专制制度的忠实卫道士的经典形象。

C.英国作家罗曼·罗兰的《名人传》包括《贝多芬传》《米开朗琪罗传》《列夫·托尔斯泰传》。

D."唐宋八大家"的作品至今为人称颂,如柳宗元的《醉翁亭记》,欧阳修的《小石潭记》,王安石的《伤仲永》等。

3.(2018·贵州省黔西南州、黔东南州、黔南州)下列表述不正确的一项是(　　)

A.契诃夫是苏联著名作家,代表作有小说《装在套子里的人》,剧本《万尼亚舅舅》等。

B.传统的对联张贴时,上联居右,下联居左,上联末尾字用仄声,下联末尾字用平声。

C.剧本是舞台演出的基础,是戏剧主要组成部分,直接决定着戏剧的思想性和艺术性。

D.书信和普通文章的区别,主要在体例格式上而不在内容上。

4.(2015·扬州)下列关于文学作品内容及常识的表述不完全正确的一项是(　　)

A.儒家学派的经典著作《论语》是语录体散文,《左传》《战国策》《史记》分别是编年体、国别体、纪传体史书,《水浒传》《西游记》都是章回体长篇小说。

B.杜甫的《春望》、白居易的《钱塘湖春行》和韩愈的《早春呈水部张十八员外》,都侧重表达了诗人对春天景物的美好感受,处处洋溢着对大好春光的欣赏,赞美之情。

C.鲁迅说过对比是认识事物的好法子,小说《孔乙己》《故乡》和散文《从百草园到三味书屋》都让我们领略了对比艺术的高妙。

D.《威尼斯商人》中,鲍西娅这一形象集干练、智慧、仁爱于一身;斯威夫特通过格列佛的奇遇,描述了英国统治阶层的斑斑劣迹;契诃夫的《变色龙》以辛辣的笔调刻画了奥楚蔑洛夫的奴才嘴脸。

二、(2009·广州)阅读下面文章,完成问题。

柔弱的人

[俄国]契诃夫

前几天,我曾把孩子的家庭教师尤丽娅·瓦西里耶夫娜请到我的办公室来。需要结算一下工钱。

我对她说:"请坐,尤丽娅·瓦西里耶夫娜!让我们算算工钱吧。您也许要用钱,你太拘泥礼节,自己是不肯开口的……呶……我们和您讲妥,每月三十卢布……"

"四十卢布……"

"不,三十……我这里有记载,我一向按三十付教师的工资的……呶,您呆了两月……"

"两月零五天……"

"整两月……我这里是这样记的。这就是说,应付您六十卢布……扣除九个星期日……实际上星期日您是不和柯里雅搞学习的, 只不过游玩……还有三个节日……"

尤丽娅·瓦西里耶夫娜骤然涨红了脸,牵动着衣襟,但一语不发……

"三个节日一并扣除,应扣十二卢布……柯里雅有病四天没学习……您只和瓦里雅一人学习……你牙痛三天,我内人准您午饭后歇假……十二加七得十九,扣除……还剩……嗯……四十一卢布。对吧?"

尤丽娅·瓦西里耶夫娜左眼发红,并且满眶湿润。下巴在颤抖。她神经质地咳嗽起来,擤了擤鼻涕,但一语不发!

"新年底,您打碎一个带底碟的配套茶杯。扣除二卢布……按理茶杯的价钱还高,它是传家之宝……上帝保佑您,我们的财产到处丢失!而后哪,由于您的疏忽,柯里雅爬树撕破礼服……扣除十卢布……女仆盗走瓦里雅皮鞋一双,也是出于您玩忽职守,您应负一切责任,你是拿工资的嘛,所以,也就是说,再扣除五卢布……一月九日您从我这里支取了九卢布……"

"我没支过!"尤丽娅·瓦西里耶夫娜嗫嚅着。

"可我这里有记载!"

“啵……那就算这样，也行。”

“四十一减二十七净得十四。”

两眼充满泪水，长而修美的小鼻子渗着汗珠，令人怜悯的小姑娘啊！

她用颤抖的声音说道：“有一次我只从您夫人那里支取了三卢布……再没支过……”

“是吗？这么说，我这里漏记了！从十四卢布再扣除……呐，这是您的钱，最可爱的姑娘！三卢布……三卢布……又三卢布……一卢布再加一卢布……请收下吧！”

我把十一卢布递给了她……她接过去，喃喃地说：“merci（谢谢——法语）。”

我一跃而起，开始在屋内踱来踱去。憎恶使我不安起来。

“为什么‘谢谢’？”我问。

“为了给钱……”

“可是我洗劫了你，鬼晓得，这是抢劫！实际上我偷了你的钱！为什么还说：‘谢谢’！”

“在别处，根本一文不给。”

“不给？无怪啦！我和您开玩笑，对您的教训是太残酷……我要把您应得的八十卢布如数付给您！呐，事先已给您装好在信封里了！可是何至于这样怏怏不快呢？为什么不抗议？为什么沉默不语？难道生在这个世界口笨嘴拙行吗？难道可以这样软弱吗？”

她苦笑了一下，而我却从她脸上的神态看出了一个答案，这就是“可以”。

我请她对我的残酷教训给予宽恕，跟着把使她大为惊疑的八十卢布递给了她。她羞羞地过了一下数就走出去了……

我看着她背影，悟想道：

“在这个世界上做个有权势的强者，原来如此轻而易举！”

（节选自《外国优秀短篇小说选》）

1.本文讲述了一个什么故事？请根据故事的起因、经过和结果进行概述。

2.尤丽娅感谢"我"，"我"为什么却"憎恶"而又"不安"？

3.你从尤丽娅的"在别处,根本一文不给"的回应中,看出小说描写的是一个怎样的社会？

4.下面属于契诃夫小说作品中的典型人物的一项是（　　）

A.屠格涅夫　　　B.夏洛克　　　C.奥楚蔑洛夫　　　D.伏尔泰

自 我 测 试

1.(2011·浙江省杭州市)下列关于文学常识的说法,有错误的一项是( )

　　A.北宋哲学家周敦颐在《爱莲说》中将"莲"比作"君子",表明了自己的人生态度:在污浊的世间永远保持清白的操守和正直的品德。

　　B.《范进中举》选自清代小说家吴敬梓的《儒林外史》,故事抨击了对读书人进行精神迫害的封建科举制度,同时也反映了当时世态的炎凉。

　　C.我国现代文学家鲁迅在作品中塑造了很多著名人物形象,其中藤野先生、闰土、孔乙己都是其小说集《呐喊》中的人物。

　　D.俄国作家契诃夫的《变色龙》运用夸张手法描写了奥楚蔑洛夫对小狗态度的多次变化,淋漓尽致地刻画了一个谄上欺下、见风使舵、趋炎附势的小人形象。

2.(2014·山东德州)下列说法有误的一项是( )

　　A.庄子,名周,战国时期伟大的思想家、哲学家和文学家。出自《庄子》的成语有鹏程万里、越俎代庖、游刃有余和井底之蛙等。

　　B.《世说新语》是一部记述魏晋士大夫言谈轶事的笔记小说,是南北朝时期刘义庆组织的一批门人食客编写的。

　　C.李清照,号易安居士,宋代女词人,婉约词派代表,有"千古第一才女"之称,所作词前期多写悠闲生活,轻快明朗;后期多悲叹身世,情调感伤。

　　D.契诃夫,十九世纪末俄国小说家,戏剧家,他的小说坚持现实主义传统,塑造了具有典型性格的小人物,反映出当时俄国社会现况,代表作有《吝啬鬼》《变色龙》《套中人》《死魂灵》等。

3.契诃夫是与下面选项中的哪位作家是同一国家的?(   )

    A.克雷洛夫   B.雨果   C.马尔克斯   D.弗兰科

4.戏剧《樱桃园》的作者是(   )

    A.高尔基   B.莎士比亚   C.契诃夫   D.托尔斯泰

5.契诃夫的代表作有＿＿＿＿＿＿、＿＿＿＿＿＿、＿＿＿＿＿＿。

6.世界三大短篇小说家是＿＿＿＿＿＿、＿＿＿＿＿＿、＿＿＿＿＿＿。

7.契诃夫是＿＿＿＿＿文学杰出代表。

参考答案

真题前线

一、选择题

1.C

2.C

3.C

4.A

二、1.D

2.医生这一职业使他的文学创作几乎都是揭露性与批判性的。契诃夫将医生耐心的职业习惯流注到了文学对存在的观察与描写上。医生职业造就了他这种带有明显个人风格的叙述态度。

3.A.理由示例："父亲"一直找不到工作，直到今天才下定决心来街上乞求施舍，可见他心理上是羞于求人的，所以他的动作是迟疑、轻微的。因此我选A项。

4.作者把"我"的想象写得如此丰富细腻，突出了想象中的牡蛎十分恶心；但"我"还是要把它吃下去，从而突出"我"极度饥饿，也说明"我"对牡蛎一无所知，为下文"我"吃牡蛎的情节作铺垫。

5.这一场面写出了人们毫无同情心；揭露和批判了社会这个"病者"的冷漠无情；引发读者对治疗这个社会的关注。

模拟训练

一、选择题

1．D

2．B

3．A

4．B

二、1.本文讲述了这样一个故事："我"与家庭教师尤丽娅结算工钱，在"我"蛮不讲理、故意克扣工钱的过程中，她只是一味退让、妥协，没有丝毫的反抗，"我"对她的表现十分愤怒，但最终还是给了她应得的八十卢布。

2．因为尤丽娅的逆来顺受、懦弱到了如此地步，使"我"无法忍受，所以"我"感到憎恶。由此，"我"联想到社会上"尤丽娅"们的不抗争，对这种普遍的病态现象感到不安。

3．描写的是一个强权横行霸道、弱者逆来顺受的黑暗社会。

4．C(A是俄国作家；B是莎士比亚《威尼斯商人》中的人物；D是法国作家。

自我测试

1．C

2．D

3．A

4．C

5．《套中人》《变色龙》《小公务员之死》

6．莫泊桑、欧亨利、契诃夫

7．现实主义

……他的法律上写得明白……如今大家都平等了……我自己的哥哥就在当宪兵……不瞒您说……"

"少说废话！"

"不对，这不是将军家里的狗……"警察深思地说，"将军家里没有这样的狗。他家里的大半都是那种打野鸟的猎狗……"

"你拿得准吗？"

"拿得准，长官……"

"我自己也知道嘛。将军里的狗都名贵，是纯种的，这条狗呢，鬼才知道是什么东西！毛色也不好，样子也不中看……纯粹是下贱货。他老人家能养这样的狗？！你们脑子上哪儿去了？要是彼得堡或者莫斯科有这样的狗，你们知道会怎么样？那儿的人可不管什么法律不法律，会立刻叫它断了气！你，赫留金，吃了苦，这样的事我可不能就这么撒手不管……这得给他们一点教训！是时候了……"

"可也说不定真是将军家里的狗……"警察把他的想法说出来，"它脸上又没写着……前几天我在他院子里见过这样的狗。"

"没错儿，是将军家里的！"人群里有一个声音说。

"嗯！你，叶尔迪林老弟，快给我穿上大衣吧……好像起风了……怪冷的……你把这条狗带到将军家里去，问一问清楚。你就说这是我找到，派人送去的……你说别把狗放到街上来了。它也许是名贵的狗，如果每个混蛋都把烟卷戳到它脸上，要不了多久它就没命了。狗是娇嫩的动物嘛……还有你，蠢才，把手放下来！用不着把你的蠢手指头伸出来！这都怪你！"

"将军家里的厨师来了，我们来问他吧……喂，普罗霍尔！你快过来吧，亲爱的！你看看这条狗……是你们的吗？"

"您想到哪儿去了！我们那里压根儿就没这样的狗！"

"那就用不着白费工夫多问了，"奥楚美洛夫说，"这是条野狗！用不着白费工夫说废话了……说它是一条野狗，那它就是野狗无疑了……打死它，完了。"

"这不是我们的狗，"普罗霍尔继续说，"不过它是将军哥哥的狗，他是前几天刚来的。我们的主人不喜欢猎狗，他老人家的哥哥却喜欢……"

"莫非他老人家的哥哥来了？是符拉季米尔·伊里奇吗？"奥楚美洛夫问道，他的整个脸上洋溢着温情的笑容。"哎呀,主啊!可我还不知道呢!他是来住一阵儿的吧?"

"是来住一阵儿的……"

"哎呀,主啊!他是惦记他的弟弟了……可是,说真的,我还不知道呢!那么这就是他老人家的小狗?高兴得很……你把它带走吧……这条小狗不错……挺伶俐的……一口就咬破了这家伙的手指头!哈哈哈……咦,你为什么发抖呀?呜呜……呜呜……它生气了,小坏包……多么好的一条小狗啊……"

普罗霍尔叫一声那条狗的名字,就带着它离开了木柴场……那群人朝着赫留金哈哈大笑。

"我迟早要收拾你一下!"奥楚美洛夫威胁他说,然后把身上的军大衣裹紧,继续穿过集市的广场,向前走去。

万卡

三个月前,九岁的男孩万卡·茹科夫被送到靴匠阿利亚兴的铺子里来做学徒。在圣诞节的前夜,他没有上床睡觉。他等到老板夫妇和师傅们外出去做晨祷后,从老板的立柜里取出一小瓶墨水和一支安着锈笔尖的钢笔,然后在自己面前铺平一张揉皱的白纸,写起来。

他在写下第一个字以前,好几次战战兢兢地回过头去看门口和窗子,斜起眼睛瞟一眼乌黑的圣像和那两旁摆满鞋楦头的架子,断断续续地叹气。那张纸铺在一条长凳上,他自己在长凳前面跪着。"亲爱的爷爷,康斯坦丁·马卡雷奇!"他写道,"我在给您写信。祝您圣诞节好,求上帝保佑您万事如意。我没爹没娘,只剩下您一个亲人了。"

万卡抬起眼睛看着乌黑的窗子,窗上映着蜡烛的影子。他生动地想起他的祖父康斯坦丁·马卡雷奇,地主席瓦列夫家守夜人的模样。那是个矮小精瘦而又异常矫健灵活的小老头,年约六十五岁,老是笑容满面,眯着醉眼。白天他在仆人的厨房里睡觉,或者跟厨娘们开玩笑,到夜里就穿上肥大的羊皮袄,在庄园四周走来走去,不住地敲梆子。

他身后跟着两条狗,耷拉着脑袋,一条是老母狗卡什坦卡,一条是泥鳅,它得了这样的外号,是因为它的毛是黑的,而且身子细长,像黄鼠狼。这条泥鳅倒是异常恭顺亲热,不论见着自家人还是见着外人,一概用脉脉含情的目光瞧着,然而它是靠不住的。在它恭顺温和的后面,隐藏着极其狡猾的险恶用心。哪条狗也不如它那样善于抓住机会，悄悄溜到人的身旁，在腿肚子上咬一口，或者钻进冷藏室里去，或者偷农民的鸡吃。它的后腿已经不止一次被人打断，有两次人家索性把它吊起来，而且每个星期都把它打得半死，不过它老是养好伤，又活了下来。

眼下他祖父一定在大门口站着，眯细眼睛看乡村教堂通红的窗子，顿着穿高筒毡靴的脚，跟仆人们开玩笑。他的梆子挂在腰带上。他冻得不时拍手，缩起脖子，一会儿在女仆身上捏一把，一会儿在厨娘身上抓一下，发出苍老的笑声。

"咱们来吸点鼻烟，好不好？"他说着，把他的鼻烟盒送到那些女人眼前。女人们闻了点鼻烟，不住打喷嚏。祖父乐得跟什么似的，发出一连串快活的笑声，嚷道："快擦掉，要不然，就冻在鼻子上了！"

他还给狗闻鼻烟。卡什坦卡打喷嚏，皱了皱鼻子，委委屈屈，走到一旁去了。泥鳅为了表示恭顺而没打喷嚏，光是摇尾巴。天气好极了。空气纹丝不动，清澈而新鲜。夜色黑暗，可是整个村子以及村里的白房顶、烟囱里冒出来的一缕缕烟、披着重霜而变成银白色的树木、雪堆，都能看清楚。繁星布满了整个天空，快活地眨着眼。天河那么清楚地显出来，就好像有人在过节以前用雪把它擦洗过似的……万卡叹口气，用钢笔蘸一下墨水，继续写道：

"昨天我挨了一顿打。老板揪着我的头发，把我拉到院子里，拿师傅干活用的皮条狠狠地抽我，怪我摇他们摇篮里的小娃娃时，一不小心睡着了。上个星期老板娘叫我收拾一条青鱼，我从尾巴上动手收拾，她就抓过那条青鱼，把鱼头直戳到我脸上。师傅们总是嘲笑我，打发我到小酒店里去打酒，怂恿我偷老板的黄瓜，老板随手捞到什么就用什么打我。吃食是什么也没有。早晨吃面包，午饭喝稀粥，晚上又是面包，至于菜啦，白菜汤啦，只有老板和老板娘才大喝而特喝。他们叫我睡在过道里，他们的小娃娃一哭，我就根本不能睡觉，一个劲儿摇摇篮。亲爱的爷爷，发发上帝那样的慈悲，带我离开这儿，回家去，回到村子里去吧，我再也熬不下去了……我给你叩头了，我会永远为你祷告上帝，带我离开这儿吧，不然我就要死了……"

万卡嘴角撇下来，举起黑拳头揉一揉眼睛，抽抽搭搭地哭了。

"我会给你揉碎烟叶，"他接着写道，"为你祷告上帝，要是我做了错事，就只管抽我，像抽西多尔的山羊那样。要是你认为我没活儿干，那我就去求总管，看在基督面上,让我给他擦皮靴,或者替菲德卡去做牧童。亲爱的爷爷,我再也熬不下去了,简直只有死路一条了。我本想跑回村子,可又没有皮靴,我怕冷。等我长大了,我养活你,不许人家欺侮你,等你死了,我就祷告,求上帝让你的灵魂安息,就跟为我妈佩拉格娅祷告一样。

"莫斯科是个大城。房屋全是老爷们的。马倒是有很多,羊却没有,狗也不凶。这儿的孩子不举着星星①走来走去,唱诗班也不准人随便参加唱歌。有一回我在一家铺子的橱窗里看见有钓钩摆着卖,都安好了钓丝,能钓各式各样的鱼,很不错,有一个钓钩甚至禁得起一普特重的大鲶鱼呢。我还看见几家铺子卖各式各样的枪,跟老爷的枪差不多,每枝枪恐怕要卖一百卢布……肉铺里有野乌鸡,有松鸡,有兔子,可是这些东西是在哪儿打来的,铺子里的伙计却不肯说。

"亲爱的爷爷,等老爷家里摆着圣诞树,上面挂满礼物,你就给我摘下一个用金纸包着的核桃,收在那口小绿箱子里。你管奥莉加·伊格纳季耶夫娜小姐要吧,就说是给万卡的。"

万卡声音发颤地叹了一口气,又凝神瞧着窗子。他回想祖父总是到树林里去给老爷家砍圣诞树,带着孙子一路去。那个时候可真快活啊!祖父咔咔地咳嗽,严寒把树木冻得咔咔地响,万卡就学他们的样子也咔咔地叫。往往在砍树以前,祖父先吸完一袋烟,闻很久的鼻烟,讥笑冻僵的万卡……那些做圣诞树用的小云杉披着白霜,站在那儿不动,等着看它们谁先死掉。冷不防,不知从哪儿来了一只野兔,在雪堆上像箭似的蹿过去。祖父忍不住叫道:

"抓住它,抓住它……抓住它!嘿,短尾巴鬼!"

祖父把砍倒的云杉拖回老爷的家里,大家就动手装点它……忙得最起劲的是万卡喜爱的奥莉加·伊格纳季耶夫娜小姐。当初万卡的母亲佩拉格娅还活着,在老爷家里做女仆的时候,奥莉加·伊格纳季耶夫娜就常给万卡糖果吃,闲着没事时便教他念书、写字,从一数到一百,甚至教他跳卡德里尔舞。可是等到佩拉格娅一死,孤儿万卡就给送到仆人的厨房去跟祖父住在一起,后来又从厨房给送到莫斯科的靴匠阿利亚兴的铺子里来了……

---

①基督教的习俗,圣诞节前夜,小孩要举着用箔纸糊的星星走来走去。

"你来吧,亲爱的爷爷,"万卡接着写道,"我求你看在基督和上帝的面上带我离开这儿吧。你可怜我这个不幸的孤儿吧,这儿人人都打我,我饿得要命,气闷得没法说,老是哭。前几天老板用鞋楦头打我,把我打得昏倒在地,好不容易才活过来。我的生活苦透了,比狗都不如……替我问候阿廖娜、独眼的叶戈尔卡和马车夫,我的手风琴不要送给外人。孙伊万·茹科夫草上。亲爱的爷爷,你来吧。"

万卡把这张写好的纸叠成四折,把它放在昨天晚上花一个戈比买来的信封里……他略为想一想,用钢笔蘸一下墨水,写下地址:

寄交乡下祖父收

然后他搔一下头皮,再想一想,添了几个字:

康斯坦丁·马卡雷奇

他写完信而没有人来打扰,心里感到满意,就戴上帽子,顾不上披皮袄,只穿着衬衫就跑到街上去了……

昨天晚上他问过肉铺的伙计,伙计告诉他说,信件丢进邮筒以后,就由醉醺醺的车夫驾着邮车,把信从邮筒里收走,响起铃铛,分送到世界各地去。万卡跑到就近的一个邮筒,把那封宝贵的信塞进了筒口……

他抱着美好的希望而定下心来,过了一个钟头,就睡熟了……

他在梦中看见一个炉灶。祖父坐在炉台上,耷拉着一双光脚,给厨娘们念信……泥鳅在炉灶旁边走来走去,摇尾巴……

跳来跳去的女人

一

奥尔迦·伊凡诺芙娜的所有朋友和熟人都来参加她的婚礼了。她的丈夫奥西普·斯捷潘内奇·戴莫夫是个医师,九品文官。

"瞧瞧他,他这人挺有意思,不是吗?"她往她丈夫那边点一点头,对朋友们说,仿佛要解释她为什么会嫁给这个普通的、很平常的、无论哪一方面都没有什么了不起的男人似的。

戴莫夫在两个医院里做事:在一个医院里做编制外的主治医师,在另一个医院里做解剖师。每天早晨从九点钟到中午,他给门诊病人看病,查病房,午后搭上公共马车到另一个医院去,解剖死去的病人。他私人也行医,可是收入很少,一年不过五百卢布光景。如此而已。此外关于他还有什么可说的呢?

奥尔迦·伊凡诺芙娜和她的朋友、熟人,却不是十分平常的人。他们每个人都在某一方面有出众的地方,多多少少有点名气,有的已经成名,给人看作名流了,有的即使还没有成名,却有成名的灿烂前景。有一个剧院的演员,早已是公认的大天才,他是一个优雅、聪明、谦虚的男子,又是出色的朗诵家,教奥尔迦·伊凡诺芙娜朗诵。有一个歌剧演员,是个性情温和的胖子,叹着气对奥尔迦·伊凡诺芙娜郑重说明,她毁了自己,要是她不疏懒,肯下决心,她就会成为出色的歌唱家。其次,有好几个画家,其中打头的是风俗画家、动物画家、风景画家里亚包甫斯基,他是个很漂亮的金发青年,年纪在二十五岁左右,画展开得很成功,最近画成的一张画卖了500卢布。他修改奥尔迦·伊凡诺芙娜的画稿，说她将来很可能有所成就。此外，还有一个拉大提琴的音乐家，他的乐器总是发出呜咽的声音，他公开声明在他认识的一切女人当中，能够给他伴奏的只有奥尔迦·伊凡诺芙娜一个人。再次，有一个文学家，年纪很轻，可是已经出了名，写过中篇小说、剧本、短篇小说。此外还有谁呢？还有瓦西里·瓦西里奇，是个地主、乡绅、业余的插图画家和饰图家，深深爱好古老的俄罗斯风格的民谣和史诗，在纸上、瓷器上、用烟熏黑的盘子上，他简直能够创造奇迹。

这伙逍遥自在的艺术家已经给命运宠坏，尽管文雅而谦虚，可是只有在生病的时候才会想起天下还有医师这种人，戴莫夫这个姓氏在他们听起来就跟西朵罗夫或者达拉索夫差不多。在这伙人当中，戴莫夫显得陌生、多余、矮小，其实他个子挺高，肩膀挺宽。看上去，他仿佛穿着别人的礼服，长着店员那样的胡子。不过如果他是作家或者画家，那人家就会说，他凭他的胡子就会叫人联想到左拉①了。

有个演员对奥尔迦·伊凡诺芙娜说，她穿着结婚礼服，配上她那亚麻色的头发，很像是一棵到了春天开满娇嫩的白花、仪态万方的樱桃树。

"不，您听着！"奥尔迦·伊凡诺芙娜对他说，挽住他的胳臂。"这件事怎样突然发生的呢？您听着，听着……我得告诉您，爸爸跟戴莫夫同在一个医院里做事。可怜的爸爸害了病，戴莫夫就在他的床边一连守了几天几夜。了不起的自我牺牲啊！您听着，里亚包甫斯基……还有您，作家，听着。这事很有意思。您走过来一点。了不起的自我牺牲啊，真诚的关心！我也一连好几夜没睡觉，坐在爸爸身旁。忽然间，了不得，公主赢得了英雄的心！我的戴莫夫没头没脑地掉进了情网。真的，有时候命运就有这么离奇。爸爸死后，他有时候来看我，有时候在街上遇见我。有这么一个傍晚，冷不防，他忽然向我求婚了……就跟晴天霹雳似的。

"我哭了一宿，我自个儿也没命地掉进了情网。现在呢，您瞧，我做他的妻子了。他结实，强壮，跟熊似的，不是吗？现在，他的脸有四分之三对着我们，光线暗，看不清楚，不过，等到他把脸完全转过来，那您得瞧瞧他的脑门子。里亚包甫斯基，您说说，那脑门子怎么样？戴莫夫啊，我们正在讲你哪！"她向丈夫叫道，"上这儿

①左拉(1840—1902年)，法国著名作家，留了一大把胡子。

来。把你那诚实的手伸给里亚包甫斯基……这就对了。你们交个朋友吧。"

戴莫夫温和而纯朴地微笑着,向里亚包甫斯基伸出手,说:"幸会幸会。当年有个姓里亚包甫斯基的跟我同班毕业。他是您的亲戚吗?"

二

奥尔迦·伊凡诺芙娜二十二岁,戴莫夫三十一岁。他们婚后过得挺好。奥尔迦·伊凡诺芙娜在客厅的四面墙上挂满了她自己的和别人的画稿,有的配了画框,有的没配。靠近钢琴和放家具的地方,她用中国的阳伞、画架、花花绿绿的布片、短剑、半身像、照片……布置了一个热闹而好看的墙角。在饭厅里,她用民间版画糊墙壁,挂上树皮鞋和小镰刀,墙角放一把大镰刀和一把草耙,布置了一个俄罗斯风格的饭厅。在卧室里,她用黑呢蒙上天花板和四壁,在两张床的上空挂一盏威尼斯式的灯,门边安一个假人,手拿一把戟,好让这房间看上去像是一个岩穴。人人都认为这对青年夫妇有一个很可爱的小窝。

每天上午十一点钟起床以后,奥尔迦·伊凡诺芙娜就弹钢琴,要是天气晴朗,有时就画点油画。然后,到十二点多钟,她坐上车子去找女裁缝。戴莫夫和她只有很少一点钱,刚够过日子,因此她和她的裁缝不得不想尽办法,好让她常有新衣服穿,以引人注目。她往往用一件染过的旧衣服,用些不值钱的零头网纱、花边、长毛绒、绸缎,就能创造出奇迹,做出一种迷人的东西来,不是衣服,而是梦幻。从女裁缝那儿出来,奥尔迦·伊凡诺芙娜照例坐上车子到她认识的一个女演员那儿去,打听剧院的新闻,顺便弄几张初次上演的新戏或者福利演出场的戏票。从女演员家里出来,她还得到一个什么画家的画室去,或者去看画展,然后去看一位名流,要么是请他到自己家里去,要么是回拜,再不然就光是聊聊天儿。

人人都快活而亲切地欢迎她,口口声声说她好,很可爱,很了不起……那些她叫作名人和伟人的人,都把她看作自己人,看作平等的人,异口同声地向她预言说,凭她的天才、趣味、智慧,她只要不分心,将来不愁没有大成就。她呢,唱歌,弹钢琴,画油画,雕刻,参加业余的演出。而所有这些,她干起来并不是凑凑数,而是表现了才能。不管她扎彩灯也好,梳妆打扮也好,给别人系领带也好,她做得都非常有艺术趣味、优雅、可爱。可是有一方面,她的才能表现得比在别的方面更明显,那就是,她善于很快地认识名人,不久就能跟他们混熟。只要有个人刚刚有点小名气,人们刚刚谈起他,她就会马上认识他,当天跟他交上朋友,请他到她家里来。每结交一个新人,在她都是一件十足的喜事。她崇拜名人,为他们骄傲,天天晚上梦见他们。她如饥似渴地寻找他们,而且她的这种欲望永远也不能得到满足。旧名人走了,被忘掉了,由新名人来代替他们。可是对这些新人,她不久也就看惯或者失望了,就开始热心地再找新的伟人,找到以后又找。这是为了什么呢?

到4点多钟,她在家里跟丈夫一块儿吃饭。他那份朴实、稳健、厚道,引得她感动、高兴。她常常跳起来,使劲抱住他的头,不住嘴地吻。

"你啊,戴莫夫,是个聪明而高尚的人,"她说,"可是你有一个很严重的缺点。你对艺术一点兴趣也没有。你否定了音乐和绘画。"

"我不了解它们,"他温和地说,"我这一辈子专心研究自然科学和医学,根本没有工夫对艺术发生兴趣。"

"可是,要知道,这可很糟呢,戴莫夫!"

"怎么见得呢?你的朋友不了解自然科学和医学,可是你并没有因此责备他们。各人有各人的本行嘛。我不了解风景画和歌剧,不过我这样想,如果有一批聪明的人为它们献出毕生的精力,另外又有一批聪明的人为它们花大笔的钱,那它们一定有用处。我不了解它们,可是不了解并不等于否定。"

"来,让我握一下你那诚实的手!"

饭后,奥尔迦·伊凡诺芙娜坐车去看朋友,然后上剧院,或者赴音乐会,过了午夜才回家。天天如此。

每到星期三,她家里总要举行晚会。在这些晚会上,女主人和客人们不打牌,不跳舞,而是借各种艺术来消遣。剧院的演员朗诵,歌剧演员唱歌,画家们在纪念册上绘画(这类纪念册奥尔迦·伊凡诺芙娜有很多),大提琴家拉大提琴,女主人自己呢,也画画、雕刻、唱歌、伴奏。在朗诵、奏乐、唱歌中间休息的时候,他们就谈文学、戏剧、绘画,往往争辩起来。在座的没有女人,因为奥尔迦·伊凡诺芙娜认为所有的女人除了女演员和她的女裁缝以外都乏味、庸俗。每次晚会总会出现这样的情况:女主人一听到门铃声就吃一惊,脸上带着得意的神情说:"这是他!"这所谓"他",指的是一个应邀而来的新名流。戴莫夫是不在客厅里的,而且谁也想不起有他这么个人。不过，一到 11 点半钟，通到饭厅去的门就开了，戴莫夫总是带着他那好心的温和笑容出现，搓着手说：

"诸位先生，请吃点东西吧。"

大家就走进饭厅，每一回看见饭桌上摆着的老是那些东西：一碟牡蛎、一块火腿或者一块小牛肉、沙丁鱼、奶酪、鱼子酱、菌子、白酒、两瓶葡萄酒。

"我亲爱的 maitre d'hotel！ ①"奥尔迦·伊凡诺芙娜说着，快活得合起掌来。"你简直太迷人了！诸位先生，瞧他的脑门子！戴莫夫，把你的脸转过来。诸位先生，瞧，他的脸活像孟加拉的老虎，可是那神情却善良可爱，跟鹿一样。啊，宝贝儿！"

客人们吃着，瞧着戴莫夫，心想："真的，他是个挺好的人，"可是不久就忘了他，只顾谈戏剧、音乐、绘画了。

这一对年轻夫妇挺幸福。他们的生活无牵无挂，十分轻松。不过，他们蜜月的第三个星期却过得不十分美满，甚至凄凉。戴莫夫在医院里染上了丹毒，在床上躺了六天，不得不把他那漂亮的黑发剃光。奥尔迦·伊凡诺芙娜坐在他身旁，哀哀地哭。可是等到他病好一点，她就用一块白头巾把他那剃光的头包起来，动手把他画成沙漠地带以游牧为生的阿拉伯人。他俩都快活了。他病好以后又到医院去，可是大约三天以后，他又出了岔子。

"我真倒霉，小母亲！"有一天吃饭的时候，他说，"今天我做了四次解剖，划破了两个手指头。直到回家我才发现。"

奥尔迦·伊凡诺芙娜吓慌了。他却笑着说，这没什么要紧，他做解剖的时候常常划破手。"小母亲，我一专心工作，就变得大意了。"

奥尔迦·伊凡诺芙娜担心他会害血中毒症，就天天晚上做祷告，可是结果总算没出事。生活又和平而幸福地流逝，无忧无虑。

眼前是幸福的，而且紧跟着春天就要来了，它已经在远处微笑，许下一千种快活事。幸福不会有尽头的！四月，五月，六月，到城外远处一座别墅去，散步，素描，钓鱼，听夜莺唱歌。然后，从七月直到秋天，画家们到伏尔加河流域去旅行，奥尔迦·伊凡诺芙娜要以这团体不能缺少的一分子的身份参加这次旅行。她已经用麻

①法语，管家的意思。

布做了两身旅行服装，为了旅行还买了颜料、画笔、画布、新的调色板。里亚包甫斯基差不多每天都来找她，看她的绘画有了什么进步。每逢她把画拿给他看，他就把手深深地插进衣袋里，抿紧嘴唇，哼了哼鼻子，说：

"是啊……您这朵云正在叫唤，它不是夕阳照着的那种云。前景好像被吃掉了，有些地方，您知道，不大对劲……您那所小木屋有点透不过气来，正在悲伤地哀叫……拐角的地方应当画得暗一点。不过大体上还不错……我很欣赏。"他越是讲得晦涩难解，奥尔迦·伊凡诺芙娜反倒越容易听懂。

三

降灵周(基督教的节日，复活节后的第七周)的第二天，午饭后，戴莫夫买了点凉菜和糖果，到别墅去看他的妻子。他已经有两个星期没看见她了，十分惦记。他起先坐在火车车厢里，后来在一大片树林里找他的别墅，时时刻刻觉得又饿又累，巴望待一会儿他会逍遥自在地跟他妻子一起吃顿晚饭，然后睡一大觉。他看着他带的一包东西，心里挺高兴，里面包着鱼子酱、奶酪、鲑鱼肉。

等到他找到别墅，认出它来，太阳已经快下山了。一个老女仆说太太不在家，大概不久就会回来。那别墅样子很难看，天花板很低，糊着写字的纸，地板不平，尽是裂缝。那儿一共有三个房间。一个房间里摆着一张床，另一个房间里有画布啦，画笔啦，报纸啦，男人的大衣和帽子啦，随意丢在椅子上和窗台上。在第三个房间里，戴莫夫看见三个不认得的男子。有两个长着黑头发，留着胡子，另一个刮光了脸，身材很胖，大概是演员。桌子上有一个茶炊，水已经烧开了。

"您有什么事？"演员用男低音问，不客气地瞧着戴莫夫，"您要找奥尔迦·伊凡诺芙娜吗？等一等吧，她马上就要来了。"

戴莫夫就坐下来，等着。有一个黑发的男子睡意蒙眬、无精打采地瞧着他，给自己斟了一杯茶，问道：

"您也许想喝茶吧？"

戴莫夫又渴又饿，可是他谢绝了，生怕把吃晚饭的胃口弄坏。不久，他就听到了脚步声和熟悉的笑声。门砰的一响，奥尔迦·伊凡诺芙娜跑进房间里来了，她头戴宽边草帽，手里提一个盒子，身后跟着里亚包甫斯基，他脸孔绯红，兴高采烈，拿着一把大阳伞和一张折凳。

"戴莫夫!"奥尔迦·伊凡诺芙娜叫道,快活得涨红了脸。"戴莫夫!"她又叫一遍,把她的头和两只手都放到他的胸口上。"你来了!为什么你这么久没有来?为什么?为什么?"

"我哪儿有空儿,小母亲?我老是忙,好容易有点空儿,又老是和火车的时刻表对不上号。"

"可是看见了你,我多么高兴啊!我整夜整夜梦见你,我真担心你害了病。啊,你不知道你有多么可爱,你来得多么凑巧!你要做我的救星了。也只有你才能救我!明天这儿要举行一个顶别致的婚礼。"

她接着说,笑了,给她丈夫系好领带。"火车站有一个年轻的电报员,姓契凯尔杰耶夫,要结婚了。他是个漂亮的小伙子,是啊,并不愚蠢。你要知道,他脸上有一种强有力的、熊样的表情……可以把他画成一个年轻的瓦兰人呢。我们这班消夏的游客,对他产生了好感,答应他,我们一定参加他的婚礼……他是个没有钱的、孤单单的、胆小的人。当然,不同情他是罪过。想想吧,做完弥撒就举行婚礼,然后大家从教堂里出来,步行到新娘家里去……你知道,树木苍翠,鸟儿啼叫,一摊摊阳光照在青草上,我们这些人呢,被绿油油的背景衬托着,成了五颜六色的斑点,很别致,有法国表现主义的味道呢。可是,戴莫夫,我穿什么衣服到教堂去呢?"奥尔迦·伊凡诺芙娜说,做出要哭的表情。

"在这儿,我什么也没有,简直是什么也没有!衣服没有,花也没有,手套也没有……你务必要救救我才好。既然你来了,那就是命运吩咐你来救我了。拿着这个钥匙,我的好人儿,回家去,把衣柜里我那件粉红色连衣裙拿来。你知道那件衣服,它就挂在前面……然后,到堆房里,在右边地板上你会瞧见两个硬纸盒。打开上面的盒子,那里面全是花边,花边,花边,还有各种零头料子,在那下面就是花了。把那些花统统小心地拿出来,可别把它们压坏了,亲爱的,回头我要在那些花里挑选一下……另外再给我买副手套。"

"好吧,"戴莫夫说,"明天我去取了,派人给你送来。"

"明天怎么成啊?"奥尔迦·伊凡诺芙娜问,惊奇地瞧着他。

"明天怎么来得及啊?明天头一班火车九点钟才开,可是十一点钟就举行婚礼了。不行,亲爱的,要今天去才成,务必要今天去! 要是明天你来不了,那就打发一个人送来也成。是啊,去吧……那班客车马上就要开到了。别误了车,宝贝儿。"

"好吧。"

"唉,我多么舍不得放你走啊,"奥尔迦·伊凡诺芙娜说,眼泪涌到她的眼眶里。"我这个傻瓜呀,为什么答应那个电报员呢?"

戴莫夫赶紧喝下一杯茶,拿了一个面包圈,温和地微笑着,到车站了。那些鱼子酱、奶酪、鲑鱼肉,都给那两位黑头发的先生和那个胖演员吃掉了。

四

七月里一个平静的月夜,奥尔迦·伊凡诺芙娜站在伏尔加河一条轮船的甲板上,一会儿瞧着河水,一会儿瞧着美丽的河岸。

里亚包甫斯基站在她身旁,对她说,水面上的黑影不是阴影,而是梦。他还说,迷人的河水以及那离奇的闪光,深不可测的天空和忧郁而沉思的河岸,都在述说我们生活的空虚,述说人世间有一种高尚、永恒、幸福的东西,人要是忘掉自己,死掉,变成回忆,那么多好啊。过去的生活庸俗而乏味,将来呢,也毫无价值,而这个美妙的夜晚一辈子只有一回,不久也要过去,消融在永恒里。那么,为什么要活着呢?

奥尔迦·伊凡诺芙娜一会儿听着里亚包甫斯基的说话声,一会儿听着夜晚的宁静,暗自想着:她自己是不会死的,永远也不会死。那种她以前从没见过的河水的蓝宝石色,还有天空、河岸、黑影,她灵魂里洋溢着的控制不住的喜悦,都在告诉她,说她将来会成为大艺术家,说在远方一个什么地方,在月夜以外,在广袤无边的天地里,成功啦,荣耀啦,人们的爱戴啦,都在等她……她眼也不歇地凝神瞧着远方,瞧了很久,好像看见成群的人、亮光,听见音乐的胜利的节奏、痴迷的喊叫,看见她自己穿一身白色连衣裙,花朵从四面八方像雨点般落在她身上。她还想到跟她并排站着、把胳膊肘支在船边栏杆上的这个人,是个真正伟大的人、天才、上帝的选民……他至今创作的一切都优美、新颖、不平凡,可是等到他那绝世的天才成熟了,他的创作就会惊天动地,无限高超,这只要凭他那张脸,凭他的说话方式,凭他对大自然的态度就看得出来。他用他自己的话语,照他所独有的方式,讲到黑影、黄昏的情调、月光,使人不能不感到他那驾驭大自然的能力是多么摄人心魄。他本人很漂亮,有独创能力。他的生活毫无牵挂,自由自在,超然于一切世俗烦恼以外,跟鸟儿的生活一样。

"天凉了。"奥尔迦·伊凡诺芙娜说,打了个冷战。

里亚包甫斯基拿自己的斗篷给她披上,凄楚地说:"我觉着我落在您的掌心里了。我成了奴隶。为什么您今天这样迷人啊?"

他一直目不转睛地瞧着她,他的眼睛很可怕,她不敢看他了。

"我发疯般地爱您……"他凑着她的耳朵说,他的呼吸吹着她的脸蛋儿。"只要您对我说一个字,我就活不下去,丢开艺术了……"他十分激动,嘟嘟哝哝地说,"您爱我吧,爱我吧。"

"不要说这种话,"奥尔迦·伊凡诺芙娜说,闭上眼睛。"这真可怕。而且,拿戴莫夫怎么办呢?"

"戴莫夫是什么人?为什么提戴莫夫?戴莫夫跟我有什么相干?这儿只有伏尔加、月亮、美、我的爱情、我的痴迷,压根儿就没有什么戴莫夫……唉!我什么也不知道……我不管过去,只求眼前给我一会儿……一会儿快乐吧!"

奥尔迦·伊凡诺芙娜的心开始剧烈地跳动起来。她有心想一想她的丈夫,可是她觉得一切往事,以及她的婚姻、戴莫夫、她的晚会,都显得微不足道,暗淡无光,毫无必要,远而又远了……真的,戴莫夫是什么人?为什么提戴莫夫?戴莫夫跟她有什么相干?而且,他究竟实有其人呢,还是只不过是个梦?

"对他那么一个普通而又平凡的人来说,过去他享受到的幸福已经足够了,"她想,用手蒙住脸,"随人家批评我好了,诅咒我好了。我呢,偏要这样,情愿毁灭。偏要这样,情愿毁灭!生活里的一切都该体验一下。天哪,多么可怕,可又多么痛快啊!"

"啊,怎么着?怎么着?"画家喃喃地说,搂住她,贪婪地吻她的手,她软绵绵地想推开他。"您爱我吗?爱吗?爱吗?啊,多么美好的夜晚!奇妙的夜晚!"

"是啊,多么美好的夜晚!"她小声说,瞧着他那双含着眼泪而发亮的眼睛。然后她很快地往四下里看一眼,搂住他,使劲吻他的嘴唇。

"我们靠近基涅西莫了!"有人在甲板的那一头说。

他们听到沉甸甸的脚步声。那是饮食间里的仆役走过他们身旁。

"喂,"奥尔迦·伊凡诺芙娜对那人说,幸福得又哭又笑,"给我们拿点葡萄酒来。"

画家激动得脸色发白,坐在凳子上,用爱慕而感激的目光瞧着奥尔迦·伊凡诺芙娜,然后闭上眼睛,懒洋洋地微笑着说:"我累了。"他把脑袋靠在栏杆上。

五

九月二日,天气温暖,没有风,可是天色阴沉。清早,伏尔加河上还飘着薄雾,9点钟以后下起小雨来了。天色一点也没有转晴的希望。喝早茶的时候,里亚包甫斯基对奥尔迦·伊凡诺芙娜说,画画儿是吃力不讨好、顶枯燥乏味的艺术,说他算不得画家,说只有傻瓜才会认为他有才能,说啊说的,忽然无缘无故拿起一把小刀,划破了他的一张最好的画稿。喝完茶以后,他满脸愁容,坐在窗口,眺望伏尔加。

可是伏尔加没有一点光彩,混浊暗淡,看上去冷冰冰的。眼前的一切都使人想到凄凉萧索的秋天就要来了。两岸苍翠的绿毯、日光灿烂的反照、透明的蓝色远方,以及大自然一切华丽的盛装,现在仿佛统统从伏尔加那里被取走,收在箱子里,留到来春再拿出来似的。乌鸦在伏尔加附近飞翔,讥诮它:"光啦!光啦!"里亚包甫斯基听着它们聒噪,想到自己已经走下坡路,失去了才能,想到在人世间,一切都是有条件的、相对的、愚蠢的,想到他不应该缠上这个女人……总之,他心绪不好,胸中郁闷。

奥尔迦·伊凡诺芙娜坐在隔板那一面的床上,用手指头梳理她那美丽的亚麻色头发,一会儿幻想自己在客厅里,一会儿在卧室里,一会儿在丈夫的书房里。她的想象带她到剧院里,到女裁缝家里,到出名的朋友家里。现在他们在干什么?他们想念她吗?筹备晚会的时令已经开始了。还有戴莫夫呢?亲爱的戴莫夫!他在信上多么温存,多么稚气而哀伤地求她赶快回家呀!他每月给她汇来七十五卢布。她写信告诉他说,她欠那些画家一百卢布,他就把那一百卢布汇来了。多么善良而慷慨的人!旅行使奥尔迦·伊凡诺芙娜感到厌倦了,她觉着无聊,恨不能赶快躲开这些乡下人,躲开河水的潮气,摆脱周身不干净的感觉才好。这种不干不净是她从这个村子迁移到那个村子,住在农民家里时时刻刻都能感觉到的。要不是因为里亚包甫斯基已经认真地答应过那些画家，要跟他们在此地一直住到九月二十日，那他们今天就可以走了。要是今天能够走掉，那该多好！

"我的上帝啊！"里亚包甫斯基唉声叹气，"到底什么时候才会出太阳呀？没有太阳，我简直没法接着画那幅阳光普照的风景画了……"

"可是你有一张画稿画的是多云的天空，"奥尔迦·伊凡诺芙娜说，从隔板那一面走过来，"你记得吗？在右边的前景上是一片树林，左边是一群母牛和公鹅？现在你不妨把它画完。"

"嘿！"画家皱起眉头，"画完它！难道您以为我有那么笨，不知道自己该做什么！"

"您对我的态度变得好厉害哟！"奥尔迦·伊凡诺芙娜叹口气说。

"嘿，那才好。"

奥尔迦·伊凡诺芙娜的脸颤抖起来。她走到火炉那边，哭了起来。

"对，只差眼泪了。算了吧！我有一千种理由要哭，可我就不哭。"

"一种理由！"奥尔迦·伊凡诺芙娜呜咽着说，"顶重要的理由是您已经嫌弃我了。就是这样！"她说，号啕大哭起来。"实话实说，您在为我们的恋爱害臊。您一个劲儿地防着那些画家发现我们的关系，其实要瞒也瞒不住，他们早就全都知道了。"

"奥尔迦，我只求您一件事，"画家恳求道，把手按在胸口，"只求一件事：别折磨我！此外，我也不求您别的了。"

"可是请您赌咒说您仍旧爱我！"

"这真是磨人！"画家咬着牙说，跳起来，"搞到最后，我只好去跳伏尔加河，或者发疯了事！躲开我！"

"好，打死我吧，打死我吧！"奥尔迦·伊凡诺芙娜叫道，"打死我吧！"

她又放声大哭，走到隔板的那一面去了。雨哗哗地落在小屋的草顶上。里亚包甫斯基抱着头，在小屋里走来走去，现出果断的脸色，仿佛要向谁证明什么似的，戴上帽子，把枪挂在肩上，走出小屋去了。

他走后，奥尔迦·伊凡诺芙娜在床上躺了很久，哭着。起初，她想索性服毒，让里亚包甫斯基一回来就发觉她死了才好。后来她的幻想把她带到客厅里，带到丈夫的书房里,她想象自己一动也不动地坐在戴莫夫身旁,全身享受着安宁和洁净,到傍晚就坐在剧院里,听马西尼①演唱。她想念文明,想念城里的热闹和名人,把心都想痛了。一个农妇走进小屋来,不慌不忙地动手生炉子烧饭。屋里弥漫着木炭烧焦的气味,空中满是淡蓝的烟雾。画家们回来了,穿着满是污泥的高筒靴,脸上沾着雨水,凝神瞧着画稿,用自我安慰的口气说,哪怕遇到坏天气,伏尔加也自有它的妩媚。墙上,那只不值钱的钟在嘀嗒嘀嗒地响……受了冻的苍蝇聚在墙角里的圣像四周,嗡嗡地叫。人可以听见蟑螂在长凳底下那些厚纸板中间爬来爬去。

里亚包甫斯基直到太阳下山才回到家。他把帽子丢在桌子上,没脱他那双满是污泥的靴子,脸色苍白,筋疲力尽地往长凳上一坐,闭上眼睛。

"我累了……"他说,皱着眉头,竭力想抬起眼皮来。

奥尔迦·伊凡诺芙娜为了要对他亲热,表示她没生气,就走到他面前,默默地吻了他一下,把梳子放到他淡黄色的头发里。她想给他梳一梳头。

"这是干什么?"他说,打了个冷战,睁开了眼睛,仿佛有个冰冷的东西碰到他身上似的,"这是干什么?请您躲开我,我求求您。"

他推开她,走掉了。她觉着他脸上现出憎恶和厌烦的神情。这当儿,一个农妇小心翼翼地用两只手给他端来一盆白菜汤,奥尔迦·伊凡诺芙娜看见她那大手指头浸到汤里去了。腆起肚子的肮脏的农妇、里亚包甫斯基吃得津津有味的白菜汤,那小屋、这整个生活(她起先由于这生活的简朴和艺术家的杂乱状态而深深喜爱过),现在却使她觉得可怕。她忽然觉得受了侮辱,就冷冷地说:

"我们得分开一段时间才成,要不然,由于无聊,我们会大吵一架的。我可不愿意这样。我今天要走了。"

"怎么走法?骑着棍子走?"

"今天是星期四,九点半钟有一班轮船到这儿。"

"哦?不错,不错……嗯,好,走吧……"里亚包甫斯基轻声说,用毛巾代替食巾擦了擦嘴,"你在这儿闷得慌,没事可干。谁要留你,谁就一定是个大利己主义者。走吧,到本月二十号以后我们就可以见面了。"

---

①当时在俄国演唱的一个意大利歌唱家。

奥尔迦·伊凡诺芙娜兴高采烈地收拾行李。她的脸蛋儿甚至高兴得发红了。她问她自己:难道她真的不久就要在客厅里画画,在寝室里睡觉,在铺着桌布的桌上吃饭了? 她心里感到轻松,不再生画家的气了。

"我把颜料和画笔统统留给你,里亚包甫斯基,"她说,"凡是留下来的,你都带着就是……注意,我走以后,别犯懒,别闷闷不乐,要工作。你是好样的,里亚包甫斯基! "

到九点钟,里亚包甫斯基给了她临别的一吻,她心想,这是为了免得在轮船上当着那些画家的面吻她。然后,他就送她到码头去。轮船不久就开来,把她装走了。

过了两天半,她回到家里。她兴奋得喘不过气来,没脱掉帽子和雨衣就走进客厅,从那儿又走到饭厅。戴莫夫没穿上衣,只穿着坎肩,敞着怀,靠饭桌坐着,正在用叉子磨刀子。他面前的碟子上放着一只松鸡。奥尔迦·伊凡诺芙娜走进住宅的时候,相信她得把一切事情瞒住丈夫才成,她相信自己有那个力量,也有那个本事。可是现在,她一看见他那欢畅、温和、幸福的微笑和那双亮晶晶的、快活的眼睛,就觉得瞒住这个人跟诽谤、偷窃、杀人一样的卑鄙、可恶、不可能,而且她也没有力量这样做。刹那间,她决定把一切发生过的事向他和盘托出。她让他吻她,搂她,然后在他面前跪下来,蒙上脸。

"怎么了? 怎么了,小母亲? "他温存地问,"你想家了吧? "

她抬起臊得通红的脸,用惭愧的、恳求的眼光瞧他。可是恐惧和羞耻不容她说出实话来。

"没什么……"她说,"我没什么。"

"我们坐下来吧,"他说,搀起她来,扶她在桌子旁边坐下,"这就对了。你吃松鸡吧。你饿了,可怜的人。"

她贪婪地吸进家里亲切的空气,吃着松鸡。他呢,温存地瞧着她,高兴地笑了。

六

大概直到冬季过了一半,戴莫夫才开始怀疑自己受着骗。仿佛他自己良心不清白似的,他每回遇见妻子,再也不能够面对面地瞧她的眼睛,也不再快活地微笑了。

为了少跟她单独待在一块儿,他常常带着他的同事柯罗斯捷列夫回家来吃饭,那是个身材矮小、头发很短、面容疲惫的男子,每逢跟奥尔迦·伊凡诺芙娜说话,总是窘得把他那件上衣的所有纽扣一会儿解开,一会儿扣上,然后用右手捻左边的唇髭。吃饭的时候,两个医生谈到横膈膜一升高,有时候就会使心脏发生不规则的跳动,或者谈到近来常常遇到很多神经炎病例,再不然就讲到前一天戴莫夫在解剖一个经诊断害"恶性贫血"的病人尸体的时候却在胰腺里发现了癌。他们之所以谈医学,仿佛只是为了给奥尔迦·伊凡诺芙娜一个沉默的机会,也就是不必撒谎的机会似的。饭后,柯罗斯捷列夫在钢琴边坐下来,戴莫夫就叹口气,对他说:

"唉,老兄,弹个悲伤的曲子吧。"

柯罗斯捷列夫就耸起肩膀,伸开手指头,弹了几个音,用男高音唱起来:"指给我看啊,有什么地方俄罗斯农民不呻吟。"戴莫夫就又叹一口气,用拳头支着头,沉思起来。

奥尔迦·伊凡诺芙娜近来的举动非常不检点。她每天早晨醒来,心绪总是很坏,心想她已经不爱里亚包甫斯基了,因此,谢谢上帝,事情就此了结了。可是喝完咖啡,她又寻思:里亚包甫斯基使她失去了丈夫,现在呢,她既失去了丈夫,又失去了里亚包甫斯基。然后她想起她那些熟人说里亚包甫斯基正在为画展准备一幅惊人的画儿,是用波列诺夫的风格画成的风俗和风景的混合画,凡是到过他画室的人,看见那幅画儿,都看得入迷。

不过她心想,他是在她的影响下才创造出这幅画儿来的,总之多亏有她的影响,他才变得大大地好起来。她的影响是那么有益,那么重要,要是她离开他,那他也许就会完蛋。她又想起上回他来看她的时候,穿一件带小花点的灰色上衣,系一根新领带,懒洋洋地问她:"我漂亮吗?"凭他那种潇洒的风度、长长的鬈发、蓝蓝的眼睛,他也真的很漂亮(或者,也许只是乍一看才显得漂亮吧)。而且他对她很温柔。

奥尔迦·伊凡诺芙娜想起许多事情,盘算了一阵,就穿好衣服,十分激动地坐上马车,到里亚包甫斯基的画室去了。她发现他兴高采烈,被他那幅真正出色的画儿迷住了。他蹦蹦跳跳,开着玩笑,不管人家提出多么严肃的问题,总是打个哈哈了事。奥尔迦·伊凡诺芙娜嫉妒那幅画儿,痛恨那幅画儿,可是她出于礼貌,只好

在那幅画儿面前默默地站了五分钟光景，仿佛见到什么神圣的东西似的叹一口气,轻轻地说:

"是啊,这样的画儿以前你还从来没有画过。要知道,简直美得惊人。"

然后,她开始要求他爱她,别丢开她,要求他怜悯她这个可怜而不幸的人。她哭,吻他的手,逼他赌咒说他爱她,还对他说,缺了她的良好影响,他就会走上岔路,完蛋。等到她扫了他的兴,觉得她自己有说不尽的委屈,就坐上车到女裁缝那儿去,或者到她认识的女演员那儿去要戏票。

要是她在他的画室里没找到他,就给他留下一封信,信上赌咒说,如果他当天不来看她,她一定服毒自尽。他害怕了,就去看她,留下来吃午饭。虽然她的丈夫在座,他却并不顾忌,用话顶撞她,她也照样回敬他。两个人都觉得彼此要拆也拆不开,都觉得对方是暴君和敌人,都气愤,在气愤中却没留意到他们两人的举动很不得体,连头发很短的柯罗斯捷列夫都全看明白了。饭后,里亚包甫斯基匆匆告辞,走了。

"您上哪儿去?"奥尔迦·伊凡诺芙娜在前厅带着憎恨瞧着他,问道。

他皱起眉头,眯细眼睛,信口念出一个他俩都认得的女人的名字。他明明在讪笑她的醋意,有意惹她生气。她就回到她的寝室,倒在床上,由于嫉妒、烦恼、又委屈又羞耻的感觉而咬着枕头,哇哇地哭起来。戴莫夫在客厅里丢下柯罗斯捷列夫,走进寝室来,又慌张又着急,低声说:

"别哭得这么响,小母亲……这是何苦呢!这种事千万不要声张出去……千万别让人看出来……你知道,已经发生的事是不能挽救的了。"

难忍难熬的嫉妒简直要弄得她的太阳穴炸开来,她不知道怎样才能克制这种嫉妒,同时她又觉得事情仍旧可以挽回,于是她把泪痕斑斑的脸洗一下,扑上粉,飞快地跑到刚才提到过的那个女人家里去了。她在那女人家里没找到里亚包甫斯基,就坐上车,到另一个女人家里,然后又到第三个女人家里……起初,照这样乱跑,她还觉得难为情,可是后来她跑惯了,往往一个傍晚跑遍她认识的一切女人的家,为的是找到里亚包甫斯基。大家也都明白这是怎么回事。

一天,她对里亚包甫斯基讲起她的丈夫:

"这个人啊,用宽宏大量来压我!"

她很喜欢这句话，每次遇到那些知道她跟里亚包甫斯基关系的画家，一谈起她的丈夫，她就把手用力地一挥，说道：

"这个人啊，用宽宏大量来压我！"

他们的生活方式跟去年一模一样。每到星期三，他们总是举行晚会。演员朗诵，画家绘画，大提琴家演奏，歌唱家演唱。照例一到十一点半钟，通到饭厅去的门就开了，戴莫夫带着笑容说：

"诸位先生，请吃点东西吧。"

奥尔迦·伊凡诺芙娜照旧找名流，找到了又不满足，就再找。她每天晚上依旧很迟才回来。可是戴莫夫却不像去年那样已经睡觉，他坐在他的书房里，在写什么东西。他三点钟左右才上床睡觉，八点钟就起来了。

一天傍晚，她正准备到剧院去，站在穿衣镜前面，忽然戴莫夫走到她的寝室，穿着礼服，打着白领结。他温和地微笑着，跟从前那样快活地瞧着他妻子的眼睛。他容光焕发，兴高采烈。

"我刚才进行了学位论文答辩。"他说，坐下来，揉着他的膝头。

"通过了？"奥尔迦·伊凡诺芙娜问。

"嘿嘿！"他笑了，伸长脖子瞧镜里他妻子的脸，因为她仍旧背对着他站在那儿，理她的头发。"嘿嘿！"他又笑了，"你知道，他们很可能给我病理总论的编外副教授资格。看样子恐怕会的。"

从他那神采焕发的、幸福的脸容看得出来，只要奥尔迦·伊凡诺芙娜跟他一块儿高兴，一块儿得意，那他样样事情都会原谅她，不但现在原谅，将来也一样，他会把一切都忘掉。可是她不懂什么叫作"编外副教授资格"，或者"病理总论"，此外，她担心误了看戏的时间，就什么话也没说。

他在那儿坐了两分钟，然后，带着自觉有罪的笑容走出去了。

七

那是很不平静的一天，戴莫夫头痛得很厉害。他早晨没喝茶，也没去医院，一直躺在书房里一张土耳其式长沙发上。中午12点多钟奥尔迦·伊凡诺芙娜照例出门去找里亚包甫斯基，想给他看她画的静物写生画，还要问他昨天为什么没来看她。她觉得这幅画儿并没什么价值,她画它只不过要找一个不必要的借口到画家那儿去一趟罢了。

她没有拉铃就径自走进他的住所。她在外间脱套鞋的时候,仿佛听见画室里有人轻轻地跑过,发出女人衣襟的沙沙声。她赶紧往里一看,只瞧见一段棕色的女裙闪了一下,藏到一幅大画后面去了。有一块黑布蒙着那张画儿和画架,直盖到地板上。

毫无疑问,有个女人躲起来了。想当初,奥尔迦·伊凡诺芙娜自己就常在那张画儿后面避难!里亚包甫斯基分明很窘,仿佛对她的光临觉得奇怪似的,向她伸出两只手,赔着笑脸说:

"啊——啊!看见您很高兴。有什么好消息吗?"

奥尔迦·伊凡诺芙娜的眼睛里满是泪水。她又害羞又心酸。哪怕给她一百万卢布,她也绝不肯当着那个陌生的女人,那个情敌,那个虚伪的女人的面讲一句话。那女人现在正站在画儿后面,多半在恶毒地暗笑吧。

"我带给您一幅画稿……"她嘴唇发抖,用细微的声音怯生生地说,"Naturemorte.①"

"哦哦!画稿吗?"

画家用手接过那幅素描,一边瞧着一边走,仿佛不经意地走进了另一个房间。

奥尔迦·伊凡诺芙娜乖乖地跟在他后面。

"Naturemorte……上等货,"他嘟嘟哝哝地说,渐渐押起韵来了,"库罗尔特……齐尔特……波尔特……"

从画室里传来匆匆的脚步声和衣襟的沙沙声。这样看来,她已经走了。奥尔迦·伊凡诺芙娜恨不得大叫一声,拿起一个重东西照准画家的脑袋打过去,然后走掉。可是她泪眼模糊,什么也看不见,羞得什么似的,觉得自己已经不是奥尔迦·伊凡诺芙娜,也不是女画家,只是只小小的甲虫罢了。

"我累了……"画家瞧着那幅画稿,懒洋洋地说,摇晃着脑袋,好像要打退睡意似的,"当然,这幅画儿挺不错,不过今天一幅,去年一幅,过一个月又一幅。您怎么会画不腻呢?换了我,我就不画这劳什子,认真搞音乐什么的了。您本来就不能做

---

①静物画。

画家,您是音乐家。可是您知道,我多累啊!我马上去叫他们拿点菜来……好吗?"

他走出房间,奥尔迦·伊凡诺芙娜听见他对他的听差交代几句话。为了避免告辞和解释,尤其是为了避免哭出声来,她趁里亚包甫斯基还没回来,就赶快跑到外间,穿上套鞋,走到街上。这时候,她呼吸才算畅快,觉得她跟里亚包甫斯基,跟绘画,跟方才在画室里压在她心上的沉重的羞辱感觉,从此一刀两断了,什么都完了!

她坐上车子到女裁缝那儿,然后去看昨天刚到此地的巴尔奈①,又从巴尔奈那儿到一家乐谱店,心里时时刻刻盘算着怎样给里亚包甫斯基写一封又冷漠又生硬、充满个人尊严的信,怎样到开春或是夏天跟戴莫夫一块儿到克里米亚去,在那儿跟过去的生活一刀两断,从头过起新的生活。

她傍晚很迟才回到家。她没有换衣服就走进客厅,坐下来写信。里亚包甫斯基对她说什么她做不成画家,现在为了报复,她就回敬他几句。她写道,他年年画的总是老一套,天天讲的也是老一套,他已经停滞不前,除了已有的成绩以外,此后他休想有什么成绩了。她还想写下去,说他过去的成绩有很多地方应该归功于她的好影响,如果他从此走下坡路,那只是因为她的影响被各式各样的暧昧人物,例如今天藏在画儿背后的那个家伙抵消了。

"小母亲啊!"戴莫夫在书房里叫道,没有开门,"小母亲!"

"你有什么事?"

"小母亲,你不要上我屋里来,只站在门口好了。是这么回事,前天我在医院里被传染了白喉,现在我病了。快去请柯罗斯捷列夫来。"

奥尔迦·伊凡诺芙娜对丈夫素来称呼姓,她对她熟识的男人都是这样称呼的。她不喜欢他的教名奥西普,因为那名字总叫她联想到果戈理的奥西普②和一句俏皮话:"奥西普,爱媳妇;阿西福,开席铺。"现在她却叫道:

"奥西普,不会的!"

"快去吧!我病了……"戴莫夫在门里面说,她可以听见他走回去,在长沙发上躺下来。"快去吧!"传来他低沉的声音。

---

①德国话剧演员。
②果戈理的剧本《钦差大臣》中的一个仆人。

"这是怎么回事？"奥尔迦·伊凡诺芙娜想，吓得周身发凉，"这病危险得很！"

她完全不必要地举着蜡烛走进寝室。在那儿，她思忖着她该怎么办，无意中往穿衣镜里看了自己一眼。她瞧见她那苍白的、惊骇的脸，袖子隆起的短上衣，胸前黄色的波纹，裙子上特别的花条，觉着自己又可怕又难看。她忽然痛心地感到自己对不起戴莫夫，对不起他对她的那种深厚无边的爱情，对不起他年轻的生命，甚至对不起他好久没来睡过的那张空荡荡的小床。她想起他平日那种温和的、依顺的笑容。她哀哀地哭了一场，给柯罗斯捷列夫写了一封央求的信。那已经是夜里两点钟了。

早晨7点多钟，奥尔迦·伊凡诺芙娜由于失眠而脑袋发沉，头发没有梳，模样很不好看，脸上带着惭愧的神情，走出寝室来。这时候有一位先生，留着一把黑胡子，大概是医师，走过她面前，到前堂去了。屋里有药的气味。柯罗斯捷列夫站在书房的门旁，用右手捻着左边的唇髭。

"对不起，我不能让您进去看他，"他阴沉地对奥尔迦·伊凡诺芙娜说，"这病会传染人的。况且，实际上您也不必过去。反正他在发高烧，说昏话。"

"他真的得了白喉吗？"奥尔迦·伊凡诺芙娜小声问。

"他明知危险，自找苦吃，"柯罗斯捷列夫嘟嘟哝哝地说，没有回答奥尔迦·伊凡诺芙娜问的话，"您知道他怎样被传染到这病的？星期二那天，他用吸管吸一个害白喉的男孩子的薄膜。这是什么？这是愚蠢！是啊，胡闹！"

"他病得重吗？很重吗？"奥尔迦·伊凡诺芙娜问。

"是的，据说这是顶厉害的那种白喉。真的，应当把希列克请来才对。"

一个矮小的红发男子来了，鼻子很长，讲话带犹太人的口音，接着来了个高大、伛偻、头发蓬松的人，看样子像是大助祭。随后又来了一个很胖的青年，生一张红脸，戴着眼镜。这是医师们到他们的同事身旁来轮流值班。柯罗斯捷列夫值完班，并不回家，却留在这儿，像影子似的在各个房间里走来走去。女仆忙着给值班的医师端茶，常常往药房里跑，因此没有人收拾房间了。屋子里安静、凄凉。

奥尔迦·伊凡诺芙娜坐在自己的寝室里，心想这是上帝来惩罚她了，因为她欺骗她的丈夫。那个沉默寡言、从不诉苦、使人不能理解的人，脾气温顺得失去了个性，由于过分忠厚而优柔寡断、为人软弱。这时候他正独自待在一个地方，冷冷清清,躺在他那张长沙发上受苦,一句抱怨的话也不说。要是他说出抱怨的话来,哪怕是在高热中,值班的医师也会知道毛病并不是单单出在白喉上。他们就会去问柯罗斯捷列夫。他是什么都知道的,难怪他瞧着他朋友的妻子的时候,眼神好像在说:她才是真正的主犯,白喉不过是她的同谋犯罢了。现在她不再回想伏尔加河上的那个月夜,也不再回想那些爱情的剖白,更不再回想他们在农舍里的诗意生活,而只回想:她,由于无聊的空想,由于娇生惯养,已经用一种又脏又黏的东西把自己从头到脚统统弄脏,从此休想洗得干净了。

"哎呀,我做假做得太厉害了!"她记起她跟里亚包甫斯基那段烦心的恋爱史,不由得想道,"这种事真该诅咒!"

到四点钟,她跟柯罗斯捷列夫一块儿吃午饭。他一点东西也不吃,光是喝红葡萄酒,皱着眉头。她也什么都没吃。她有时候暗自祷告,向上帝起誓:要是戴莫夫病好了,她一定再爱他,做他的忠实妻子。有时候她又暂时忘了自己,瞧着柯罗斯捷列夫,暗想:"做一个默默无闻的普通人,没有一点出众的地方,再加上疲惫无神的面容,令人不快的举止,难道不乏味吗?"有时候她又觉得上帝一定会立刻将她处死,因为她担心被传染,一次也没到她丈夫的书房里去过。总之,她情绪低沉、沮丧,相信她的生活已经毁掉,再怎么样也没法挽救了。

饭后,天擦黑了。奥尔迦·伊凡诺芙娜走进客厅,柯罗斯捷列夫正躺在睡椅上睡觉,把一个用金线绣的绸垫子枕在脑袋底下。"希——普……"他在打鼾,"希——普……"医师们来值班,进进出出,却始终没有留意这种杂乱的状态。

一个陌生的人躺在客厅里睡觉和打鼾也好,墙上挂着那么多的画稿也好,房间布置得那么别致也好,这房子的女主人头发蓬松、衣冠不整也好——总之,现在,这一切全引不起一丁点兴趣了。有一位医师偶尔不知为什么笑了一声,那笑声却带着一种古怪而胆怯的音调,听了甚至叫人害怕。

等到奥尔迦·伊凡诺芙娜第二次走进客厅里来,柯罗斯捷列夫已经不在睡觉,而是坐着抽烟了。

"他得了鼻腔白喉症,"他低声说,"心脏已经跳得不正常了。真的,事情不妙。"

"那么您去请希列克吧,"奥尔迦·伊凡诺芙娜说。

"他已经来过了。发现白喉转到鼻子里去的,就是他。唉,希列克有什么用!真的,希列克一点用也没有。他是希列克,我是柯罗斯捷列夫,如此而已。"

时间拖得长极了。奥尔迦·伊凡诺芙娜和衣躺在一张从早上起就没收拾过的床上,迷迷糊糊睡着了。她梦见整个宅子里从地板到天花板,装满一大块铁,只要能够把那块铁搬出去,大家就会轻松快活了。等到醒过来,她才想起那不是铁,而是戴莫夫的病。

"Naturemorte,波尔特……"她想,接着,陷入迷迷糊糊的状态。"库罗尔特……波尔特……希列克怎么样! 西列克,……东列克……南列克……现在我的朋友们在哪儿啊? 他们知道我们遭了难吗? 主啊,救救我……怜恤我。西列克……东列克……"

那块铁又来了。时间拖得很长,可是楼下的钟常常敲响。门铃一个劲儿响,医师们陆陆续续进来。女仆走来,端着盘子,上面摆着一个空玻璃杯。她问道:

"要我把床收拾一下吗,太太?"

听不到答话,她就走了。下面的钟敲着。她梦见伏尔加河上的雨。又有人走进寝室来,仿佛是一个陌生人。奥尔迦·伊凡诺芙娜跳起来,认出来那人是柯罗斯捷列夫。

"现在什么时候了?"她问。

"将近三点钟。"

"哦,什么事?"

"还有什么好事! 我是来告诉您:他去世了……"

他呜呜地哭了,在床边挨着她坐下,用袖口擦眼泪。她一下子还明白不过来,可是紧跟着周身发凉,开始慢慢地在胸前画十字。

"他去世了……"他用细微的声音再说一遍,又哭了。"他死,是因为他牺牲了自己……对科学来说,这是多大的损失啊!"他沉痛地说,"要是拿我们大家跟他相比,他真称得上是个伟大的、不平凡的人! 什么样的天才啊! 他给我们大家多大的希望呀!"柯罗斯捷列夫接着说,绞着手。"我的上帝啊,像这样的科学家现在我们就是打着火把也找不着了。奥西普·戴莫夫,奥西普·戴莫夫,你凭什么落到这个地步啊! 唉,我的上帝啊!"

柯罗斯捷列夫绝望地摇着头,用两只手蒙住脸。

"而且他有那么大的道德力量！"他接着说，好像越说越怨恨什么人似的。"这是一个善良、纯洁、仁慈的灵魂，不是人，是水晶！他为科学服务，为科学而死。他一天到晚跟牛一样地工作，谁也不怜惜他。这个年轻的科学家，未来的教授，却不得不私人行医，晚上做翻译工作，好挣下钱来买这些……无聊的废物！"

柯罗斯捷列夫带着憎恨瞧着奥尔迦·伊凡诺芙娜，伸出两只手抓起被单，气冲冲地撕扯它，好像都怪被单不好似的。

"他不怜惜自己，别人也不怜惜他。唉，真的，空谈一阵有什么用！"

"对，真是一个天下少有的人！"客厅里有人用男低音说。

奥尔迦·伊凡诺芙娜回想她跟他一块儿过的全部生活，从头到尾所有的细节一个也不漏。她这才忽然明白：他果然是一个天下少有的、不平凡的人，拿他跟她认识的任何什么人相比，真要算是伟大的人。她想起去世的父亲以及所有跟他共事的医师怎样看待他，她这才明白他们都认定他是一个未来的名人。墙啊，天花板啊，灯啊，地板上的地毯啊，好像一齐对她讥讽地眨眼，仿佛要想说："你瞎了眼！瞎了眼！"

她哭着冲出寝室，跑过客厅里一个不相识的男子身边，奔进丈夫的书房里。他一动也不动地躺在一张土耳其式的长沙发上，腰部以下盖着一条被子。他的脸消瘦干瘪得可怕，脸色又黄又灰，活人脸上是看不见那种颜色的。只有凭了那个额头，凭了黑眉毛，凭了熟悉的微笑，才认得出他就是戴莫夫。奥尔迦·伊凡诺芙娜赶快摸他的胸、他的额头、他的手。胸口还有余温，可是额头和那双手却凉得摸上去不舒服了。那对半睁半闭的眼睛没有瞧着奥尔迦·伊凡诺芙娜，却瞧着被子。

"戴莫夫！"她大声喊叫，"戴莫夫！"

她想对他说明过去的事都是错误，事情还不是完全没法挽救，生活仍旧可以又美丽又幸福。她还想对他说，他是一个天下少有的、不平凡的、伟大的人，她会一生一世地尊崇他，向他膜拜，感到神圣的敬畏……

"戴莫夫！"她叫他，拍他的肩膀，不相信他从此不会再醒来了。"戴莫夫！戴莫夫啊！"

客厅里，柯罗斯捷列夫正在对女仆发话：

"还有什么可问的？您上教堂看守人那儿去，问一声靠养老院养活的那些老太婆住在哪儿。她们自会擦洗尸身，装殓起来，该做的事都会做好。"

大学生

没有风。鹳鸟噪鸣，附近沼泽里发出悲凉的声音，像是往一个空瓶子里吹气。有一只山鹬飞过，向它打过去的那一枪，在春天的空气里，发出轰隆一声欢畅的音响……这一切都显示出，天气真的很好。

然而临到树林里黑下来，却大煞风景，有一股冷冽刺骨的风从东方刮来，一切声音就都停息了。水面上铺开一层冰针，树林里变得不舒服、荒凉、阴森了。这就有了冬天的意味。

教堂诵经士的儿子、神学院的大学生伊凡·韦里科波尔斯基打完山鹬，步行回家，一直沿着水淹的草地上一条小径走着。他手指头冻僵了，脸也给风刮得发烧。他觉得这种突如其来的寒冷破坏了万物的秩序与和谐，就连大自然本身也似乎觉得害怕，因此傍晚的昏暗比往常来得要快。四下里冷清清的，不知怎的，显得特别阴森。只有河边的寡妇菜园里有亮光，远方以及大约四俄里外的村子都沉浸在傍晚寒冷的幽暗里。

大学生想起，先前他从家里出来的时候，他母亲正光着脚，坐在前堂里的地板上擦茶炊，他父亲躺在灶台上咳嗽。这天是受难节，他家里没烧饭，他饿得难受。现在，大学生冷得缩起身子，心里暗想：不论在留里克的时代也好，在伊凡雷帝的时代也好，在彼得的时代也好，都刮过这样的风，在那些时代也有这种严酷的贫穷和饥饿，也有这种破了窟窿的草房，也有愚昧、苦恼，也有这种满目荒凉、黑暗、抑郁的心情，这一切可怕的现象从前有过，现在还有，以后也会有，因此再过一千年，生活也不会变好。想到这些，他都不想回家了。

因为那菜园归母女两个寡妇所有，所以叫作寡妇菜园。一堆黄火烧得很旺，噼噼啪啪地响，火光照亮了周围远处的耕地。寡妇瓦西里萨是个又高又胖的老太婆，穿一件男人的短皮袄，站在一旁，瞧着火光想心事；她的女儿路凯利雅身材矮小，脸上有麻斑，样子有点蠢，她坐在地上，正在洗一口锅和几把汤勺。显然她们刚刚吃过晚饭。旁边传来男人的说话声，那是此地的工人在河边饮马。

"嘿，冬天又回来了，"大学生走到黄火跟前说，"你们好！"

瓦西里萨打了个哆嗦，不过她立刻认出他来，就客气地笑了笑。

"我刚才没认出您来，求主保佑您，"她说，"您要发财啦。"

他们攀谈起来。瓦西里萨是个见过世面的女人，以前在一位老爷家当乳母，后来做保姆。她谈吐文雅，脸上始终挂着温和而庄重的笑容。她的女儿路凯利雅却是个村妇，受尽丈夫的折磨，这时候光是眯起眼睛看大学生，一句话也不说，她脸上的表情古怪，就像一个又聋又哑的人。

"当初使徒彼得恰好就在这样一个寒冷的夜晚在黄火旁边取暖，"大学生说着，把手伸到火前，"可见那时候天也很冷。啊，那是多么可怕的一夜啊，老大娘！非常悲惨而漫长的一夜啊！"

他朝黑漆漆的四周望了望，使劲摇一下头，问道：

"你大概听人读过十二节福音吧？"

"听过。"瓦西里萨回答说。

"那你会记得，在讲最后的晚餐时，彼得对耶稣说：'我就是同你下监，同你受死，也是甘心。'主却回答他说：'彼得，我告诉你，今日鸡还没有叫，你要三次说不认得我。'傍晚以后，耶稣在花园里愁闷得要命，就祷告，可怜的彼得心神劳顿，身体衰弱，眼皮发重，怎么也压不下他的睡意。他睡着了。后来，你听人读过，犹大就在那天晚上吻耶稣，把他出卖给折磨他的人了。他们把他绑上，带他去见大司祭，打他。彼得呢，累极了，又受着苦恼和惊恐的煎熬，而且你知道，他没有睡足，不过他预感到人世上马上要出一件惨事，就跟着走去……他热烈地、全心全意地爱耶稣，这时候他远远看见耶稣在挨打……"

路凯利雅放下汤勺，眼睛瞧着大学生。

"他们到了大司祭那儿,"他接着说,"耶稣就开始受审,而众人因为天冷,在院子里燃起一堆火,烤火取暖。彼得跟他们一块儿站在火旁,也烤火取暖,像我现在一样。有一个女人看见他,就说:'这个人素来也是同耶稣一伙的。'那就是说,也得把他拉去受审。所有那些站在火旁的人怀疑而严厉地瞧着他,因此他心慌了,说:'我不认得他。'过了一会儿,又有一个人认出他是耶稣的门徒,就说:'你也是他们一党的。'可是他又否认。有人第三次对他说:'我今天看见和他一块儿在花园里的,不就是你吗?'他又第三次否认。正说话间,鸡就叫了,彼得远远地瞧着耶稣,想起昨天进晚餐时耶稣对他说过的话……他回想着,醒悟过来,就走出院子,伤心地哭泣。福音书上写着:'他就出去痛哭。'我能想出当时的情景:一个安安静静、一片漆黑的花园,在寂静中隐约传来一种低沉的啜泣声……"

大学生叹口气,沉思起来。瓦西里萨虽然仍旧赔着笑脸,却忽然呜咽一声,大颗的泪珠接连不断地从她的脸上流下来,她用衣袖遮着脸,想挡住火光,似乎在为自己的眼泪害臊似的;而路凯利雅呆望着大学生,涨红脸,神情沉闷而紧张,像是一个隐忍着剧烈痛苦的人。

工人们从河边回来了,其中一个骑着马,已经走近,黄火的光在他身上颤抖。大学生对两个寡妇道过晚安,便往前走去。黑暗又降临了,他的手渐渐冻僵。又吹来一阵刺骨的风,冬天真的回来了,使人感觉不到后天就是复活节。

这时候大学生想到瓦西里萨:既然她哭起来,可见彼得在那个可怕的夜晚所经历的一切都跟她有某种关系。

他回过头去看。那孤零零的火仍在黑地里安静地摇闪,看不见火旁有人。大学生又想:既然瓦西里萨哭,她的女儿也难过,那么显然,刚才他所讲的一千九百年前发生过的事就跟现在、跟这两个女人,大概也跟这个荒凉的村子有关系,而且跟他自己,跟一切人都有关系。既然老太婆哭起来,那就不是因为他善于把故事讲得动人,而是因为她觉得彼得是亲切的,因为她全身心关怀着彼得灵魂里发生的事情。

他的灵魂里忽然掀起欢乐,他甚至停住脚站了一会儿,好喘一口气。"过去同现在,"他暗想,"是由连绵不断、前呼后应的一长串事件联系在一起的。"他觉得他刚才似乎看见这条链子的两头:只要碰碰这一头,那一头就会颤动。

他坐着渡船过河,后来爬上山坡,瞧着他自己的村子,瞧着西方,看见一条狭长的、冷冷的紫霞在发光,这时候他暗想:真理和美过去在花园里和大司祭的院子里指导过人的生活,而且至今一直连续不断地指导着生活,看来会永远成为人类生活中以及整个人世间的主要东西。于是青春、健康、力量的感觉(他刚二十二岁),对于幸福,对奥妙而神秘的幸福,那些难于形容的甜蜜的向往,渐渐抓住他的心,于是生活依他看来,仍然显得美妙、神奇,充满高尚的意义了。

套中人

实在没办法,误了时辰的猎人们只能在米罗诺西茨科耶村边上,村长普罗科菲的堆房里住下来过夜了。

他们一共只有两个人:兽医伊万·伊万内奇和中学教师布尔金。伊万·伊万内奇姓一个相当古怪的双姓:奇姆沙-吉马莱斯基,这个姓跟他一点也不相称,全省的人就简单地叫他的本名和父名伊万·伊万内奇。他住在城郊一个养马场,这回出来打猎是为了透一透新鲜空气。然而中学教师布尔金每年夏天都在Π伯爵家里做客,对这个地区早已熟透了。

他们没睡觉。伊万·伊万内奇是一个又高又瘦的老人,留着挺长的唇髭,这时候坐在门口,脸朝外,吸着烟斗。月亮照在他身上。布尔金躺在房里的干草上,在黑暗里谁也看不见他。

他们讲起各种各样的事。顺便他们还谈到村长的妻子玛芙拉。她是一个健康而不愚蠢的女人,可是她一辈子从没走出过她家乡的村子,从没见过城市或者铁路,近十年来一直守着炉灶,只有夜间才到街上去走一走。

"这有什么可奇怪的!"布尔金说,"那种性情孤僻,像寄生蟹或者蜗牛那样极力缩在自己的硬壳里的人,这世界上有不少呢。也许这是隔代遗传的现象,重又退回从前人类祖先还不是群居的动物而是孤零零地住在各自洞穴里的时代的现象,不过,也许这只不过是人类性格的一种类型吧,谁知道呢?我不是博物学家,探讨这类问题不是我的事。我只想说像玛芙拉那样的人并不是稀有的现象。是啊,不必往远里去找,就拿一个姓别里科夫的人来说好了,他是我的同事,希腊语教师,大约两个月前在我们城里去世了。当然,您一定听说过他。他之所以出名,是因为他即使在晴朗的天气出门上街,也穿上套鞋,带着雨伞,而且一定穿着暖和的棉大衣。他的雨伞总是装在套子里,怀表也总是装在一个灰色的麂皮套子里,遇到他拿出小折刀来削铅笔,就连那小折刀也是装在一个小小的套子里。他的脸也好像蒙着一个套子,因为他老是把脸藏在竖起的衣领里。他戴黑眼镜,穿绒衣,用棉花堵上耳朵。他一坐上出租马车,总要叫马车夫支起车篷来。总之,在这人身上可以看出一种经常的、难忍难熬的心意,总想用一层壳把自己包起来,仿佛要为自己制造一个所谓的套子,好隔绝人世,不受外界影响。现实生活刺激他,惊吓他,老是闹得他六神不安。也许为了替自己的胆怯、自己对现实的憎恶辩护吧,他老是称赞过去,称赞那些从没存在过的东西。实际上他所教的古代语言,对他来说,也无异于他的套鞋和雨伞,使他借此躲避了现实生活。

"'啊,希腊语多么响亮,多么美!'他说着,现出甜滋滋的表情。仿佛要证明这句话似的,他眯起眼睛,举起一个手指头,念道:

"Anthropos!①

"别里科夫把他的思想也极力藏在套子里。只有政府的告示和报纸上的文章,其中写着禁止什么事情,他才觉得一清二楚。看到有个告示禁止中学生在晚上九点钟以后到街上去,或者看到一篇文章要求禁止性爱,他就觉着又清楚又明白:这种事是禁止的,这就行了。他觉着在官方批准或者允许的事里面,老是包含着使人起疑的成分,包含着隐隐约约、还没说透的成分。每逢经当局批准,城里成立一个戏剧小组,或者阅览室,或者茶馆,他总要摇摇头,低声说:

"'当然,行是行的,这固然很好,可是千万别闹出什么乱子来啊。'

"凡是违背法令、脱离常轨、不合规矩的事,虽然看来跟他毫不相干,却惹得他垂头丧气。要是他的一个同事参加祈祷式去迟了,或者要是他听到流言,说是中学生顽皮闹事,再不然要是有人看见一个女校的女学监傍晚陪着军官玩得很迟,他总是心慌意乱,一个劲儿地说:千万别闹出什么乱子来啊。在教务会议上,他那种

---

①希腊语,人的意思。

慎重、他那种多疑、他那种纯粹套子式的论调，简直压得我们透不出气，他说什么不管男子中学里也好，女子中学里也好，青年人都品行恶劣，教室里吵吵闹闹，哎呀，只求这种事别传到上司的耳朵里去才好！哎呀，千万别闹出什么乱子来啊，还说如果把二年级的彼得罗夫和四年级的叶果罗夫开除，那倒很好。后来怎么样？他凭他那种唉声叹气、他那种垂头丧气、他那苍白的小脸上的黑眼镜（您要知道，那张小脸活像黄鼠狼的脸），把我们都降伏了，我们只好让步，减少彼得罗夫和叶果罗夫的品行分数，把他们禁闭起来，最后终于把他俩开除了事。他有一种古怪的习惯：常来我们的住处访问。他来到一位教师家里，总是坐下来，就此一声不响，仿佛在考察什么事似的。他照这样一言不发地坐上一两个钟头，就走了。他把这叫作'跟同事们保持良好关系'。显然，这类拜访，这样呆坐，在他是很难受的。他之所以来看我们，只不过是因为他认为这是对同事们应尽的责任罢了。我们这些教师都怕他。就连校长也怕他。您瞧，我们这些教师都是有思想的、极其正派的人，受过屠格涅夫和谢德林的教育，然而这个老穿着套鞋、拿着雨伞的人，却把整个中学辖制了足足十五年！可是光辖制中学算得了什么？全城都受他辖制呢！我们这儿的太太们到星期六不办家庭戏剧晚会，因为怕他知道。有他在，教士们到了斋期就不敢吃荤，不敢打牌。在别里科夫这类人的影响下，在最近这十年到十五年间，我们全城的人变得什么都怕。他们不敢大声说话，不敢发信，不敢交朋友，不敢看书，不敢周济穷人，不敢教人念书写字……"

伊万·伊万内奇想说点什么，咳了咳喉咙，可是他先点燃烟斗，瞧了瞧月亮，然后才一板一眼地讲起来：

"是啊，有思想的正派人，既读屠格涅夫，又读谢德林，还读勃克尔等等，可是他们却屈服，容忍这种事……问题就在这儿了。"

"别里科夫跟我同住在一所房子里，"布尔金接着说，"同住在一层楼上，他的房门对着我的房门。我们常常见面，我知道他在家里怎样生活。他在家里也还是那一套：睡衣啦，睡帽啦，护窗板啦，门闩啦，一整套各式各样的禁条和忌讳，还有：'哎呀，千万别闹出什么乱子来啊！'吃素对健康有害，可是吃荤又不行，因为人家也许会说别里科夫不持斋。他就吃用奶油煎的鲈鱼，这东西固然不是素食，可也不能说是斋期禁忌的菜。他不用女仆，因为怕人家对他有坏看法，于是雇了个六十岁上下的老头子做厨子,名叫阿法纳西,这人老是醉醺醺的,神志不清,从前做过勤务兵,好歹会烧一点菜。这个阿法纳西经常站在门口,两条胳膊交叉在胸前,老是长叹一声,嘟哝那么一句话:

"'眼下啊,像他们那样的人可真是多得不行!'

"别里科夫的卧室挺小,活像一口箱子,床上挂着帐子。他一上床睡觉,就拉过被子来蒙上脑袋;房里又热又闷,风推动关紧的门,炉子里嗡嗡地响,厨房里传来叹息声,不祥的叹息声……

"他躺在被子底下战战兢兢,生怕会出什么事,生怕阿法纳西来杀他,生怕小偷溜进来,然后他就通宵做噩梦,到早晨我们一块儿到学校去的时候,他闷闷不乐,脸色苍白。他所去的那个有很多人的学校,分明使得他满心害怕和憎恶。跟我并排走路,对他那么一个性情孤僻的人来说,显然也是苦事。

"'我们的教室里吵得很凶,'他说,仿佛极力要找一个理由说明他的愁闷似的,'太不像话了。'

"您猜怎么着,这个希腊语教师,这个套中人,还差点结了婚。"

伊万·伊万内奇很快地回头瞟一眼堆房,说:

"您开玩笑了!"

"真的,尽管说起来古怪,可是他的确差点结了婚。有一个新的史地教师,一个原籍乌克兰,名叫米哈伊尔·萨维奇·科瓦连科的人,派到我们学校里来了。他不是一个人来的,而是带着他姐姐瓦连卡一起来的。他是个高高的、皮肤发黑的青年,手挺大,从他的脸相就看得出他说话是男低音,果然他的嗓音像是从桶子里发出来的一样,嘭、嘭、嘭……她呢,已经不算年轻,年纪有三十岁上下了,可是她长得高,身材匀称,黑眉毛,红脸蛋,一句话,她简直不能说是姑娘,而是蜜饯水果,活泼极了,谈笑风生,老是唱小俄罗斯的抒情歌曲,老是哈哈大笑。她动不动就发出响亮的笑声:'哈哈哈!'我记得我们初次真正认识科瓦连科姐弟是在校长的命名日宴会上。在那些死板板的、又紧张又沉闷的、甚至把赴命名日宴会也看作应公差的教师中间,我们忽然看见一个新的阿佛洛狄忒①从浪花里钻出来。她两手叉着腰,

---

①希腊神话中爱和美的女神,她在海里诞生,从浪花里钻出来。

走来走去,笑啊唱的,翩翩起舞……她带着感情唱《风在吹》,然后又唱一支抒情歌曲,随后又唱一支。她把我们大家,连别里科夫也在内,都迷住了。他挨着她坐下,露出甜滋滋的笑容,说:

"'小俄罗斯语言的柔和清脆使人联想到古希腊语言。'

"这句话她听着受用,她就开始热情而恳切地对他讲起他们在加佳奇县有一个庄园,她的妈妈就住在庄园里,那儿有那么好的梨,那么好的甜瓜,那么好的卡巴克^①!乌克兰人把南瓜叫作卡巴克,把酒馆叫作希诺克,他们用红甜菜和白菜熬的红甜菜汤'可好吃了,可好吃了,简直好吃得要命'。

"我们听啊听的,忽然大家灵机一动,生出了同样的想法。

"'要是把他们配成夫妇,那倒不错,'校长太太轻声对我说。

"不知什么缘故,我们大家这才想起来:原来我们的别里科夫还没结婚。这时候我们才觉着奇怪:不知怎么,他生活里这样一件大事,我们以前竟一直没有理会,完全忽略了。他对女人一般采取什么态度呢?这种终身大事的要紧问题他怎样替他自己解决的?这以前我们一点也没有关心过这件事。也许我们甚至不允许自己想到:一个不问什么天气总是穿着套鞋,睡觉总要挂上帐子的人,也会热爱什么人吧。

"'他已经四十多岁了,她呢,也三十了……'校长太太说明她的想法,'我看她肯嫁给他的。'

"在我们内地,由于无聊,什么事没做出来过?有多少不必要的蠢事啊!这是因为必要的事大家却根本不做。是啊,比方说,这个别里科夫,既然大家甚至不能想象他是一个可以结婚的人,那我们何必忽然要给他撮合婚事呢?校长太太啦,学监太太啦,我们中学里的所有太太们,都活跃起来,甚至变得好看多了,仿佛忽然发现了生活目标似的。校长太太在剧院里订下一个包厢,我们一看,原来瓦连卡坐在她的包厢里面,摇着扇子,满脸放光,高高兴兴。她旁边坐着别里科夫,身材矮小、背脊拱起,看上去好像刚用一把钳子把他从家里夹来的一样。我在家里办小晚会,太太们就要求我一定邀请别里科夫和瓦连卡。总之,机器开动了。看来瓦连卡

---

①俄语中是酒馆的意思。

也并不反对出嫁。她在她弟弟那儿生活得不大快活,他们只会成天吵啊骂的。比方说,有过这样一个场面:科瓦连科顺着大街大踏步走着,他是又高又壮的大汉,穿一件绣花衬衫,一绺头发从帽子底下钻出来耷拉在他的额头上,一只手拿着一捆书,另一只手拿着一根有节疤的粗手杖。他身后跟着他姐姐,也拿着书。

"'可是你啊,米哈伊里克,这本书绝没看过!'她大声争辩说,'我告诉你,我敢赌咒:你压根儿没看过!'

"'我跟你说我看过嘛!'科瓦连科大叫一声,把手杖在人行道上顿得直响。

"'唉,我的上帝,米哈伊里克!你为什么发脾气?要知道,我们谈的是原则问题啊。'

"'我跟你说我看过嘛!'科瓦连科嚷道,声音更响了。

"在家里,要是有外人在座,他们也一个劲儿地争吵。这样的生活多半使她厌烦,盼望着有自己的小窝了。况且,也该想到她的年纪,现在已经没有工夫来挑啊拣的,跟什么人结婚都行,即使是希腊语教师也将就了。附带还要说一句:我们的小姐们大多数都不管跟谁结婚,只要能嫁出去就行。不管怎样吧,瓦连卡对我们的别里科夫开始表示明显的好感了。

"别里科夫呢?他也常去拜望科瓦连科了,就跟他常来拜望我们一样。他去了就坐下,一声不响。他沉默着,瓦连卡就对他唱《风在吹》,或者用她那双黑眼睛若有所思地瞧着他,再不就忽然扬声大笑:

"'哈哈哈!'

"在恋爱方面,特别是在婚姻方面,外人的怂恿总会起很大作用。所有的人,他的同事们和太太们,开始向别里科夫游说:他应当结婚了,他的生活没有别的缺憾,只差结婚了。我们大家向他道喜,做出一本正经的脸色说了各种俗套,例如'婚姻是终身大事'等等。况且,瓦连卡长得不坏,招人喜欢,她是五等文官的女儿,有田庄,尤其要紧的是,她是第一个待他诚恳而亲热的女人。于是他昏了头,决定真该结婚了。"

"哦,到了这一步,就应该拿掉他的套鞋和雨伞了。"伊万·伊万内奇说。

"您只要一想就明白:这是办不到的。他把瓦连卡的照片放在自己桌子上,不断地来找我,谈瓦连卡,谈家庭生活,谈婚姻是终身大事,常到科瓦连科家去,可是他一点也没改变生活方式。甚至刚好相反，结婚的决定对他起了像害病一样的影响。他变得更瘦更白，好像越发深地缩进他的套子里去了。

"'瓦尔瓦拉·萨维希娜我是喜欢的，'他对我说，露出淡淡的苦笑，'我也知道人人都必须结婚，可是……您知道，这件事发生得这么突然……总得细细想一想才成。'

"'有什么可想的？'我对他说，'一结婚，就万事大吉了。'

"'不成，婚姻是终身大事，人先得估量一下将来的义务和责任……免得日后闹出什么乱子。这件事弄得我心神不安，现在我通宵睡不着觉。老实说，我害怕，她和她弟弟有一种古怪的思想。您知道，他们议论起事情来有点古怪。她的性情又很活泼。结婚倒不要紧，说不定就要惹出麻烦来了。'

"于是他没求婚，一个劲儿地拖延，弄得校长太太和我们所有的太太都烦恼极了。他时时刻刻在估量将来的义务和责任，同时他又差不多天天跟瓦连卡出去散步，也许他认为这是在他这种情形下照理该做的事吧。他常来看我，为的是谈家庭生活。要不是因为忽然闹出一场 Kolossalische Scandal①，他临了多半会求婚，因而促成一桩不必要的、愚蠢的婚事。在我们这儿，由于闲得无聊，没事情做，照那样结了婚的，正有成千上万的先例呢。

"应该说明一下：瓦连卡的弟弟科瓦连科从认识别里科夫的第一天起，就痛恨他，受不了他。

"'我不懂，'他常对我们说，耸一耸肩膀，'我不懂你们怎么能够跟这个告密的家伙，那副叫人恶心的嘴脸处得下去。唉！诸位先生，你们怎么能在这儿生活下去啊！你们这儿的空气闷死人，糟透了！难道你们能算是导师，教师吗？你们是官僚，你们这儿不是学府，而是城市警察局，而且有警察岗亭里那股酸臭气味。不行，诸位老兄，我在你们这儿再住一阵，就要回到我的田庄上去，在那儿捉捉虾，教教乌克兰的小孩子念书了。我是要走的，你们呢，尽可以跟你们的犹大留在这儿，叫他遭了瘟才好！'

"要不然他就哈哈大笑，笑得流出眼泪来，时而用男低音，时而用非常尖细的

---

①德语，大笑话的意思。

嗓音，摊开双手，问我：

"'他干吗上我这儿来坐着？他要干什么？他一直坐在那儿发呆。'

"他甚至给别里科夫起了一个外号叫'蜘蛛'。当然，关于他姐姐瓦连卡打算跟'蜘蛛'结婚的事，我们对他绝口不谈。有一回校长太太向他暗示说，要是他姐姐跟别里科夫这么一个稳重的、为大家所尊敬的人结婚，那倒是一件好事。他就皱起眉头，嘟哝道：'这不关我的事，哪怕她跟毒蛇结婚也由她。我不喜欢干涉别人的事。'

"现在，您听一听后来发生的事吧。有个促狭鬼画了一张漫画，画着别里科夫打着雨伞，穿着套鞋，卷起裤腿，正在走路，臂弯里挽着瓦连卡，下面缀着题名：'恋爱中的 anthropos。'您要知道，那神态画得像极了。那位画家一定画了不止一夜，因为男子中学和女子中学里的教师们、宗教学校的教师们、衙门里的官儿，每人都接到一份。别里科夫也接到一份。这幅漫画给他留下极其难堪的印象。

"我们一块儿从房子里走出去，那天正好是五月一日，星期日，我们全体教师和学生事先约定在学校里会齐，然后一块儿步行到城郊的一个小树林里郊游。我们动身了，他脸色发青，比乌云还要阴沉。

"'天下有多么歹毒的坏人！'他说，他的嘴唇发抖了。

"我甚至可怜他了。我们走啊走的，忽然间，您猜怎么着，科瓦连科骑着自行车来了，在他身后，瓦连卡也骑着自行车，涨红了脸，筋疲力尽，可是快活，兴高采烈。

"'我们先走一步！'她嚷道，'天气多么好啊！多么好，简直好得要命！'

"他们俩走远，不见了。我的别里科夫的脸色从发青变成发白，好像呆住了。他站住，瞧着我……

"'请问，这是怎么回事？'他问，'或者，我的眼睛骗了我吗？难道中学教师和女人骑自行车还成体统吗？'

"'这有什么不成体统的？'我说，'让他们尽管骑自行车，快快活活玩一阵儿好了。'

"'可是这怎么行？'他叫起来，看见我平心静气，感到惊讶，'您在说什么呀？！'

"他大为震动，不愿意再往前走，回家去了。

"第二天他老是心神不定地搓手，打哆嗦，从他的脸色看得出他身体不舒服，还没到放学的时候,他就走了,这还是他生平第一回呢。他没吃午饭。虽然门外已经完全是夏天天气,可是将近傍晚,他却穿得暖暖和和的,慢腾腾地走到科瓦连科家里去了。瓦连卡不在家,他只碰到她弟弟在家。

"'请坐吧,'科瓦连科冷冷地说,皱起眉头。他的脸上带着睡意,饭后他打了个盹儿,刚刚醒来,心绪很坏。

"别里科夫沉默地坐了十分钟光景,然后开口了:

'我上您这儿来,是为了减轻我心里的负担。我心里沉重得很,沉重得很。有个不怀好意的家伙画了一张漫画,把我和另一个跟您和我都有密切关系的人画成可笑的样子。我认为我有责任向您保证我跟这事没一点关系……我没有做出什么事来该得到这样的讥诮,刚好相反,我的举动素来在各方面都称得起是正人君子。'

"科瓦连科坐在那儿生闷气,一句话也不说。别里科夫等了一会儿,然后压低喉咙,用悲凉的声调接着说:

'另外我还有件事情要跟您谈一谈。我已经教书多年了,您最近才开始工作。我是一个比您年纪大的同事,认为有责任给您讲一个忠告。您骑自行车,这种消遣对青年教育工作者来说是完全不成体统的。'

"'怎么见得?'科瓦连科用男低音问。

"'难道这还用解释吗,米哈伊尔·萨维奇?难道这不是理所当然吗?如果教师骑自行车,那还能希望学生做出什么好事来?他们所能做的就只有头朝下,拿大顶走路了!既然政府还没有发出通告,允许做这种事,那就做不得。昨天我吓了一大跳!我一看见您的姐姐,眼前就变得一片漆黑。一个女人或者一个姑娘骑自行车,这太可怕了!'

"'说实在的,您到底要怎么样?'

"'我所要做的只有一件事,就是忠告您,米哈伊尔·萨维奇。您是青年人,您前途远大,您的举动得十分十分小心才成,您却这么马马虎虎,唉,多么马马虎虎!您穿着绣花衬衫出门,经常拿着些书在大街上走来走去,现在呢,又骑什么自行车。校长会听说您和您姐姐骑自行车的,然后,这事又会传到督学的耳朵里……这还会有好下场吗?'

"'讲到我姐姐和我骑自行车,这不干别人的事!'科瓦连科说,涨红了脸,'谁要来管我的家事和私事,我就叫谁滚开!'

"别里科夫脸色苍白,站起来。'要是您用这种口吻跟我讲话,那我就不能再讲下去了,'他说,'我请求您在我面前谈到上司的时候永远不要这样说话。您对当局应当尊敬才对。'

"'难道我说了当局什么坏话吗?'科瓦连科问,生气地瞧着他,'请您躲开我。我是正直的人,不愿意跟您这样的先生讲话。我不喜欢告密的人。'

"别里科夫心慌意乱,匆匆忙忙地穿大衣,脸上带着恐怖的神情。要知道这还是他生平第一回听到这么不客气的话。

"'随您怎么说,都由您,'他一面走出前堂,到楼梯口去,一面说,'只是我得跟您预先声明一下:说不定有人偷听了我们的话。为了避免我们的谈话被人家误解,避免闹出什么乱子,我得把我们的谈话内容报告校长先生……把大意说明一下。我不能不这样做。'

"'报告?去,报告去吧!'

"科瓦连科在他后面一把抓住他的衣领,使劲一推,别里科夫就滚下楼去,他的套鞋乒乒乓乓地响。楼梯又高又陡,不过他滚到楼下却安然无恙,站起来,摸了摸鼻子,看他的眼镜碎了没有。可是,他滚下楼的时候,偏巧瓦连卡回来了,还带着两位太太。她们站在楼下,呆呆地瞧着,这在别里科夫却比任何事情都可怕。看样子,他情愿摔断脖子和两条腿,也不愿意成为取笑的对象。是啊,这样一来,全城的人都会听说这件事,还会传到校长耳朵里,传到督学耳朵里去。哎呀,千万别闹出什么乱子来啊!人家又会画一张漫画,到头来就会弄得他奉命辞职……

"等到他站起来,瓦连卡才认出是他。她瞧着他那滑稽的脸相、他那揉皱的大衣、他那套鞋,不明白是怎么回事,以为他是自己不小心摔下来的,就忍不住扬声大笑,响得整个房子都可以听见:

'哈哈哈!'

"这一串响亮而清脆的'哈哈哈'就此结束了一切:结束了婚事,结束了别里科夫的人间生活。他没听见瓦连卡说了些什么话,他什么也没看见。一到家,他第一件事就是从桌子上撤去瓦连卡的照片,然后他躺下,从此再也没有起床。

"大约三天以后，阿法纳西来找我，问我要不要派人去请医生，因为据他说，他的主人不大对头。我走到别里科夫的屋里。他躺在帐子里，盖着被子，一声不响。不管问他什么话，他总是回答一声'是'或者'不'，此外就闷声不响了。他躺在那儿，阿法纳西呢，满脸愁容，皱着眉头，在他旁边走来走去，深深地叹气，可是像酒馆一样冒出白酒的气味。

"过了一个月，别里科夫死了。我们都去送葬，那就是说，两个中学和宗教学校的人都去了。这时候他躺在棺材里，神情温和、愉快、甚至高兴，仿佛暗自庆幸终于装进一个套子里，从此再也不必出来了似的。是啊，他的理想实现了！老天爷也仿佛在对他表示敬意，他出殡的时候天色阴沉，下着雨。我们大家都穿着套鞋，打着雨伞。瓦连卡也去送葬，等到棺材下了墓穴，她哭了一阵儿。我发现乌克兰的女人总是不笑就哭，对她们来说不哭不笑的心情是没有的。

"老实说，埋葬别里科夫那样的人是一件大快人心的事。我们从墓园回来的时候，露出忧郁谦虚的脸相，谁也不肯露出快活的感情，像那样的感情，我们很久很久以前做小孩子的时候，遇到大人不在家，我们到花园里去跑一两个钟头，享受充分自由的时候，都经历过。啊，自由啊，自由！只要有一点点自由的影子，只要有可以享受自由的一线希望，人的灵魂就会长出翅膀来。难道不是这样吗？

"我们从墓园回来，心绪极好。可是一个星期还没过完，生活又过得跟先前一样，跟先前一样的严峻、无聊、杂乱了。这样的生活固然没有受到明令禁止，不过也没有得到充分的许可啊。局面并没有变得好一点。确实，我们埋葬了别里科夫，可是另外还有多少这种套中人活着，将来也还不知道会有多少呢！"

"问题就在这儿。"伊万·伊万内奇说，点上了他的烟斗。

"那样的人，将来不知道还会有多少！"布尔金又说一遍。

这个中学教师从堆房里走出来。他是一个矮胖的男子，头顶全秃了，留着一把黑胡子，差不多齐到腰上。有两条狗跟他一块儿走出来。

"多好的月色，多好的月色！"他抬头看，说道。

这时候已经是午夜了。向右边瞧，可以看见整个村子，一条长街远远地伸出去，大约有五俄里长。一切都浸在深沉而静寂的睡乡里，没有一点动静，没有一点声音，人甚至不能相信大自然能够这么静。人在月夜看着宽阔的村街和村里的茅屋、干草垛、睡熟的杨柳,心里就会变得恬静。这时候村子给夜色包得严严紧紧,躲开了劳动、烦恼、忧愁,安心休息,显得那么温和、哀伤、美丽,看上去仿佛星星在亲切而动情地瞧着它,大地上不再有坏人坏事,一切都挺好似的。左边,村子到了尽头,便是田野。可以看见田野远远地一直伸展到天边。在这一大片浸透月光的旷野上也是没有动静,没有声音。

"问题就在这儿了,"伊万·伊万内奇又说一遍,"我们住在城里,空气污浊,十分拥挤,写些无聊的文章,玩'文特',这一切岂不就是套子吗?至于在懒汉、爱打官司的人、无所事事的蠢女人中间消磨我们的一生、自己说而且听人家说各式各样的废话,这岂不也是套子吗?嗯,要是您乐意,那我就给您讲一个很有教益的故事。"

"不,现在也该睡了,"布尔金说,"留到明天再讲吧。"

他俩走进堆房,在干草上睡下来。他俩盖好被子,刚要昏昏睡去,忽然听见轻轻的脚步声:吧嗒,吧嗒……有人在离堆房不远的地方走着,走了一会儿站住了,过一分钟又是吧嗒,吧嗒……狗汪汪地叫起来。

"这是玛芙拉在走来走去。"布尔金说。

脚步声渐渐听不见了。

"你看着人们做假,听着人们说假话,"伊万·伊万内奇翻了个身说,"人们却因为你容忍他们的虚伪而骂你傻瓜。你忍受侮辱和委屈,不敢公开说你跟正直和自由的人站在一边,你自己也做假,还微微地笑,你这样做无非是为了混一口饭吃,得到一个温暖的角落,做个一钱不值的小官儿罢了。不成,不能再照这样生活下去了!"

"算了吧,您扯到别的题目上去了,伊万·伊万内奇,"教师说,"睡吧!"

过了大约十分钟,布尔金睡着了。可是伊万·伊万内奇不住地翻身,叹气,后来他起来,又走出去,坐在门边,点上烟斗。

醋栗

　　整个天空已经布满了雨云,从大清早起就是这样。空中没有风,不热,可是闷,每逢晦暗的阴天,雨云挂在田野的上空,久久不散,看样子要下雨而又不下的时候,往往就会有这样的情况。

　　兽医伊万·伊万内奇和中学教师布尔金已经走得很疲劳,他们觉得田野好像没个尽头似的。前面不远处,隐约可以看见米罗诺西茨科耶村的风车,右边有一排土冈朝前伸展,越过村子,消失在远方。他们俩都知道那是河岸,那儿有草场、碧绿的柳树、庄园。如果站在土冈上眺望,就可以看见同样辽阔的田野和电报线,远处的一列火车像是一条毛毛虫在爬。遇上晴朗的天气,从那儿甚至可以看见城市。如今在没风的天气,整个自然界显得温和而沉静。

　　伊万·伊万内奇和布尔金对这片田野充满热爱,两个人都在想:这个地方多么辽阔,多么美丽啊。

　　“上一次我们在村长普罗科菲的堆房里,”布尔金说,“您打算讲一个故事来着。”

　　“对了,当时我原想讲讲我弟弟的事。”

　　伊万·伊万内奇深深地叹一口气,点上烟斗,预备开口讲故事,可是正巧这时候天下雨了。过了大约五分钟,雨下大了,空中乌云密布,很难预测这场雨什么时候才会结束。伊万·伊万内奇和布尔金站住,考虑起来。他们的狗已经淋湿,站在那儿,夹着尾巴,深情地瞧着他们。

"我们得找个地方避一避雨才成,"布尔金说,"我们到阿列兴家里去吧。那儿很近。"

"那我们就去吧。"

他们就往斜下里拐过去,一路穿过已经收割过的田地,时而照直走,时而往右拐,直到走上一条大道为止。

不久就出现了杨树,园子,然后是谷仓的红房顶。河流闪闪发光,顿时眼前豁然开朗,出现一大片水,有一个磨坊和一个白色浴棚。这就是阿列兴所住的索菲诺村。磨坊在开工,那响声盖过了雨声,水坝在颤抖。那儿,在大车旁边,站着几匹淋湿的马,低下了头。人们披着麻袋走来走去。这儿潮湿,泥泞,憋闷,看上去河水冰凉,凶险。伊万·伊万内奇和布尔金已经感到周身潮湿,不清爽,不舒服,他们的脚由于沾着烂泥而发沉。

他们走过水坝,爬上坡,往地主家的谷仓走去,一路上都没讲话,好像在互相生气似的。在一个谷仓里,簸谷的风车轰轰地响。仓门开着,门里冒出一股股灰尘。阿列兴本人就在门口站着,这是个四十岁上下的男子,身材高而丰满,头发很长,与其说像地主,不如说像教授或者画家。他穿一件很久没有洗过的白衬衫,拦腰系一根绳子算是腰带,下身没穿外裤而只穿一条长衬裤,靴子上也沾满了泥浆和麦秸。他的鼻子和眼睛扑满灰尘,变得乌黑。他认出了伊万·伊万内奇和布尔金,分明很高兴。

"请到屋里去吧,两位先生,"他含笑说道,"我马上就来,用不了一分钟。"

这是一所两层楼的大房子。阿列兴住在楼下两个拱顶房间里,窗子很小,从前原是管家们居住的。屋里陈设简单,有黑面包、便宜的白酒和马具的气味,楼上的正房他难得去,只有客人来了,他才上去。伊万·伊万内奇和布尔金在房子里遇到一个使女,是个年轻的女人,长得很美,他们俩不由得同时站住,互相看了一眼。

"你们怎么也想不出来我见着你们有多么高兴,两位先生,"阿列兴跟着他们走进前厅,说,"这可是万万没想到!彼拉盖雅,"他对使女说,"给客人们找几件衣服来换一换吧。顺便我也换一下衣服。只是我先得去洗个澡,我好像从春天起就没洗过澡。两位先生,你们愿意到浴棚里去吗?也好让他们趁这工夫把这儿收拾一下。"

美丽的彼拉盖雅那么殷勤,又那么温柔,她给他们送来了毛巾和肥皂。阿列兴就和客人们到浴棚里去了。

"是啊,我已经很久没有洗澡了,"他一面脱衣服,一面说,"我的浴棚,你们看得出来,是挺好的,这还是我父亲修建的,可是不知怎的,我总也没有工夫洗澡。"

他在台阶上坐下,给他的长头发和脖子擦满肥皂,他四周的水就变成棕色了。

"是啊,我看也是……"伊万·伊万内奇瞧着他的头,意味深长地说。

"我已经很久没有洗澡了……"阿列兴不好意思地又说一遍,又往自己身上擦肥皂,他四周的水变成像墨水那样的深蓝色了。

伊万·伊万内奇走到外面,扑通一声跳进水里,冒着雨,抡开了胳膊游泳。他把身旁的水搅起了波浪,睡莲就在水波上摇晃。他游到河中水深处,扎一个猛子,过一分钟又在另一个地方出现,再往远处游去,老是钻进水里,想触到河底。"哎呀,我的上帝啊……"他反复说着,游得很痛快。"哎呀,我的上帝啊……"他游到磨坊那儿,跟几个农民谈了一阵,再游回来,到了河中央就平躺在水面上,让他的脸淋着雨。布尔金和阿列兴已经穿好衣服,准备走了,可是他还在游水,扎猛子。

"哎呀,我的上帝啊……"他说,"哎呀,求主饶恕我吧。"

"您也游得够了!"布尔金对他喊道。

他们回到房子里,等到楼上的大客厅里点上了灯,布尔金和伊万·伊万内奇都穿上了绸长袍、暖和的拖鞋,坐在圈椅上,阿列兴本人也洗了脸,梳好头,穿着新上衣,在客厅里走来走去,显然因为换了干衣服、轻便的鞋子,身上温暖、洁净而感到满足,美丽的彼拉盖雅不出声地在地毯上走着,温柔地微笑,用盘子端来了加果酱的茶——一直到这个时候,伊万·伊万内奇才开口讲故事。仿佛听他讲话的不光是布尔金和阿列兴,连那些藏在金边镜框里平静而严厉地瞧着他们的老老少少的太太和军人也在听似的。

"我们一共弟兄两个,"他开口说,"我,伊万·伊万内奇,和弟弟尼古拉·伊凡内奇,他比我小两岁。我学技术,做了兽医,尼古拉从十九岁起就已经在税务局里工作了。我们的父亲契木沙-希马拉依斯基本来是个世袭兵,不过后来当上了军官,给我们留下了世袭的贵族身份和一份小小的田产。他死后,那份小田产抵了债,可是不管怎样,我们的童年是在乡间自由自在地度过的。我们完全跟农家的孩子一样,白天晚上都待在田野上、树林里,看守马匹,剥树皮,钓鱼等等……你们要知道，谁一生当中哪怕只钓到过一次鲈鱼，或者秋天只见过一次鸦雀南飞，看它们怎样在晴朗凉爽的日子里成群飞过乡村，那他就再也不想做城里人了，他一直到死都会向往那种自由的生活。我的弟弟在税务局里老是惦记乡下。光阴一年年地过去，他老是坐在一个地方不动，老是写同样的公文，心里所想的老是一件事：怎样能到乡间去。他的这种苦恼渐渐成为一种明确的愿望，一种梦想，但求在河边或者湖畔买下一个小小的庄园。

"他是个善良温和的人，我喜欢他，可是这种一辈子把自己关在自家的庄园里的愿望，我却是素来不同情的。人们常常说：人只需要三俄尺的土地。然而要知道，需要三俄尺土地的是死尸，而不是活人。现在还有人说，如果我们的知识分子向往土地，盼望有个庄园，那是好事。可是要知道，这些庄园跟三俄尺土地差不多。离开城市，离开斗争，离开生活的喧闹声，走得远远的，躲进自己的庄园里，这不是生活，这是利己主义，懒惰，这也算是一种修道生活，然而是毫无成绩的修道生活。人所需要的不是三俄尺土地，不是一个庄园，而是整个地球，整个自然界，在那广阔的天地中人才能表现他的自由精神的全部品质和特点。

"我的弟弟尼古拉坐在他的办公室里，幻想将来怎样喝自己家里的白菜汤，那种令人垂涎欲滴的香气弥漫在整个院子里，怎样在碧绿的草地上吃饭，在阳光下睡觉，一连几个钟头坐在大门外的长凳上，眺望田野和树林。农艺书和日历上一切有关农艺方面的意见给他乐趣，成了他心爱的精神食粮。他还喜欢看报，可是专看报纸上这一类广告：某地有若干俄亩土地，连同草场、庄园、小河、花园、磨坊和活水池塘等一并出售。他的头脑里就画出花园里的小径、花卉、水果、鸟巢、池塘里的鲫鱼，总之，你们知道，诸如此类的东西。这类想象的画面因他所见到的广告不同而有所不同，然而不知什么缘故，每个画面上都一定有醋栗。他不能想象一个庄园，一个饶有诗意的安乐窝会没有醋栗。

"'乡村生活自有它舒适的地方，'他常常说，'人可以在露台上坐着，喝喝茶，自己养的小鸭子在池塘里泅水，空中弥漫着好闻的气味，而且……而且醋栗长熟了。'

"他常描画他的田庄的草图，而每一次他的草图上都离不了那么几样东西：（一）主人的正房，（二）仆人的下房，（三）菜园，（四）醋栗。他拼命节省，不让自己吃饱喝足，上帝才知道他穿的是什么衣服，活像个叫花子；他不断在攒钱，存在银行里。他成了财迷。我一瞧见他就痛心，常常给他点钱，遇到过节也总给他寄点去，可是他就连这点钱也存起来。要是一个人打定了主意，那你就拿他没办法了。

"若干年过去，他调到另一个省里去了。他年纪已经过了四十，可是仍旧读报上的广告，攒钱。后来我听说他结婚了。他仍然打定主意要买一个有醋栗的庄园，娶了一个年老而难看的寡妇，对她一点感情也没有，只是因为她有几个钱罢了。他跟她生活在一起也仍然十分吝啬，害得她半饥半饱，把她的钱存在银行里而写在他的名下。早先她的丈夫是个邮政局长，她在他那儿吃惯了馅饼，喝惯了果子酒，可是跟第二个丈夫一块儿过日子却连黑面包也不够吃。她过着这样的生活，开始憔悴，不出三年就干脆把灵魂交给了上帝。当然，我的弟弟根本就没有想到过她的死要由他负责。金钱好比白酒，能把人变成怪物。从前我们城里有一个病得快死的商人。临终前，他叫人端来一碟蜂蜜，把他所有的钞票和彩票就着蜂蜜一股脑儿吞下肚去，叫谁也得不到。有一次我在火车站检查畜群，正巧有个马贩子失足摔在火车头下，压断了一条腿。我们把他抬到急诊室里，血不停地流着，真是吓人。可是他却一个劲儿地要求把他的腿找回来，老是放心不下：原来那条压断的腿所穿的靴子里有二十个卢布，千万别丢失才好。"

"您岔到别的事情上去了。"布尔金说。

"我的弟媳死后，"伊万·伊万内奇沉吟了半分钟，继续说，"我弟弟就着手物色一份田产。当然，哪怕物色五年，到头来也还是会出错，所买的和所想的迥然不同。我的弟弟尼古拉通过经纪人买下了一个抵押过的庄园，占地一百二十俄亩，有主人的正房，有仆人的下房，有花园，可是没有果园，没有醋栗，没有池塘和小鸭子。河倒是有的，不过河水是咖啡色，因为庄园的一边是造砖厂，另一边是烧骨场。可是我的尼古拉·伊凡内奇倒也不怎么伤心，他订购了二十墩醋栗，栽下，照地主的排场过起来。"

"去年我去探望他。我心想我去看看那儿的情况怎么样。我弟弟在信上称他的庄园为'楚木巴罗克洛夫芜园'，又称'希马拉依斯科耶'。我是在午后到达那个又称'希马拉依斯科耶'的地方的。天很热。到处都是沟渠、围墙、篱笆、栽成行的杉树，弄得人不知道怎样才能走进院子，应该把马拴在哪儿。我往正房走去，迎面遇到一条毛色棕红的肥狗，活像一头猪。它本想叫一声，可是又懒得开口。从厨房里走出一个厨娘，光着脚，身体挺胖，也活像一头猪。她说主人吃过饭后正在休息。我走进屋里去看我的弟弟，他正坐在床上，膝部盖着被子。他老了，胖了，皮肉松弛，他的脸颊、鼻子和嘴唇往前突出，眼看就要像猪那样呼噜呼噜地叫着，钻进被子里去了。

"我们互相拥抱，流下了眼泪，这是因为高兴，也是因为忧郁地想到，从前我们都年轻，现在两个人却白发苍苍，快到死的时候了。他穿上外衣，领着我去看他的庄园。

"'哦，您在这儿过得怎么样？'我问。

"'还不错，感谢上帝，我过得挺好。'

"他已经不是往日那个畏畏缩缩的、可怜的小职员，而是真正的地主老爷了。他已经在这儿住惯了，觉得挺有味道。他吃得很多，常到澡棚里去洗澡，身子发胖，已经跟村社和两个工厂打过官司，遇上农民不称呼他'老爷'，就老大的不高兴。他煞有介事地关心自己灵魂的得救，老爷派头十足，不是实实在在地做好事，而是装腔作势。那么，他做了些什么好事呢？他用苏打和蓖麻籽油医治农民的一切疾病，每到他的命名日，他就在村子中央做谢恩祈祷，然后摆出半桶白酒来请农民喝，认为事情就该这么办。哎，那可怕的半桶白酒！今天这个胖地主拉着农民们到地方行政长官那儿去，控告他们把牲畜放出来踏坏他的庄稼，明天遇上隆重的节日，却摆出半桶白酒来请他们喝，他们一面喝酒一面喊'乌拉'，喝醉了的人就给他叩头。生活好转、饱足、闲散，往往在俄国人身上培养出最为骄横的自大心理。尼古拉·伊凡内奇以前在税务局里甚至不敢有他自己的见解，可是现在他所讲的话却没有一句不是至理名言，而且是用大臣那样的口吻讲出来的：'教育是必不可少的，然而对老百姓来说还未免言之过早。''总的来说，体罚是有害的，不过在某些场合却是有益的，不可缺少的。'

"'我了解老百姓，善于对付他们，'他说，'老百姓都喜欢我。我只要动一下手指头，他们就会把我所要办的事统统给我办好。'

"所有这些话，请注意，都是带着聪明而善良的笑容说出来的。他把'我们这些贵族''我以贵族的身份'这类用语反反复复说过二十遍，分明已经不记得我们的祖父是个庄稼汉，父亲是个兵了。我们的姓契木沙－希马拉依斯基实际上十分古怪，可是现在他却觉得它响亮，高贵，颇为悦耳了。

"然而问题不在他，而在我自己身上。我想对你们讲一讲我在他的庄园里盘桓了几个钟头，我自己起了什么样的变化。傍晚我们正在喝茶，厨娘端来满满一盘醋栗，放在桌子上。这不是买来的，而是他自己家里种的，自从栽下那些灌木以后，这还是头一回收果子。尼古拉·伊凡内奇笑起来，默默地瞧了一会儿醋栗，眼泪汪汪，激动得说不出话来。然后他拿起一个果子放进嘴里，瞧着我，露出小孩子终于得到心爱玩具后的得意神情，说：

'多么好吃啊！'

"他贪婪地吃着，不住地重复道：

'嘿，多么好吃啊！你尝一尝！'

"果子又硬又酸，可是正如普希金所说的：'我们喜爱使人高兴的谎话，胜过喜爱许许多多的真理。'我看见了一个幸福的人，他的心心念念的梦想显然已经实现，他的生活目标已经达到，他所盼望的东西已经拿到手，他对他的命运和他自己都满意了。不知什么缘故，往常我一想到人的幸福，总不免带点忧郁的心情，如今我亲眼见到了幸福的人，我的心里却充满了近似绝望的沉重感觉。夜里我心头特别沉重。他们在我弟弟的卧室的隔壁房间里为我铺了床，我听见他没有睡着，常常起床，走到那盘醋栗跟前拿果子吃。我心想：实际上有多少满足而幸福的人啊！这是一种多么令人压抑的力量！你们来看一看这种生活吧：强者骄横而懒惰，弱者愚昧，像牲畜一般生活着，周围是难以忍受的贫困、憋闷、退化、酗酒、伪善、撒谎。

"……然而，所有的房屋里和街道上却安安静静，心平气和。住在城里的五万人当中竟然没有一个人大叫一声，高声说出他的愤慨。我们看见一些人到市场去买食品，白天吃喝，晚上睡觉，他们说废话，结婚，衰老，安详地把死人送到墓园里去；可是那些受苦受难的人，那些在暗处什么地方进行着的生活里的惨事，我们却没看见，也没听到。一切都安静太平，提抗议的只有不出声的统计数字：若干人发了疯，若干桶白酒被喝光，若干儿童死于营养不良……这样的世道分明是必要的；幸福的人之所以感到逍遥自在，仅仅是因为不幸的人沉默地背负着他们的重担，而缺了这样的沉默，一些人想要幸福就办不到。这是普遍的麻木不仁。每一个满足而幸福的人的房门边都应当站上一个人,手里拿着小锤子,经常敲着门提醒他:天下还有不幸的人,不管他自己怎样幸福,生活却迟早会对他伸出魔爪,灾难会降临,例如疾病、贫穷、损失等。到那时候谁也不会看见他,不会听见他。就像现在他看不见,也听不见别人一样。然而拿着小锤子的人却没有,幸福的人生活得无忧无虑,生活中细小的烦恼微微激动着他,就像风吹杨树一样,于是天下太平。

"这天晚上我才明白我也满足而幸福,"伊万·伊万内奇站起来,继续说,"我在吃饭和打猎的时候也教导别人该怎样生活,怎样信仰,怎样管好老百姓。我也说学问是光明,教育是必不可少的,然而目前对普通人来说,能读会写也就足够了。我说自由是幸福,缺了它如同缺了空气一样,是不行的,然而应当等待。是的,我常这样说,可是现在我要问:为什么要等?"

伊万·伊万内奇生气地瞧着布尔金,问道:"我问你们,为什么要等?根据什么理由?人家对我说,不能一下子就把样样事情都办成,每一种理想在生活里都是逐步地、到适当的时候才实现。然而这话是谁说的?有什么证据足以证明这话是正确的?你们引证事物的自然规律,引证社会现象的合法性,可是我,一个有思想的活人,站在一道沟面前,本来也许可以从上面跳过去,或者搭一座桥走过去,却偏偏要等着它自动封口,或者等着淤泥把它填满,难道这也说得上什么规律和合法性?再说一遍,为什么要等?等到没有力量生活了才算?可是人又非生活不可,而且也渴望生活!

"我一清早就离开我弟弟的家,从那时候起,我在城里住着就感到不能忍受了。那种安静而太平的气氛使我苦恼。我不敢瞧人家的窗子,因为现在对我来说,再也没有比幸福的一家人围住桌子坐着喝茶的情景更使人难受的了。我已经年老,不适宜做斗争,我甚至不会憎恨人了。我只是心里悲伤、生气、烦恼,每到夜里我的脑子里各种思想纷至沓来,弄得我十分激动,睡不着觉……唉,要是我年轻就好了!"

伊万·伊万内奇激动得从这个墙角走到那个墙角,反复地说:

"要是我年轻就好了!"

他忽然走到阿列兴跟前,先是握他的这只手,后来又握他的那只手。

"巴威尔·康斯坦丁内奇!"他用恳求的声调说,"不要心平气和,不要让自己昏睡！趁年轻、强壮、血气方刚，要永不疲倦地做好事！幸福是没有的，也不应当有。如果生活有意义和目标，那么，这个意义和目标就断然不是我们的幸福，而是比这更合理、更伟大的东西。做好事吧！"所有这些话，伊万·伊万内奇都是带着可怜的、恳求的笑容说的，仿佛他在为他自己请求什么事似的。

后来这三个人在客厅里各据一方，在三把圈椅上坐下，沉默了。伊万·伊万内奇的故事既没满足布尔金，也没满足阿列兴。金边镜框里的将军们和太太们在昏暗的光线中像是活人，低下眼睛瞧着他们，在这样的时候听那个可怜的、吃醋栗的职员的故事是很乏味的。不知什么缘故，他们很想谈一谈或者听一听高雅的人和女人的事。他们所在的这个客厅里，一切东西，蒙着套子的枝形烛架，圈椅，脚底下的地毯，都在述说现在从镜框里往外看的那些人从前也在这儿走过路，坐过，喝过茶，而美丽的彼拉盖雅目前正在这儿不出声地走来走去，这倒比任何故事都美妙得多呢。

阿列兴非常想睡觉。他清早两点多钟就起床料理农活，现在他的眼皮合在一起了，可是他生怕他不在，两位客人会讲出什么有趣的事，就没有走掉。至于刚才伊万·伊万内奇所讲的故事是否有道理，是否正确，他却没有去细想。两位客人没谈麦粒，没谈干草，没谈焦油，而是谈些同他的生活没有直接关系的事，他心里暗暗高兴，希望他们继续谈下去才好……"可是到睡觉的时候了，"布尔金站起来，说，"请允许我向你们道晚安吧。"

阿列兴道了晚安，回到楼下他自己的房间里去了，两位客人留在楼上。他们俩被人领到一个大房间里过夜，那儿摆着两张旧式的雕花大床，房角上挂着刻有耶稣受难像的象牙十字架。他们那两张凉快的大床已经由美丽的彼拉盖雅铺好被褥，新洗过的床单散发着好闻的气味。

伊万·伊万内奇不声不响地脱掉衣服，躺了下来。

"主啊，饶恕我们这些罪人吧！"他说，拉过被子来蒙上了头。

他的烟斗放在桌子上，冒出浓重的烟草味。布尔金很久没有睡着，心里一直在纳闷，无论如何也弄不明白这股刺鼻的气味是从哪儿来的。

雨点通宵抽打着窗子。

宝贝儿

奥莲卡①正坐在院子里的门廊上想心事。天气挺热，苍蝇老是讨厌地缠住人不放，她是退休的八品文官普列勉尼科夫的女儿。想到不久就要天黑，心里就痛快了。

乌黑的雨云从东方朝这儿移动，潮湿的空气时不时地从那边吹来。库金站在院子中央，瞧着天空。他是剧团经理人，经营着"季沃里"游乐场，借住在这个院里的一个厢房内。

"又要下雨了！"他沮丧地说，"又要下雨了！天天下雨，天天下雨，好像故意跟我捣乱似的！这简直是要我上吊！要我破产！天天要赔一大笔钱！"

他举起双手一拍，接着朝奥莲卡说："瞧！奥尔迦·谢敏诺芙娜，我们过的就是这种日子。恨不得痛哭一场！一个人好好工作，尽心竭力，筋疲力尽，夜里也睡不着觉，老是想怎样才能干好，可是结果怎么样呢？观众都是些没知识的人、野蛮人。我为他们排顶好的小歌剧、梦幻剧，请第一流的讽刺歌曲演唱家，可是他们要看吗？你以为他们看得懂？他们只要看滑稽的草台戏哟！给他们排庸俗的戏就行！其次，请您看看这天气吧。差不多天天晚上都下雨。从五月十号起下开了头，接连下了整整一个五月和一个六月。简直要命！看戏的不来，可是租钱我不是照旧得付？演员的工钱不是也照旧得给？"

第二天傍晚，又阴云四合了，库金歇斯底里般地狂笑着说：

①奥尔迦·谢敏诺芙娜的爱称。

"那有什么关系？要下雨就下吧！下得满花园是水，把我活活淹死就是！叫我这辈子倒霉，到了下辈子也还是倒霉！让那些演员把我扭到法院去就是！法院算得了什么？索性把我发配到西伯利亚去做苦工好了！送上断头台就是！哈哈哈！"

到第三天还是那一套。

奥莲卡默默地、认真地听库金说话，有时候眼泪涌上她的眼眶。临了，他的不幸打动了她的心，她爱上他了。他又矮又瘦，脸色发黄，头发往两边分梳，用尖细的男高音说话，说话时撇着嘴。他脸上老是带着沮丧的神情，可是他还是在她心里引起一种真挚的深情。她老得爱一个人，不这样就不行。早先，她爱她爸爸，现在他害了病，坐在一个黑房间里的一把圈椅上，呼吸困难；她还爱过她的姑妈，往常她姑妈每隔两年总要从布良斯克来一回；这以前，她在上初级中学的时候，爱过她的法语教师。她是个文静的、好心的、体贴人的姑娘，目光温顺、柔和，身体十分健康。男人要是看到她那丰满、红润的脸蛋，看到她那生着一颗黑痣的、柔软白净的脖子，看到她一听到什么愉快的事情脸上就绽开的天真善良的笑容，就会暗想："是啊，这姑娘挺不错……"就也微微地笑。女人呢，在谈话中间往往会情不自禁地，忽然拉住她的手，忍不住满心喜爱地说：

"宝贝儿！"

这所房子坐落在城郊的茨冈居民区，离"季沃里"游乐场不远，她从生出来那天起就一直住在这所房子里，而且她父亲在遗嘱里已经写明，这房子将来归她所有。一到傍晚和夜里，她就听见游乐场里乐队的奏乐声，鞭炮噼噼啪啪地爆响，她觉得这是库金在跟他的命运打仗，猛攻他的大仇人——淡漠的观众，她的心就甜蜜地缩紧，她没有一点睡意了。等到天快亮，他回到家来，她就轻轻地敲自己卧室的窗子，隔着窗帘只对他露出她的脸和一边的肩膀，温存地微笑着。

他向她求婚，他们结了婚。等到他挨近她，看清她的脖子和丰满结实的肩膀，他就举起双手轻轻一拍，说道：

"宝贝儿！"

他幸福，可是因为结婚那天昼夜下雨，沮丧的神情就始终没有离开他的脸。

他们婚后过得很好。她掌管他的票房，照料游乐场的内务，记账，发工钱。她那红润的脸蛋儿，可爱而天真、像在放光的笑容，时而在票房的小窗子里，时而在饮食部里,时而在后台闪现。她已经常常对她的熟人说,世界上顶了不起的、顶重要、顶不能缺少的东西就是戏剧,只有在戏剧中,人才能获得真正的享受,才会变得有教养,变得仁慈。

"可是观众懂得这层道理吗?"她说,"他们只要看滑稽的草台戏!昨天晚场我们演出《小浮士德》,差不多全场的包厢都空着;要是万尼奇卡和我换演一出庸俗的戏剧,那您就放心好了,剧院里倒会挤得满满的。明天万尼奇卡和我准备上演《俄狄浦斯在地狱》,请您过来看吧。"

凡是库金讲到戏剧和演员的话,她统统学说一遍。她也跟他一样看不起观众,因为他们无知,对艺术冷淡。她参加彩排,纠正演员的动作,监视乐师的行为。遇到本城报纸上发表对剧团不满的评论,她就流泪,然后跑到报馆编辑部去疏通。

演员们喜欢她,叫她"万尼奇卡和我",或者"宝贝儿"。她怜惜他们,借给他们少量的钱。要是他们偶尔骗了她,她只是偷偷地流泪,可是不向丈夫诉苦。

冬天他们也过得很好。整个一冬,他们租下本城的剧院演剧,只有短期间让出来,给小俄罗斯剧团,或者魔术师,或者本地的业余爱好者表演。奥莲卡发胖了,由于心满意足而容光焕发。库金却黄下去,瘦下去,抱怨亏损太大,其实那年冬天生意不错。每天夜里他都咳嗽,她就给他喝覆盆子花汁和菩提树花汁,用香水擦他的身体,拿软和的被巾包好他。

"你真是我的心上人!"她抚平他的头发,十分诚恳地说,"你真招我疼!"

到大斋节①,他动身到莫斯科去请剧团。他一走,她就睡不着觉,老是坐在窗前,瞧着星星。这时候她就把自己比作母鸡。公鸡不在巢里,母鸡也总是通宵睡不着。库金在莫斯科耽搁下来,写信回来说到复活节才能回来,此外,他还在信上交代了几件有关"季沃里"的事。可是到受难周前的星期一,夜深了,忽然传来令人惊恐不安的敲门声,不知道是谁在使劲捶那便门,就跟捶大桶似的——嘭嘭嘭!睡意蒙眬的厨娘光着脚啪嗒啪嗒地踩过水洼,跑去开门。

"劳驾,请开门!"有人在门外用低沉的男低音说,"有一封你们家的电报!"

奥莲卡以前也接到过丈夫的电报,可是这回不知什么缘故,她简直吓呆了。她

---

①复活节前为期40天的斋戒,以纪念耶稣在荒野绝食。

用颤抖的手拆开电报,看见了如下的电文:

伊凡·彼得罗维奇今日突然去世,星期二应如河殡葬,请吉示下。

电报上真是那么写的——如"河"殡葬,还有那个完全讲不通的字眼"吉"。电报上是歌剧团导演署的下款。

"我的亲人!"奥莲卡痛哭起来,"万尼奇卡呀,我的爱人,我的亲人!为什么当初我要跟你相遇?为什么我要认识你,爱上你啊?你把你这可怜的奥莲卡,可怜的、不幸的人丢给谁哟?"

星期二,他们把库金葬在莫斯科的瓦冈科沃墓地;星期三奥莲卡回到家,一走进房门,就倒在床上,放声大哭,声音响得隔壁院子里和街上全听得见。

"宝贝儿!"街坊说,在自己胸前画十字,"亲爱的奥尔迦·谢敏诺芙娜,可怜,这么难过!"

三个月以后,有一天,奥莲卡做完弥撒走回家去,悲悲切切,十分哀伤。凑巧她的邻居瓦西里·安德烈伊奇·普斯托瓦洛夫,也从教堂回家,跟她并排走着。他是商人巴巴卡耶夫木材场的经理。他头戴草帽,身上穿着白坎肩,坎肩上系着金表链,那样子与其说像商人,不如说像地主。

"万事都由天定,奥尔迦·谢敏诺芙娜,"他庄重地说,声音里含着同情的调子,"要是我们的亲人死了,那一定是上帝的旨意,遇到那种情形我们应当忍住悲痛,顺从命运才对。"

他把奥莲卡送到门口,和她告别,就往前走了。这以后,那一整天,她的耳朵里老是响着他那庄重的声音,她一闭眼就仿佛看到他那把黑胡子。她很喜欢他,而且她明明也给他留下了好印象,因为过了不久,就有一位她不大熟悉的、上了岁数的太太到她家里来喝咖啡,刚刚在桌旁坐定,就立刻谈起普斯托瓦洛夫,说他是一个可靠的好人,随便哪个到了结婚年龄的姑娘都乐于嫁给他。三天以后,普斯托瓦洛夫本人也亲自上门来拜访了。他没坐多久,不过十分钟光景,说的话也不多,可是奥莲卡已经爱上他了,而且爱得那么深,通宵都没睡着,浑身发热,好像害了热病,到第二天早晨就要人去请那位上了岁数的太太来。婚事很快就讲定,随后举行了婚礼。

普斯托瓦洛夫和奥莲卡婚后过得很好。通常,他吃午饭以前待在木材场里,饭后就出去接洽生意,于是奥莲卡就替他坐在办公室里,算账,卖货,直到黄昏时候才走。

"如今木材一年年贵起来,一年要涨两成,"她对顾客和熟人说,"求主怜恤我们吧,往常我们总是卖本地的木材,现在呢,瓦西奇卡只好每年到莫吉廖夫省去办木材了。运费好大呀!"她接着说,现出害怕的神情,双手捂住脸,"好大的运费!"

她觉得自己仿佛已经做过很久很久的木材买卖,觉得生活中最要紧、顶重大的东西就是木材。什么"梁木"啦,"圆木"啦,"薄板"啦,"护墙板"啦,"箱子板"啦,"板条"啦,"木板"啦,"毛板"啦等等,在她听来,这些词儿包含着某种亲切动人的意味。夜里睡觉的时候,她梦见薄板和木板堆积如山,长得没有尽头的一串大车载着木材出了城,驶往远处。她还梦见一大批十二俄尺长、五俄寸厚的原木竖起来,在木材场上开步走,于是原木、梁木、毛板,彼此相碰,发出木头的嘭嘭声,一会儿倒下去,一会儿又竖起来,互相重叠着。奥莲卡在睡梦中叫起来,普斯托瓦洛夫就对她温柔地说:

"奥莲卡,你怎么了,亲爱的? 在胸前画十字吧。"

丈夫怎样想,她也就怎样想。要是他觉得房间里热,或者现在生意变得清淡,她就也那么想。她丈夫不喜欢任何娱乐,遇到节日总是待在家里。她就也照那样做。

"你们老是待在家里或者办公室里,"熟人们说,"你们应当去看看戏才对,宝贝儿,要不然,就去看看杂技也好。"

"瓦西奇卡和我没有工夫上剧院去,"她郑重地回答说,"我们是干活儿的人,我们哪儿顾得上去看那些胡闹的玩意儿。看戏有什么好处呢?"

每到星期六,普斯托瓦洛夫和她总是去参加彻夜祈祷,遇到节日就去做晨祷。他们从教堂出来,并排走回家去的时候,脸上总是现出感动的神情。他们俩周身都有一股好闻的香气,她的绸子连衣裙发出好听的沙沙声。在家里,他们喝茶,吃奶油面包和各种果酱,然后又吃馅饼。每天中午,在他们院子里和大门外的街道上,总有红甜菜汤、煎羊肉或者烤鸭子等等喷香的气味,遇到斋日就有鱼的气味,谁走过他们家的大门口，都不能不犯馋。在办公室里，茶炊老是沸腾，他们招待顾客喝茶，吃面包圈。夫妇俩每个星期去洗一回澡，并肩走回家来，两个人都是满面红光。

"还不错，我们过得挺好，谢谢上帝，"奥莲卡常常对熟人说，"只求上帝让人人都能过着像瓦西奇卡和我这样的生活就好了。"

每逢普斯托瓦洛夫到莫吉廖夫省去采办木材，她总是十分想念他，通宵睡不着觉，哭。有一个军队里的年轻兽医斯米尔宁租住在她家的厢房里，有时候傍晚来看她。他来跟她谈天、打牌，这样就缓解了她的烦闷。特别有趣的是听他谈他自己的家庭生活。他结过婚，有一个儿子，可是他跟妻子分居，因为她对他变了心，现在他还恨她，每月汇给她四十卢布，作为儿子的生活费。听到这些话，奥莲卡就叹气，摇头，替他难过。

"唉，求上帝保佑您，"在分手的时候，她对他说，举着蜡烛送他下楼。"谢谢您来给我解闷儿，求上帝赐给您健康，圣母……"

她学丈夫的样，神情总是十分端庄、稳重。兽医已经走出楼下的门，她喊住他，说："您要明白，符拉季米尔·普拉托内奇，您应当跟您的妻子和好。您至少应当看在儿子的分上原谅她！您放心，那小家伙心里一定都明白。"

等到普斯托瓦洛夫回来，她就把兽医和他那不幸的家庭生活低声讲给他听，两个人就叹气，摇头，谈到那男孩，说那孩子一定想念父亲。

后来，由于思想上某种奇特的联系，他们俩就在圣像前面跪下叩头，求上帝赐给他们儿女。就这样，普斯托瓦洛夫夫妇在相亲相爱和融洽无间中平静安分地过了六年。

可是，唉，有一年冬天，瓦西里·安德烈伊奇在场里喝足热茶，没戴帽子就走出门去卖木材，得了感冒，病倒了。她请来顶好的医生给他治病，可是病越来越重，过了四个月他就死了。奥莲卡又成了寡妇。

"你把我丢给谁啊，我的亲人？"她送丈夫下葬后，痛哭道，"现在没有了你，我这个苦命的不幸的人怎么过得下去啊？好心的人们，可怜可怜我这个无依无靠的人吧……"

她穿上黑色的丧服，缝上白丧章，不再戴帽子和手套了。她不出大门，只是间或到教堂去或者到丈夫的坟上去，老是待在家里，跟修女一样。直到六个月以后，她才去掉白丧章,打开百叶窗。有时候可以看见她早晨跟她的厨娘一块儿上市场去买菜,可是现在她在家里怎样生活,她家里的情形怎样,那就只能猜测了。大家也真是在纷纷猜测,因为常看见她在自家的小花园里跟兽医一块儿喝茶,他给她念报上的新闻,又因为她在邮政局遇见一个熟识的女人,对那女人说:

"我们城里缺乏兽医的正确监督,因此有了很多疾病。常常听说有些人因为喝牛奶得了病,或者从牛马身上染来了病。实际上,对家畜的健康应该跟对人类的健康一样关心才对。"

她重述兽医的想法,现在她对一切事情的看法跟他一样了。显然,要她不爱什么人,她就连一年也活不下去,她在她家的厢房里找到了新的幸福。换了别人,这种行为就会受到指摘,不过对于奥莲卡却没有一个人会往坏处想,她生活里的一切事情都可以得到谅解。他们俩的关系所起的变化,她和兽医都没对外人讲,还极力隐瞒着。可是这还是不行,因为奥莲卡守不住秘密。每逢他屋里来了客人,她就给他们斟茶,或者给他们张罗晚饭,谈牛瘟,谈家畜的结核病,谈本市的屠宰场。他呢,局促不安,等到客人散掉,他就抓住她的手,生气地轻声说:

"我早就要求过你别谈你不懂的事!我们兽医之间谈到我们本行的时候,你别插嘴。这真叫人不痛快!"

她惊讶而惶恐地瞧着他,问道:"可是,沃洛杰奇卡,那要我谈什么好呢?"

她眼睛里含着眼泪,搂住他,求他别生气。他们俩就都快活了。

可是这幸福没有维持多久。兽医随着军队开拔,从此不回来了,因为军队已经调到很远的地方去了,大概是西伯利亚吧。于是剩下奥莲卡孤单单一个人了。

现在她简直是孤苦伶仃了。父亲早已去世,他的圈椅扔在阁楼上,布满灰尘,缺了一条腿。她瘦了,丑了,人家在街上遇到她,已经不像往常那样瞧她,也不对她微笑了。显然好岁月已经过去,落在后面。现在她得过一种新的生活,一种不熟悉的生活,关于那种生活还是不要去想的好。傍晚,奥莲卡坐在门廊上,听"季沃里"的乐队奏乐,鞭炮噼噼啪啪地响,可是这已经不能在她心头引起任何反响了。她漠然瞧着她的空院子,什么也不想,什么也不盼望,然后等到黑夜降临,就上床睡觉,梦见她的空院子。她固然也吃也喝,不过那好像是出于不得已似的。

顶顶糟糕的是,她什么见解都没有了。她看见她周围的事物,也明白周围发生了什么事情,可是对那些事物没法形成自己的看法,不知道该说什么好。没有任何见解,那是多么可怕呀!比方说,她看见一个瓶子,看见天在下雨,或者看见一个乡下人坐着大车走过,可是她说不出那瓶子、那雨、那乡下人为什么存在,有什么意义,哪怕拿一千卢布给她,她也什么都说不出来。当初跟库金或普斯托瓦洛夫在一块儿,后来跟兽医在一块儿的时候,样样事情奥莲卡都能解释,随便什么事她都说得出自己的见解。可是现在,她的脑子里和她的心里,就跟那个院子一样空空洞洞。生活变得又可怕又苦涩,仿佛嚼苦艾一样。

渐渐地,这座城向四面八方扩张开来。茨冈居民区已经叫作大街,在"季沃里"游乐场和木材场的原址,已经造起了一座座新房子,出现了一条条巷子。光阴跑得好快!奥莲卡的房子发黑,屋顶生锈,板棚歪斜,整个院子长满杂草和荆棘。奥莲卡自己也老了,丑了。夏天,她坐在走廊上,她心里跟以前一样又空洞又烦闷,充满苦味。冬天,她坐在窗前瞧着雪。每当她闻到春天的清香,或者风送来教堂的叮当钟声的时候,往事就会突然在她的脑海里涌现,她的心甜蜜地缩紧,眼泪扑簌簌地流下来,可是这也只有一分钟工夫,过后心里又是空空洞洞,自己也不知道为什么要活着。黑猫布雷斯卡依偎着她,柔声地咪咪叫,可是这种猫儿的温存不能打动奥莲卡的心。她可不需要这个!她需要的是那种能够抓住她整个身心、整个灵魂、整个理性的爱,那种给她思想、给她生活方向、温暖她那日益衰老的心灵的爱。她把黑猫从裙子上抖掉,心烦地对它说:

"走开,走开!用不着待在这儿!"

日子就照这样,日复一日、年复一年地过去了,没有一点欢乐,没有一点见解。厨娘玛甫拉说什么,她就听什么。

七月里炎热的一天,将近傍晚,城里的牲口刚被沿街赶过去,整个院里满是飞尘,像云雾一样,忽然有人来敲门了。奥莲卡亲自去开门,睁眼一看,不由得呆住了,原来门外站着兽医斯米尔宁,头发已经斑白,穿着便服。她忽然想起了一切,忍不住哭起来,把头偎在他的胸口,一句话也说不出来。她非常激动,竟没有注意到他们俩后来怎样走进房子,怎样坐下来喝茶。

"我的亲人!"她嘟哝着说,快活得发抖,"符拉季米尔·普拉托内奇!上帝从哪儿把你送来的?"

"我要在此地长住下来,"他说,"我已经退伍,离职后上这儿来试试运气,过一种安定的生活。况且,如今我的儿子应该上中学了。他长大了。您要知道,我已经跟妻子和好啦。"

"她在哪儿呢?"奥莲卡问。

"她跟儿子一起在旅馆里,我这是出来找房子的。"

"主啊,圣徒啊,就住到我的房子里来好了!这里还不能安个家吗?咦,主啊,我又不要你们出房钱,"奥莲卡着急地说,又哭起来,"你们住在这儿,我搬到厢房里去住就行了。主啊,我好高兴!"

第二天,房顶就上漆,墙壁刷白粉,奥莲卡双手叉腰,在院子里走来走去发命令。她的脸上现出旧日的笑容,她的全身充满活力,精神抖擞,仿佛睡了一大觉,刚刚醒来似的。兽医的妻子到了,那是一个又瘦又丑的女人,头发剪得短短的,现出任性的神情。她带着她的小男孩萨沙,他是一个十岁的小胖子,身材矮小得跟他的年龄不相称,生着亮晶晶的蓝眼睛,两腮各有一个酒窝。孩子刚刚走进院子,就追那只猫,立刻传来了他那快活而欢畅的笑声。

"大妈,这是您的猫吗?"他问奥莲卡,"等您的猫下了小猫,请您送给我们一只吧。妈妈特别怕耗子。"

奥莲卡跟他讲话,给他茶喝。她胸腔里的那颗心忽然温暖了,甜蜜蜜地收紧,仿佛这男孩是她亲生的儿子似的。每逢傍晚,他在饭厅里坐下,温习功课,她就带着温情和怜悯瞧着他,喃喃地说:

"我的宝贝儿,漂亮小伙子……我的小乖乖,长得这么白净,这么聪明。"

"'四面被水围着的一部分陆地称为岛。'"他念道。

"四面被水围着的一部分陆地……"她学着说,在多年的沉默和思想空虚以后,这还是她第一回很有信心地说出她的意见。

现在她有自己的意见了。晚饭时候,她跟萨沙的爹娘谈天,说现在孩子们在中学里功课多难,不过古典教育也还是比实科教育强,因为中学毕业后,出路很广,想当医师也可以,想做工程师也可以。

萨沙开始上中学。他母亲动身到哈尔科夫去看她妹妹,从此没有回来。他父亲每天出门去给牲口看病,往往一连三天不住在家里。奥莲卡觉得萨沙完全没人管,在家里成了多余的人，会活活饿死。她就让他搬到自己的厢房里去住，在那儿给他布置一个小房间。

一连六个月，萨沙跟她一块儿住在厢房里。每天早晨奥莲卡到他的小房间里去，他睡得正香，手放在脸蛋底下，一点儿声息也没有。她不忍心叫醒他。

"萨宪卡①，"她难过地说，"起来吧，乖乖！该上学去啦。"

他就起床，穿好衣服，念完祷告，然后坐下来喝早茶。他喝下三杯茶，吃完两个大面包圈，外加半个法国奶油面包。他还没有完全醒过来，因此情绪不佳。

"你还没背熟你那个寓言哪，萨宪卡，"奥莲卡说，瞧着他，仿佛要送他出远门似的，"我为你要操多少心啊。你得用功读书，乖乖……还得听老师的话才行。"

"嘿，请您别管我的事！"萨沙说。

然后他就出门顺大街上学去了。他身材矮小，却戴一顶大制帽，背一个书包。奥莲卡没一点声息地跟在他后面走。

"萨宪卡！"她叫道。

他回头看，她就拿一个海枣或者一块糖塞在他手里。他们拐弯，走进他学校所在的那条胡同，他害臊了，因为后面跟着一个又高又胖的女人。他回过头来说：

"您回家去吧，大妈，现在我可以一个人走到了。"

她就站住，瞧着他的背影，眼睛一眨也不眨，直到他走进校门口不见了为止。啊，她多么爱他！她往日的爱恋从没有像这一回那么深。她的母性的感情越燃越旺，以前她从没有像现在这样忘我地、无私地、欢乐地献出自己的心灵。为这个头戴大制帽、脸蛋上有酒窝的、旁人的男孩，她愿意交出她的整个生命，而且愿意含着温柔的眼泪愉快地交出来。这是为什么？谁说得出来这是为什么呢？

她把萨沙送到学校，就沉静地走回家去，心满意足，踏踏实实，满腔热爱。她的脸在最近半年当中变得年轻了，带着笑容，喜气洋洋，遇见她的人瞧着她，都感到愉快，对她说："您好，亲爱的奥尔迦·谢敏诺芙娜！您生活得怎样，宝贝儿？"

"如今在中学里念书可真难啊，"她在市场上说，"昨天一年级的老师叫学生背熟一则寓言，翻译一篇拉丁文，还要做习题，这是闹着玩的吗……唉，小小的孩子

---

①萨沙和萨宪卡都是亚历山大的爱称。

怎么受得了？"

她开始讲到老师、功课、课本，她讲的正是萨沙讲过的话。

到两点多钟，他们一块儿吃午饭，傍晚一块儿温课，一块儿哭。她安顿他上床睡下，久久地在他胸前画十字，小声祷告，然后她自己也上床睡觉，幻想遥远而朦胧的将来，那时候萨沙毕了业，做了医师或者工程师，有了自己的大房子，买了马和马车，结了婚，生了子女……她睡着以后，还是想着这些，眼泪从她闭紧的眼睛里流下她的脸颊。那只黑猫躺在她身旁，叫着：

"喵……喵……喵。"

忽然，响起了挺响的敲门声。奥莲卡醒了，害怕得透不出气来，她的心怦怦地跳。过半分钟，敲门声又响了。

"这一定是从哈尔科夫打来了电报，"她想，周身开始发抖，"萨沙的母亲要叫他上哈尔科夫去了……哎，主啊！"

她绝望了，她的头、手、脚全凉了，她觉得全世界再也没有比她更倒霉的人了。可是再过一分钟就传来了说话声，原来是兽医从俱乐部回家来了。

"唉，谢天谢地。"她想。

她心里的一块石头慢慢地落了下来，她又觉得轻松了。她躺下去，想着萨沙，而萨沙在隔壁房间里睡得正香，偶尔在梦中说：

"我揍你！滚开！别打人！"

新娘

一

一轮明月照着花园，现在已经是晚上十点光景。舒明的家里刚做完晚祷，那是祖母玛尔法·米海洛芙娜吩咐做的。

此刻，娜嘉走到花园里去待一会儿，她看见大厅里的饭桌上正在摆冷盘，祖母穿着华丽的绸衫忙忙碌碌。大教堂的大司祭安德烈神甫在跟娜嘉的母亲尼娜·伊凡诺芙娜谈什么事，这时候隔着窗子望过去，母亲在傍晚的灯光下，不知怎的，显得很年轻。安德烈神甫的儿子安德烈·安德烈伊奇站在一旁，注意地听着。

花园里安静，凉爽，乌黑而宁静的阴影铺在地上。人可以听见远处很远的地方，大概是在城外吧，有些青蛙在呱呱地叫。谁都可以感觉到五月来了，那可爱的五月已经来了！深深地呼吸一下，你不由得会想：如今，不是在这儿，而是在别处，在天空下面，树林上方，在田野上，树林里，春天的生活正在展开，神秘，美丽，丰富，神圣，而这种生活是软弱而犯罪的人所不能理解的。不知什么缘故，人恨不得哭一场才好。

她，娜嘉，已经二十三岁了。她从十六岁起就热切地巴望着出嫁，现在她终于做了安德烈·安德烈伊奇，也就是在窗子里边站着的那个人的未婚妻。她喜欢他，婚期已经定在七月七日，可是她并不高兴，夜里也睡不好觉，兴致提不起来。

厨房是在正房的地下室那一层，从敞开的窗口可以听见那儿的人很忙，刀子叮当地响，安着滑轮的房门砰砰地开关，从那儿飘来烤鸡和醋渍樱桃的气味。不知为什么，她觉得整个生活似乎会永远像现在这样过下去，没有变化，没有尽头！

这时候有一个人从正房里走出来，在门廊上站住。这人叫亚历山大·季莫费伊奇，或者简称萨沙，他是大约十天前从莫斯科来这儿做客的。很久以前，祖母的远亲，贵族出身的，生得矮小、消瘦、多病的穷寡妇玛丽雅·彼得罗芙娜，常到祖母这儿来请求周济。她有个儿子，就是萨沙。不知什么缘故，大家一提到他，都说他是出色的画家。等到他的母亲去世，祖母为了拯救自己的灵魂，就把他送到莫斯科的柯米萨罗夫斯基学校里去读书。大约两年以后他转到绘画学校，在那儿差不多读了十五年，才勉强在建筑系毕业，可是仍然没从事建筑工作，却在莫斯科的一家石印工厂里做事。他几乎每年夏天都到祖母这儿来，照例病得很厉害，住在这儿休息和养病。

现在他上身穿着扣上纽扣的常礼服，下身穿着底边已经磨坏的旧帆布裤子。他的衬衫没有熨平，周身上下显出没精打采的样子。他很瘦，眼睛大，手指头又长又细，留着胡子，肤色发黑，可是仍旧漂亮。他跟舒明一家人处得很熟，就像亲人似的，他觉得在他们家里就跟在自己家里一样。他在这儿所住的房间早就叫作萨沙的房间了。

他站在门廊上，看见了娜嘉，就走到她跟前去。

"你们这儿真好。"他说。

"当然好。您应该在这儿住到秋天再走。"

"是的，大概会这样的。也许我在你们这儿要住到九月呢。"

他无缘无故地笑起来，挨着她坐下。

"喏，我正坐在这儿，瞧着妈妈，"娜嘉说，"从这儿望过去，她显得那么年轻！当然，我妈妈有弱点，"她沉默一会儿，补充说，"不过她毕竟是一个不同寻常的女人。"

"是的，挺好的女人……"萨沙同意说，"您的母亲，就她本人来说，当然是个很善良、很可爱的女人，可是……该怎么对您说好呢？今天一清早我偶然到你们的厨房里去了一趟，在那儿有四个女仆干脆睡在地板上，床也没有，被褥不像被褥，破破烂烂，臭气熏人，还有臭虫，蟑螂……二十年前是什么样，现在也还是什么样，一点变化也没有。哦，讲到祖母，求上帝保佑她，她那么大的年纪，不能怪她了。可是要知道，您的妈妈恐怕会讲法国话，参加业余演出吧。想来她总该明白的。"

萨沙讲话的时候,常常把两根瘦长的手指头伸到听话人的面前去。

"不知怎么,这儿的样样事情我都觉得奇怪,看不惯,"他继续说,"鬼才知道为什么,这儿的人什么事也不做。您的妈妈成天光是走来走去,像个公爵夫人似的,祖母也什么事都不做,您呢,也是如此。您的未婚夫安德烈·安德烈伊奇也是什么事都不做。"

娜嘉去年也听到这些话,似乎前年就听到过。她知道萨沙一开口就是这一套。以前这些话使她觉得可笑,可是现在,不知什么缘故,她听着却感到气恼了。

"这些话都陈腐,早就叫人听厌了,"她说,站起来,"您该想点比较新鲜的话来说才好。"

他笑了,也站起来,两个人往正房走去。她身量高,美丽,苗条,现在跟他站在一起显得身体健康,衣服华丽。她感觉到了这一点,不由得怜惜他,而且不知什么缘故,觉得不自在。

"您说了许多不必要的话,"她说,"喏,您刚才讲到我的安德烈,可是要知道,您不了解他。"

"'我的安德烈'……去他的吧,您的安德烈!我正在为您的青春惋惜呢。"

他们走进大厅,大家已经坐在那儿吃晚饭了。祖母,或者按这家人对她的称呼,老奶奶,长得很胖,相貌不好看,生着两道浓眉和唇髭,说起话来声音很响,从她说话的声调和口气,就可以看出她在这儿是一家之主。她的财产包括集市上的几排商店和这所古老的、有圆柱和花园的房屋,可是她每天早晨总要祷告,求上帝保佑她别破产,一面祷告一面还流泪。她的儿媳,娜嘉的母亲尼娜·伊凡诺芙娜,生着金黄色头发,腰带束得很紧,戴着夹鼻眼镜,每个手指头上都戴着钻石戒指。安德烈神甫是个牙齿脱落的瘦老头儿,脸上总带着那么一种表情,好像他打算说什么很逗笑的话似的。他的儿子安德烈·安德烈伊奇——娜嘉的未婚夫,长得丰满而漂亮,头发卷曲,样子像是演员或者画家。他们三个人在谈催眠术。

"你在我这儿再住一个星期,身体就会复原了,"老奶奶转过身去,对萨沙说,"不过你得多吃点。瞧你像什么样子!"她叹口气说,"你那样儿真可怕!真的,你简直成了浪子。"

"把父亲所赠的资财挥霍掉以后,"安德烈神甫眼睛带着笑意,慢腾腾地说,

"就跟不通人性的牲口一块儿去过活了。"

"我喜欢我的爸爸,"安德烈·安德烈伊奇说,拍一下他父亲的肩膀,"他是个非常好的老人。善良的老人。"

大家沉默了一会儿。萨沙忽然笑起来,用餐巾捂住嘴。

"这样说来,您相信催眠术?"安德烈神甫问尼娜·伊凡诺芙娜。

"当然,我也不能肯定说我相信,"尼娜·伊凡诺芙娜回答说,脸上带着极其严肃、甚至严厉的神情,"可是必须承认,自然界有许多神秘而不可理解的事情。"

"我完全同意您的话,不过我还得加上一句,宗教信仰为我们大大缩小了神秘的领域。"

一只很肥的大火鸡端上桌来。安德烈神甫和尼娜·伊凡诺芙娜继续他们的谈话。钻石在尼娜·伊凡诺芙娜的手指头上发亮,后来,眼泪在她眼睛里发亮,她激动起来了。

"虽然我不敢跟您争论,"她说,"不过您会同意,生活里有那么多无法解答的谜!"

"一个也没有,我敢向您保证。"

晚饭后,安德烈·安德烈伊奇拉小提琴,尼娜·伊凡诺芙娜弹钢琴为他伴奏。他十年前在大学语文系毕业,可是没有在任何地方做过事,没有固定的工作,只是偶尔应邀参加为慈善事业而举办的音乐会,在城里被人称为艺术家。

安德烈·安德烈伊奇演奏,大家沉默地听着。桌子上的茶炊轻声滚沸着,只有萨沙一个人喝茶。后来钟敲了 12 下,小提琴上忽然有一根琴弦断了,大家笑起来,于是忙忙碌碌,开始告辞。

娜嘉把未婚夫送走以后,回到楼上自己的房间里,她同母亲都住在楼上(楼下由祖母住着)。楼下大厅里的灯火开始熄灭,可是萨沙仍然坐着喝茶。他素来按莫斯科的风气,喝很久的茶,一回要喝七大杯。

娜嘉脱掉衣服,在床上躺下后,很久还听见楼下女仆们在收拾房间,老奶奶在发脾气。最后一切都静下来,只是偶尔可以听见萨沙在楼下他自己的房间里低沉地咳嗽着。

二

娜嘉醒过来，大概是两点钟，天开始破晓了。守夜人远远地不知在什么地方打更。她不想睡了，而躺着又觉得床上太软，不自在。

如同过去五月里的那些夜晚一样，娜嘉在床上坐起来，开始思索。可是她所想到的一切跟昨天晚上一样，单调，没意思，令人腻烦，无非是想起安德烈·安德烈伊奇怎样开始追求她，向她求婚，她怎样同意，后来渐渐开始尊重这个善良而聪明的人。可是现在离婚期不过一个月了，不知什么缘故，她却开始感到恐惧和不安，就像有一件什么不明白的苦恼事在等待她似的。

"嘀克嗒克，嘀克嗒克……"守夜人懒洋洋地敲着，"嘀克嗒克……"

从古老的大窗子里望出去，可以看见花园，稍远处是丁香花丛，花开得正盛，这时候却带着睡意，冻得软绵绵的。迷雾又白又浓，缓缓地往丁香花丛那边飘过去，想要盖没它。远处的树上有些带着睡意的白嘴鸦在叫。

"我的上帝啊，为什么我的心情这样沉重！"

也许每一个即将做新娘的人在结婚前都有这样的感觉吧。谁知道呢！莫非这是萨沙的影响？要知道，萨沙近几年来总说这样的话，就像背书一样，而且他讲的时候显得那么天真，古怪。可是为什么萨沙仍然不肯离开她的头脑呢？为什么？

守夜人早已不打更了。在窗下和花园里鸟雀开始喧闹，花园里的迷雾已经消散。四下里一切东西都被春天的阳光照亮，好像洋溢着微笑似的。不久，整个花园给太阳照暖，让阳光爱抚着，苏醒过来了，露珠在树叶上像钻石那样放光。古老而且久已荒芜的花园这天早晨显得那么年轻，华丽。

老奶奶已经醒来了。萨沙粗声粗气地咳嗽起来。可以听见茶炊端到楼下来了，还有椅子的搬动声。

时间过得很慢。娜嘉早已下床，早已在花园里散步，然而早晨还在延续。

后来尼娜·伊凡诺芙娜露面了，泪痕斑斑，手里拿着一杯矿泉水。她对招魂术和顺势疗法感兴趣，读很多的书，喜欢谈她心里产生的怀疑。所有这些，在娜嘉看来，似乎包含着深刻而神秘的意义。这时候娜嘉吻了吻母亲，跟她并排走着。

"你怎么哭了,妈妈?"她问。

"昨天晚上我开始看一个中篇小说,写的是一个老人和他的女儿。老人在一个什么地方工作,不料上司爱上了他的女儿。我没有读完,不过读到一个地方忍不住流泪,"尼娜·伊凡诺芙娜说,喝一口杯子里的矿泉水,"今天早晨我想起来,又哭了。"

"这些天我心里烦得很,"娜嘉沉默了一忽儿说,"为什么我夜里睡不着觉呢?"

"我不知道,亲爱的。每逢我晚上睡不着觉,总是死命闭紧眼睛,喏,就照这个样儿,想象安娜·卡列尼娜,想象她怎样走动、说话,或者想象古代历史上的一件什么事情……"

娜嘉感到母亲不理解她,而且也不可能理解。她生平第一次有这样的感觉,甚至觉得害怕,想躲起来。她就走回自己的房间里去了。

下午两点钟,他们坐下来吃午饭。那是星期三,是斋日,因此给祖母端上来的是素的红甜菜汤和鳊鱼粥。

为了跟祖母逗着玩,萨沙又吃他的荤菜汤,又吃素的红甜菜汤。吃饭的时候他一直说笑话,可是他的笑话说得很笨拙,总是带着教训的意味,结果就完全不可笑了。每当他说俏皮话的时候,总要举起他那又长又细、跟死人一样的手指头,因而使人想到他病得很重,也许不久于人世了,人们就会为他难过得要命。

饭后,祖母回到自己的房间里去休息。尼娜·伊凡诺芙娜弹了一会儿钢琴,然后也走了。

"啊,亲爱的娜嘉,"萨沙开始了照例的饭后闲谈,"要是您听我的话就好了!那就好了!"

她坐在一把古老的圈椅里,背往后靠着,闭上了眼睛。他在房间里从这个墙角到那个墙角慢慢地走着。

"要是您出外去上学就好了!"他说,"只有受过教育的、崇高的人才有意思,只有他们才合乎需要。要知道,这样的人越多,天国来到人间也就越快。到那时候,你们的城市就会一点点地趋于毁灭,一切都会翻个身,一切都会变了样子,像是施了魔法似的。到那时候这儿就会有宏大而富丽堂皇的房屋,有美妙的花园,有奇特的喷泉,有优秀的人……然而最重要的不是这些;最重要的是,我们所了解的群众,像现在那样的群众——这种恶劣的现象,到那时候就不会存在,因为每一个人都会有信仰,人人都知道自己活着是为了什么,再也不会有一个人到群众中去寻求支持。亲爱的,好姑娘,您走吧!您该向大家表明,您厌恶这种一潭死水似的、灰色的、有罪的生活。您至少也该对您自己表明这一点才对!"

"不行,萨沙。我就要出嫁了。"

"哎,算了吧!何必结婚呢?"

他们走进花园,在那儿溜达了一会儿。

"不管怎样,我亲爱的,必须仔细想一想,必须明白,你们这种游手好闲的生活是多么不干净,多么不道德,"萨沙继续说,"您要明白,就拿这一点来说吧,您、您的母亲、您的祖母,都什么事也不做,那就意味着,别人在为你们工作,你们在吞食别人的生命,难道这种事干净吗?不肮脏吗?"

娜嘉本想说:"是的,这是实在的。"她还想说,她明白这一点,可是她的眼睛里出现了泪水,她忽然默不作声,整个心发紧,走回她自己的房间里去了。

将近傍晚,安德烈·安德烈伊奇来了,他照例拿出小提琴来,拉了很久。一般说来他不大说话,喜欢拉小提琴,也许这是因为在演奏的时候可以不必讲话吧。10点多钟,他告辞回家,已经穿上了大衣,却拥抱娜嘉,开始贪婪地吻她的脸、肩膀、手。

"宝贝儿,我亲爱的,我的美人啊……"他喃喃地说,"啊,我多么幸福!我快活得神魂颠倒了!"

她却觉得这种话她早已听过,很早很早就听过,或者在书里读到过……大概是在长篇小说里,在一本旧的、破破烂烂的、早已丢掉的小说里读到过。

萨沙坐在大厅里的桌子旁边喝茶,用五只长长的手指头托着茶碟。老奶奶在摆纸牌卦,尼娜·伊凡诺芙娜在看书。圣像前的长明灯里,火苗噼噼啪啪地爆响,一切都似乎宁静而平安。娜嘉道了晚安,上楼回到自己的房间里,她躺下来,立刻就睡着了。

可是如同昨天夜里一样,天刚亮,她已经醒来了。她不想再睡觉,心头不安而沉重。她坐起来,把头枕在膝盖上,想到她的未婚夫,想到婚礼……不知什么缘故,她想起她母亲并不爱她过世的丈夫,现在一无所有,完全依靠她的婆婆、也就是老奶奶过活。娜嘉左思右想,怎么也想不出来她为什么至今一直认为她母亲有什么特别的、不同寻常的地方,为什么一直没有看出她是个普通的、平常的、不幸的女人。

萨沙在楼下也没有睡着,可以听见他在咳嗽。娜嘉暗想,他个古怪而天真的人,在他的幻想里,在所有那些美妙的花园和奇特的喷泉里,都使人觉得有些荒唐可笑的东西。然而不知什么缘故,他的天真,就连这种荒唐可笑,却又有那么美,以至她一想到要不要出外去求学,就有一股凉爽之气渗透她的整个心灵和整个胸膛,使她感到欢欣和兴奋。

"不过还是不去想它的好,还是不去想它的好……"她小声说,"不应该想这种事。"

"嘀克嗒克……"守夜人在远远的什么地方敲着,"嘀克嗒克……嘀克嗒克……"

三

萨沙在六月中忽然感到烦闷无聊,准备回莫斯科去了。

"我在这个城里住不下去,"他阴沉地说,"既没有自来水,也没有下水道!我一吃饭,心里就腻味:厨房里肮脏得不像话……"

"再住一阵,浪子!"祖母不知为什么小声劝道,"婚期就在七号!"

"我不想再等了。"

"你本来打算在我们这儿住到九月呢!"

"可是现在我不想再住下去了。我要工作!"这年夏天正巧潮湿而阴冷,树木湿漉漉的,花园里的一切显得阴沉沉的,垂头丧气,人也确实不由得想工作。楼上和楼下的房间里响起陌生女人的说话声,祖母的房间里有缝纫机的响声,这是在赶做嫁妆。光是皮大衣就给娜嘉做了六件,其中最便宜的一件,据祖母说,也值三百卢布!这种忙乱惹恼了萨沙,他坐在自己的房间里生闷气。可是大家仍然劝他留下,他就答应七月一日以前不走。

时间过得很快。圣彼得节那天吃过午饭后,安德烈·安德烈伊奇跟娜嘉一块儿到莫斯科街去,再去看一下早已租下来,准备供这对新婚夫妇居住的房子。房子是两层楼,可是眼前只有楼上刚装修好。大厅里有亮晃晃的地板,漆成细木精镶的样子,有维也纳式椅子,有钢琴,有小提琴的乐谱架。空中弥漫着油漆的气味。墙上挂着金边镜框,里面装着一张大油画,画的是一个裸体女人,她身旁有一个断了柄的淡紫色花瓶。

"一幅美妙的画呀,"安德烈·安德烈伊奇说,尊敬地赞叹了一声,"这是画家希什玛切甫斯基的作品。"

旁边是客厅,有圆桌子、长沙发和蒙着鲜蓝色套子的圈椅。长沙发的上方挂着安德烈神甫的大照片,头戴法冠,胸前佩着勋章。后来他们走进放有餐柜的饭厅,再走进寝室里。这儿,在昏暗中,并排放着两张床,看来,人们在布置寝室的时候,认定这儿将来永远美满,不会有别的情形似的。安德烈·安德烈伊奇领着娜嘉走遍各个房间,一只手始终搂住她的腰;她呢,感到衰弱,负疚,憎恨所有这些房间、床铺、圈椅,那个裸体女人惹得她恶心。她已经清楚地觉得,她不再爱安德烈·安德烈伊奇了,或者她从来就没爱过他。可是这话该怎样说出口,对谁去说,说出来为了达到什么目的,她都不明白,而且也不可能明白,虽然她整天整夜都在想着这件事。他搂住她的腰,讲得那么亲切而自然,他在自己的这个寓所里走来走去,感到那么幸福;可是她却处处只见到庸俗,愚蠢的、纯粹的、使人不能忍受的庸俗。他搂住她的腰的那只手,她也觉得又硬又凉,像铁箍一样。她随时随地都准备逃跑,痛哭一场,从窗口跳出去。安德烈·安德烈伊奇领着她走进浴室,在这儿伸出手去碰了碰安在墙上的水龙头,忽然间,水流出来了。

"如何?"他说,笑起来,"我吩咐人在阁楼上做了个水箱,能装一百桶水,喏,我们现在就有水用了。"

他们穿过院子,然后走到街上,雇了一辆出租马车。尘土飞扬,就像浓重的乌云一样,看样子,天马上就要下雨了。

"你不觉得冷吗?"安德烈·安德烈伊奇问,尘土吹得他眯起了眼睛。

她不作声。

"昨天,你记得,萨沙责备我什么事也不做,"他沉默片刻,又说,"嗯,他说得对!对极了!我什么事也不做,而且也没法做。我亲爱的,这是为什么?为什么甚至想到将来有一天,我会戴上安着徽章的帽子,到机关里去当差,我就会那么厌恶?为什么我见到了律师,或者拉丁语教师,或者市参议会委员,就觉得那么不自在？啊，俄罗斯母亲！啊，俄罗斯母亲，你的身上至今还背负着多少游手好闲、毫无益处的人啊！有多少像我这样的人压在你身上啊，受尽痛苦的母亲！"

他对他什么事也不做这一点，得出了概括性的结论，认为这是时代的特征。

"等我们结了婚，"他继续说，"我们就一块儿到乡下去，我亲爱的，我们要在那儿工作！我们买下不大的一块地，有花园，有河，我们就一块儿劳动，观察生活……啊，那会多么好！"

他脱掉帽子，头发让风吹得飘扬起来。她呢，听着他讲话，心想：上帝啊，我想回家！上帝啊！他们快要到家的时候，追上了安德烈神甫。

"瞧，我父亲来了！"安德烈·安德烈伊奇高兴地说，挥动着帽子，"我喜欢我的爸爸，真的，"他说，付清车钱，"他是个非常好的老人。善良的老人。"

娜嘉回到家里，一肚子的气，身子也不舒服，心里想着整个傍晚都会有客人，那就得跟他们周旋，做出笑脸，听小提琴，听各种废话，一味谈婚礼。祖母在茶炊旁边坐着，神气活现，穿着华丽的绸衣，现出高傲的神态，她在客人面前好像总是高傲的。安德烈神甫带着调皮的笑容走进来。

"看见您玉体安康，不胜快慰，"他对祖母说，很难弄明白他这是在开玩笑还是认真说的。

四

风敲打着窗子，敲打着房顶。呼啸声响起来，家神在火炉里凄凉郁闷地唱歌。时间是夜里十二点多钟。家里人人都已经睡下，可是谁也没睡着。娜嘉随时觉得楼下似乎有人在拉小提琴。忽然砰的一声响，大概是一块护窗板被吹掉了。过了一会儿，尼娜·伊凡诺芙娜走进来，身上只穿着衬衫，手里拿着蜡烛。

"这是什么东西砰的一响，娜嘉？"她问。

母亲把头发扎成一根辫子，脸上露出胆怯的笑容，在这个风雨之夜显得老多了，丑了，矮了。娜嘉想起不久以前她还认为她的母亲不同寻常，带着自豪的心情听她讲话，可是现在她却无论如何也想不起那些话，凡是她记起来的话都那么软弱无力，不必要。

火炉里响起几个男低音的歌声，她甚至仿佛听到："唉，唉，我的上帝！"娜嘉坐在床上,忽然使劲抓住自己的头发,放声痛哭。

"妈妈,妈妈,"她说,"我的亲妈,要是你知道我出了什么事就好了!我求求你,恳求你,让我走吧!我求求你了!"

"到哪儿去?"尼娜·伊凡诺芙娜问,不明白是怎么回事,在床上坐下,"要到哪儿去?"

娜嘉哭了好久,一句话也说不出来。

"让我离开这个城吧!"她最后说,"不应该举行婚礼,而且也不会举行婚礼了,你要明白!我不爱这个人。这个人我连谈都不愿意谈到。"

"不,我的亲人,不!"尼娜·伊凡诺芙娜吓坏了,急忙说道,"你镇静一下,你这是心绪不佳。这会过去的。这种情况是常有的。多半你跟安德烈拌了几句嘴吧,可是小两口吵架,不过是逗着玩罢了。"

"得了,你走吧,妈妈,你走吧!"娜嘉痛哭起来。

"是啊,"尼娜·伊凡诺芙娜沉默了一会儿以后说,"不久以前你还是个孩子,小姑娘,可是现在已经要做新娘了。自然界是经常新陈代谢的。你在不知不觉中就会变成母亲和老太婆,你也会像我似的有这么一个倔脾气的女儿。"

"我亲爱的好妈妈,要知道你聪明,你不幸,"娜嘉说,"你很不幸,可是你为什么说些庸俗的话呢?看在上帝的分儿上,告诉我,这是为什么呢?"

尼娜·伊凡诺芙娜想说什么话,可是一个字也说不出来,便回到自己的房间里去了。那些男低音又在火炉里响起来,忽然变得吓人了。娜嘉跳下床来,赶紧走到母亲房间里去。尼娜·伊凡诺芙娜躺在床上,泪痕满面,身上盖着浅蓝色的被子,手里拿着一本书。

"妈妈,你听我说!"娜嘉说,"我求求你好好想一想,你就会明白!你只要明白我们的生活多么庸俗无聊、有失尊严就好了。我的眼睛睁开了,我现在全都看清了。你的安德烈·安德烈伊奇是个什么样的人呢?要知道,他并不聪明,妈妈!主啊,我的上帝!你要明白,妈妈,他愚蠢!"

尼娜·伊凡诺芙娜猛地坐起来。

"你和你的祖母都折磨我!"她说,"我要生活!要生活!"她说着,用拳头捶了两下胸口,"给我自由!我还年轻,我要生活,你们却把我变成了老太婆!"

她伤心地哭起来,躺下去,在被子里蜷起身子,显得那么弱小、可怜、愚蠢。娜嘉走到自己的房间里,穿好衣服,在窗子旁边坐下,开始等待早晨。她通宵坐在那儿思考,外面不知什么人一味敲打着护窗板,发出呼啸声。

早晨,祖母抱怨说,一夜之间风吹落了花园里所有的苹果,吹断了一棵老李树。天色灰蒙蒙,阴沉沉。显得凄凉,屋子里暗得简直可以点起灯来。大家都在抱怨冷,雨点抽打着窗子。喝过茶后,娜嘉走到萨沙的房间里,一句话也没说,在墙角上一把圈椅跟前跪下,用两只手蒙住脸。

"怎么啦?"萨沙问。

"我忍不下去了……"她说,"以前我怎么能在这儿生活的,我不明白,我也想不通!我看不起我的未婚夫,看不起我自己,看不起这种游手好闲、毫无意义的生活……"

"哦,哦……"萨沙还没听明白这是怎么回事,说道,"这没什么……这挺好。"

"我已经厌恶这种生活了,"娜嘉继续说,"我在这儿一天也等不下去了。明天我就离开此地。看在上帝的分儿上,您把我带走吧!"

萨沙惊讶地瞧了她一会儿。他终于明白过来,高兴得跟小孩子一样。他挥舞胳膊,用鞋踏起拍子来,高兴得仿佛在跳舞似的。

"妙极了!"他搓着手说,"上帝啊,这多么好!"

她抬起充满爱慕的大眼睛瞧着他,连眼皮也不眨一下,像是中了魔似的,等着他马上对她说出什么意义无限重大的话来。他还什么话也没对她说,然而她已经觉得在她面前正展开一种她以前不知道的、新的、广阔的情景,她已经充满期待地望着它,准备面对一切,甚至不惜一死了。

"明天我动身,"他想了一想说,"您到车站去送我……我把您的行李装在我的皮箱里,车票呢,由我给您买好。等到第三遍铃响,您就上火车,我们就走了。您陪我到莫斯科,然后您一个人到彼得堡去。您有身份证吗?"

"有。"

"我向您发誓,您不会遗憾,也不会后悔,"萨沙热烈地说,"您去吧,去念书吧,然后就随命运把您带到什么地方去。您把您的生活翻个身,一切就都会改变。主要的是把生活翻个身,其他的一切都不重要。那么,我们明天一块儿走?"

"啊,对!看在上帝的分儿上!"

娜嘉觉得她很激动,心头从没这样沉重过,觉得从现在起一直到动身,她会一直伤心难过,痛苦地思索。可是她刚刚走回楼上自己的房间里,在床上躺下,就立即睡着了,而且睡得那么香,脸上带着泪痕和笑容,一直睡到了傍晚。

<h1 style="text-align:center">五</h1>

出租马车叫来了。娜嘉已经戴上帽子,穿好大衣,这时候就走上楼去,为的是再看一眼母亲,再看一下她所有的东西。她在自己的房间里,在还有余温的床铺旁边站了一会儿,环顾一番,然后慢慢地走到母亲房间里去。尼娜·伊凡诺芙娜在睡觉,房间里静悄悄的。娜嘉吻了吻母亲,理一下她的头发,站了两分钟光景……然后她慢慢地走下楼去。

外面正下着大雨。出租马车支起了车篷,停在门口,上下都淋湿了。

"马车里只坐得下他一个人,娜嘉,"祖母看见女仆把皮箱搬上车去,说,"这样的天气去送人,这又何必呢!你还是留在家里的好。瞧,这雨好大呀!"

娜嘉想说话,却没能说出口。这时候,萨沙把娜嘉扶上车去,用车毯盖在她的腿上。随后他自己在她身旁坐下。

"一路平安!求上帝保佑你!"祖母在门廊上喊道。"你,萨沙,到了莫斯科,要给我们写信来啊!"

"好。再见,老奶奶!"

"求圣母保佑你!"

"啊,这天气!"萨沙说。

娜嘉直到这时候才哭起来。现在她才明白她是走定了,而先前她跟祖母告辞,她瞧着母亲的时候,却还不相信真会走。别了,这座城!她忽然想起了一切。安德烈啦,他的父亲啦,新寓所啦,裸体女人和花瓶啦,所有这些东西不再使她担惊受怕,心头沉重,却显得幼稚,渺小,不住地往后退去,越退越远。等到他们在车厢里坐好,火车开动,那整个过去,原本那么巨大、严肃,如今却缩成了一小团,而宏大宽广的未来,这以前她一直没大留意过,现在却铺展开来。雨点敲打着车厢的窗子,从这里望出去,只能看见碧绿的田野、电线杆和电线上的鸟雀纷纷闪过去。突然，欢乐的心情使得她透不过气来，她想起她在走向自由，出外上学，这就好比很久以前人们所说的"出外去做自由的哥萨克"一样。她又是笑，又是哭，又是祷告。

"这就好了！"萨沙得意地微笑着说，"这就好了！"

六

秋天过去了，随后冬天也过去了。娜嘉已经非常想家，天天想念母亲，想念祖母，想念萨沙。家里的来信，口气平静而和善，似乎一切都已经得到宽恕，被人忘却了似的。五月间，考试完毕后，她健康而快活地动身回家，中途在莫斯科停留了一下，去看萨沙。他跟去年夏天一样，留着胡子，头发散乱，仍然穿着那件常礼服和帆布裤子，仍然眯着美丽的大眼睛，可是病容满面，疲惫不堪。他显得又老又瘦，不断地咳嗽。不知什么缘故，娜嘉觉得他好像阴沉、土气了。

"我的上帝啊，娜嘉来了！"他说，快活地笑起来。"我的亲人，好朋友！"

他们在石印工厂里坐了一阵，那儿满是纸烟的气味，而油墨和颜料的气味浓重得使人透不过气来。后来他们走到他的房间里，那儿烟雾腾腾，痰迹斑斑，桌子上有一个凉了的茶炊，旁边摆着一只破盆子，上面放着一小块黑纸，桌子上和地板上有许多死苍蝇。这儿处处都可以看出萨沙把他个人的生活安排得马马虎虎，漫不经心，十分藐视舒适。要是有谁跟他谈起他个人的幸福，谈起他个人的生活，谈起对他的爱，他就会一点也不了解，反而会笑起来。

"没什么，一切都顺利，"娜嘉匆匆地说，"妈妈秋天到彼得堡去看过我，说祖母不生气了，只是总到我的房间里去，在墙上画十字。"

萨沙看上去很快活，可是不时地咳嗽，说话声音发颤。娜嘉一直凝神瞧着他，不明白他真是病得很重，还是只不过她觉得如此。

"萨沙，我亲爱的，"她说，"要知道，您病了！"

"不，没什么。病是有，可是不算厉害……"

"啊，我的上帝，"娜嘉激动地说，"为什么您不去看病呢，为什么您不保重身体呢？我宝贵的、亲爱的萨沙，"她说，眼泪夺眶而出，这时候，不知怎的，她的脑海里浮现出安德烈·安德烈伊奇、裸体女人和花瓶、她的整个过去，而现在她的过去却像童年时代那么遥远了。她哭起来，因为萨沙在她的心目中已经不像去年那么新奇,有见识,有趣了。

"亲爱的萨沙,您病得很重。我不知道怎样做才能使您不这么苍白、消瘦。我欠着您那么多的情!您甚至无法想象您为我做了多少事,我的好萨沙!实际上您现在是我最贴心、最亲近的人了。"

他们坐着谈了一阵。自从娜嘉在彼得堡过了一冬以后,现在的萨沙、他的话语、他的笑容、他的整个形象,在她看来,已经陈旧、落伍、早已过时,而且,或许已经埋进了坟墓。

"我后天就动身到伏尔加河沿岸去旅行,"萨沙说,"嗯,然后就去喝马乳酒,我很想喝马乳酒。有一个朋友和他的妻子跟我同去。他妻子是个了不起的人,我一直在鼓动她,劝她出外去读书。我要她把生活翻个身。"

他们谈了一阵,就坐车到火车站去了。萨沙请她喝茶,给她买苹果。等到火车开动,他就露出笑容,挥动手绢,甚至从他的腿都可以看出来他病得很重,未必会活得很久了。

娜嘉中午到达她故乡的那座城。她从车站出来,坐上马车回家去,觉得街道很宽,房屋却又小又低,街上没有人,只遇见一个德国籍的钢琴调音师,穿一件棕黄色的大衣。所有的房屋都好像蒙上了尘土。祖母已经完全衰老,仍然很胖,相貌难看,这时候伸出两条胳膊搂住娜嘉,把脸放在娜嘉的肩膀上哭着,很久不能分开。尼娜·伊凡诺芙娜也老多了,丑多了,好像瘦了点,可是仍然像以前那样束紧了腰带,钻石戒指仍在她的手指头上发亮。

"我亲爱的!"她说,周身发抖,"我亲爱的!"

后来她们坐下,默默地哭着。看得出来,祖母和母亲都感到过去已经一去不返,无可挽回了:社会地位也罢,往日的荣誉也罢,邀人做客的权利也罢,已经统统不存在了。这就像在轻松而无忧无虑的生活中,夜间警察突然闯进来,大搜一通,原来这家的主人盗用公款,制造伪币,于是那轻松而无忧无虑的生活从此告终一样!

娜嘉走到楼上去,见到了原来的那张床,原来的那些挂着朴素的白色窗帘的窗子,窗外仍然是那个花园,沉浸在阳光里,充满欢乐,鸟语声喧。她摸摸她的桌子,在桌边坐下来,思索着。她吃了一顿丰美的中饭,喝茶的时候吃了些可口的、浓浓的凝乳，可是总好像缺了点什么，房间里显得空荡荡的，天花板低矮了。傍晚她躺下睡觉，盖上被子，可是不知怎的，觉得躺在这暖和而又很软的床上有点可笑。

尼娜·伊凡诺芙娜走进来待一会儿。她坐下，像个罪人似的畏畏缩缩，小心谨慎。

"哦，怎么样，娜嘉?"她沉吟一下，问道，"你满意吗?很满意吗?"

"满意，妈妈。"

尼娜·伊凡诺芙娜站起来，在娜嘉胸前和窗子上画十字。

"你瞧，我开始信教了，"她说，"你知道，现在我在研究哲学，一直在思考，思考……现在对我来说，有许多事变得非常清楚了。首先，我觉得，全部生活应当像透过三棱镜那样度过。"

"告诉我，妈妈，奶奶的身体怎么样?"

"似乎挺好。那一回你跟萨沙一块儿走了，你打来了电报，祖母读完电报，就当场晕倒了。她一连三天躺着不动。后来她老是祷告上帝，哭泣。现在她没什么了。"她站起来，在房间里走来走去。

"嘀克嗒克……"守夜人在打更，"嘀克嗒克，嘀克嗒克……"

"首先应当让全部生活像透过三棱镜那样度过，"她说，"那就是，应当把有意识的生活分成最单纯的因素，就像分成七种原色一样，每种因素都应当分别加以研究。"

尼娜·伊凡诺芙娜另外还说了些什么话，她是什么时候走的，娜嘉都没听见，因为她很快就睡着了。

五月过去，六月来了。娜嘉已经在家里住惯了。祖母忙着张罗茶炊，深深地叹气;尼娜·伊凡诺芙娜每到傍晚就讲她的哲学，她在家里仍旧像个食客，每用一个小钱都得伸手向祖母要。

家里有许多苍蝇，房间里的天花板似乎越来越低了。老奶奶和尼娜·伊凡诺芙娜不出门，因为怕遇见安德烈神甫和安德烈·安德烈伊奇。娜嘉在花园里散步，又到街上去溜达，她瞧着房屋，瞧着灰色的围墙，觉得城里的一切东西都早已衰老，这时，只是在等待着结束，或者在等待着一种崭新的、充满活力的生活开始。啊，但愿那光明的新生活快点来吧，到那时候人就可以大胆地面对自己的命运，感到自己正确,心里高兴,自由自在!这样的生活迟早会来!眼前,祖母的家里弄成这样一种局面:四个女仆没有别的地方可住,只能住在地下那一层,住在一个肮脏的房间里,可是总有那么一天,这所房子就会片瓦无存,被人忘掉,谁也记不起它来。只有邻居院里的几个顽皮的男孩来给娜嘉解闷:她在花园里散步的时候,他们就敲着篱墙,笑着讥笑她说:

"新娘哟!新娘哟!"

萨沙从萨拉托夫寄来一封信。他用活泼的、歪歪扭扭的字迹写道:他的伏尔加河之行十分圆满,可是他在萨拉托夫害了点小病,嗓音哑了,已经在医院里躺了两个星期。她明白这是什么意思,心里充满一种类似确信的预感。而且她觉得不愉快,因为有关萨沙的预感和想法不像以前那样使她激动了。她热切地想生活,想到彼得堡去,她和萨沙的交往固然很亲切,然而毕竟成了遥远的过去!她通宵没睡,早晨在窗边坐下,倾听着。楼下果真响起了说话声,惊慌不安的祖母正在着急地问话。后来有人哭起来……娜嘉来到楼下,祖母正站在墙角那边祷告,她的脸上满是泪痕。桌子上放着一份电报。

娜嘉在房间里来来回回走了很久,听着奶奶哭泣,然后拿过电报来,看了一遍。电报上通知说,亚历山大·季莫费伊奇,或者简称萨沙,昨天早晨在萨拉托夫害肺结核去世。

奶奶和尼娜·伊凡诺芙娜一同到教堂里去安排做安魂祭。娜嘉又在房间里走了很久,思索着。她清楚地意识到,她的生活已经按萨沙的心意翻了个身,现在她在这儿觉得孤单,生疏,谁也不需要她,而这儿的一切她也全不需要,整个过去已经跟她割断、消失,仿佛已经烧毁,连灰烬也随风飘散了似的。她走进萨沙的房间,在那儿站了一会儿。

"别了,亲爱的萨沙!"她想道。于是在她面前出现了宽广、辽阔的新生活,那种生活还不明朗,充满着神秘,然而在吸引她,召唤她。

她走到楼上自己的房间里,动手收拾行李,第二天早晨向家里人告别,生气蓬勃,满心快活地离开了这座城,而且觉得,从此再也不会回来了。

第六病室

一

在医院的院子里,有一幢不大的厢房,四周长着密密麻麻的牛蒡、荨麻和野生的大麻。这幢厢房的屋顶生了锈,烟囱半歪半斜,门前台阶已经朽坏,长满杂草,墙面的灰泥只剩下些斑驳的残迹。这幢厢房的正面对着医院,后墙朝着田野,厢房和田野之间由一道安着钉子的灰色院墙隔开。那些尖头朝上的钉子、那围墙、那厢房本身,都有一种特别的、阴郁的、罪孽深重的景象,只有我们的医院和监狱的房屋才会这样。

要是您不怕被荨麻扎伤,那您就顺着通到厢房的那条羊肠小道走过去,瞧瞧里面在干些什么吧。推开头一道门,我们就走进了前堂。在这儿,沿着墙,靠火炉的旁边,丢着一大堆医院里的破烂东西:褥垫啦,破旧的长袍啦,裤子啦,细蓝条子的衬衫啦,没有用处的破鞋啦,所有这些破烂堆在一块儿,揉得很皱,混在一起,正在腐烂,冒出一股闷臭的气味。

看守人尼基达是个年老的退伍兵,衣服上的军章已经褪成棕色。他老是躺在那堆破烂东西上,两排牙齿中间衔着一只烟斗。他的脸相严厉而枯瘦,他的眉毛下垂,给那张脸添上了草原的看羊狗的神情,他的鼻子发红,身材矮小,虽说长得清瘦,筋脉嶙嶙,可是气派威严,拳头粗大。他是那种心眼简单、说干就干、办事牢靠、脑筋迟钝的人。在人间万物当中他最喜爱的莫过于安分守己,因此相信对他们是非打不可的。他打他们的脸,打他们的胸,打他们的背,碰到哪儿就打哪儿,相信要是不打人,这地方就要乱了。

随后您就走进一个宽绰的大房间,要是不把前堂算在内的话,整个厢房里就只有这么一个房间。这儿的墙壁涂了一层混浊的淡蓝色灰粉,天花板熏得挺黑,就跟不装烟囱的农舍一样。事情很清楚,这儿到冬天,炉子经常冒烟,房间里到处是煤气。窗子的里边钉着一排铁格子,很难看。地板颜色灰白,满是木刺。酸白菜、灯芯的焦味、臭虫、阿摩尼亚味,弄得房间里臭烘烘的,您一进来,这种臭气就使您觉着仿佛走进了动物园。房间里放着几张床,床脚钉死在地板上。有些穿着医院的蓝色长袍、按照老派戴着睡帽的男子在床上坐着或者躺着。这些人都是疯子。

这儿一共有五个人。只有一个人出身贵族,其余的全是小市民。顶靠近房门的那个人是个又高又瘦的小市民,唇髭棕红发亮,眼睛沾着泪痕,坐在那儿用手托着头,瞧着一个地方发呆。他一天到晚伤心,摇头,叹气,苦笑。人家讲话,他很少插嘴;人家问他什么话,他也总是不答话。人家给他吃食,他就随手拿起来吃下去,喝下去。从他那痛苦的咳嗽声,他那消瘦的脸颊上的红晕看来,他正在害肺病。

他旁边是一个矮小活泼、十分爱动的老头,留一把尖尖的小胡子,长着跟黑人那样卷曲的黑头发。白天,他在病室里从这个窗口走到那个窗口,或者坐在床上照土耳其人那样盘着腿。他像灰雀那样不住地打呼哨,轻声唱歌,嘿嘿地笑。到了晚上他也显出孩子气的欢乐和活泼的性格。他从床上起来祷告上帝,那就是,拿拳头捶胸口,用手指头抓门。这是犹太籍傻子莫依谢依卡,二十年前他的帽子作坊焚毁的时候发了疯。

只有一个人,在第六病室的所有病人当中,只有他一个人得到允许,可以走出屋子,甚至可以走出院子上街。他享受这个特权已经很久,这大概因为他是医院里的老病人,又是一个安分的、不伤人的傻子,本城的小丑。他在街上被小孩和狗包围着的情景,城里人早已看惯了。他穿着破旧的长袍,戴着可笑的睡帽,穿着拖鞋,有时候光着脚,甚至没穿长裤,在街上走来走去,在民宅和小店的门口站住讨一个小钱。有的地方给他格瓦斯喝,有的给他一点面包吃,有的给他一个小钱,因此他总是吃得饱饱的,满载而归。凡是他带回来的东西,尼基达统统从他身上搜去归自己享用。这个兵干起这种事来很粗暴,怒气冲冲,把犹太人的口袋底都翻出来,而且要上帝做见证,赌咒说他绝不让这个犹太人再上街,说他认为这种不安分守己的事比世界上任何什么事都坏。

莫依谢依卡喜欢帮人的忙。他给同伴们端水,他们睡熟了,他就给他们盖被。他应许每个人说:他从街上回来,一定给他们每个人一个小钱,给每个人缝一顶新帽子。他还用一把调羹喂他左边的邻居吃东西,那人是一个瘫子。他这样做不是出于同情,也不是出于人道主义性质的考虑,而是模仿他右边的邻居格罗莫夫的举动,不知不觉地受了他的影响。

伊万·德米特里奇·格罗莫夫是个大约三十三岁的男子,出身贵族家庭,做过法院的民事执行吏和十二品文官,害着被虐狂。他要么躺在床上,蜷着身子,要么就在房间里从这头走到那头,仿佛在锻炼身体。他很少坐着。他老是怀着一种朦胧的、不明确的担心,因此总是激动、焦躁、紧张。只要前堂传来一丁点儿沙沙声或者院子里有人叫一声,他就抬起头来,竖起耳朵:是不是有人来抓他了?是不是有人在找他?遇到这种时候,他脸上就现出极其不安和憎恶的神情。

我喜欢他这张颧骨很高的宽脸,脸色老是苍白而愁苦,像镜子那样映出一个被挣扎和长期的恐惧苦苦折磨着的灵魂。他这种愁眉苦脸是古怪而病态的,可是深刻纯真的痛苦在他脸上刻下来的细纹,却显出智慧和理性,他的眼睛射出热烈而健康的光芒。我也喜欢这个人本身,他殷勤,乐于为人出力,除了对尼基达以外,对一切人都异常体贴。不管谁掉了一个扣子或者一把调羹,他总是连忙从床上跳下来,捡起那件东西。每天早晨他都要向同伴道早安,临睡也要向他们道晚安。

除了他经常保持紧张状态并且露出愁眉苦脸以外,他的疯病还有下面的表现。每到傍晚,有时候他把身上短小的长袍裹一裹紧,周身发抖,牙齿打战,很快从房间这头走到那头,在床铺之间穿来穿去。看上去,他仿佛在发高烧。从他忽然站住,瞧一眼同伴的样子看来,他分明想说什么很重要的话,可是大概想到他们不会听他讲,也听不懂他的话,就烦躁地摇摇头,仍旧走来走去。然而不久,说话的欲望就压倒一切顾虑,占了上风,他管不住自己,热烈奔放地讲起来。他的话又乱又急,像是梦呓,前言不搭后语,常常叫人听不懂,不过另一方面,不管在话语里也好,声调里也好,都可以使人听出一种非常优美的东西。他一讲话,您就会在他身上看出他既是疯子,又是正常的人。他那些疯话是很难写到纸上来的。他讲到人的卑鄙,讲到蹂躏真理的暴力,讲到将来终有一天会在地球上出现的灿烂生活,讲到时时刻刻使他想起强暴者的麻木残忍的铁窗格。结果他的话就变成由许多古老的、然而还没过时的歌合成的一首凌乱而不连贯的杂曲了。

二

大约十二年前或者十五年前，一个姓格罗莫夫的文官住在本城大街上他自己的房子里，这是一个有地位又有家产的人。他有两个儿子，谢尔盖和伊万。谢尔盖在大学读到四年级的时候，得急性肺痨病死了，他的死亡仿佛给忽然降到格罗莫夫家中的一大串灾难开了个头。谢尔盖葬后不出一个星期，老父亲因为伪造文件和挪用公款而被送审，不久以后就害伤寒，在监狱医院里去世了。房子连同所有的动产都被拍卖，伊万·德米特里奇和他母亲没法生活了。

原先在父亲生前，伊万·德米特里奇住在彼得堡，在大学里念书，每月收到六七十个卢布，根本不懂什么叫作穷，现在他却得一下子改变他的生活了。他为了挣几个小钱而不得不一天到晚教家馆，做抄写工作，尽管这样却仍旧要挨饿，因为他把全部收入都寄给母亲维持生活了。伊万·德米特里奇受不了这样的生活。他灰心丧气，身体虚弱，就离开大学，回家来了。在这儿，在这小城里，他托人情在县立学校里谋到一个教员的位子，可是跟同事们处不好，学生也不喜欢他，不久他就辞职了。他母亲去世了。他有六个月没找到工作，光靠面包和水生活，后来做了法院的民事执行吏。他一直干这个差使，后来就因病被辞了。

他还在年纪轻轻，做大学生的时候，就从来没有让人觉得是个健康的人。他素来苍白，消瘦，动不动就着凉。他吃得少，睡不酣。他只要喝上一杯葡萄酒，就头晕，发歇斯底里病。他一向喜欢跟人们来往，可是由于他那爱生气的脾气和多疑的性格，他跟任何人都不接近，也没有交到朋友。他总是满心看不起地批评城里人，说是他觉着他们那种浑浑噩噩的愚昧和昏昏沉沉的兽性生活又恶劣又讨厌。他用男高音讲话，响亮，激烈，要么带着愤慨的口气，要么带着惊奇的口气，不过他永远讲得诚恳。不管人家跟他谈什么，他老是把话题归结到一件事上去：在这个城里生活又无聊又烦闷，一般人没有高尚的趣味，过着黯淡而毫无意义的生活，用强暴、粗鄙的放荡、伪善来使这生活添一点变化；坏蛋吃得饱，穿得好，正人君子却忍饥受寒；这个社会需要创办学校、立论正直的地方报纸、剧院、公开的演讲、知识力量的团结；必须让这个社会看清楚自己，为自己害怕才成。

他批评人们的时候，总是涂上浓重的色彩，只用黑白两色，任何其他的色调都不用。依他看来，人类分成正直的人和坏蛋，中间的人是没有的。提起女人和爱情，他总是讲得热烈而入迷，可是他从没恋爱过一回。

在这个城里，尽管他尖刻地批评人，容易冲动，可是大家都喜爱他，背地里总是亲切地叫他万尼亚。他那天生的体贴、乐于帮忙的性情、正派的作风、道德的纯洁，他那又旧又小的礼服、病弱的外貌、家庭的不幸，在人们心中勾起一种美好、热烈、忧郁的感情。再说，他受过很好的教育，念过许多书，照城里人的看法，他无所不知，在这个城里像是一部备人查考的活字典。

他看过很多书。他老是坐在俱乐部里，兴奋地扯着稀疏的胡子，翻看杂志和书籍。凭他的脸色可以看得出来他不是在看书，而是在吞吃那些书页，几乎来不及嚼烂它们。人们必须认为看书是他的一种病态的嗜好，因为不管他碰到什么，哪怕是去年的报纸或者日历，也一概贪婪地抓过来，读下去。他在家里总是躺着看书。

三

一个秋天的早晨，伊万·德米特里奇竖起大衣的领子，踩着烂泥，穿过后街和小巷，带着一张执行票到一个小市民家里去收钱。他心绪郁闷，每天早晨他总是这样的。在一条小巷里，他遇见两个戴镣铐的犯人，有四个带枪的兵押着他们走。以前伊万·德米特里奇常常遇见犯人，他们每一次都在他心里引起怜悯和别扭的感情，可是这回的相逢却在他心上留下一种特别的奇怪印象。不知什么缘故，他忽然觉得他也可能戴上镣铐，像那样走过泥地，被人押送到监狱里去。他到过那个小市民家里以后，在回自己家的路上，在邮政局附近碰见一个他认识的警官，那人跟他打招呼，并排顺着大街走了几步，不知什么缘故，他觉得这很可疑。他回到家里，那一整天都没法把那两个犯人和荷枪的兵从脑子里赶出去，一种没法理解的不安心理搅得他没法看书，也没法集中脑力思索什么事。

到傍晚他没有在自己屋里点上灯，一晚上也睡不着觉，不住地暗想：他可能被捕，戴上镣铐，送进监牢里去。他知道自己从来没做过什么犯法的事，而且能够担保将来也绝不会杀人，不会放火，不会偷东西。不过，话说回来，偶然在无意中犯下罪,不是很容易吗？而且受人诬陷,最后,还有审判方面的错误,不是也可能发生吗?难怪老百姓的年代久远的经验教导人们:谁也不能保证不讨饭和不坐牢。在眼下这种审判程序下,审判方面的错误很有可能发生,没有什么可奇怪的。

凡是对别人的痛苦有职务上、业务上的关系的人,例如法官、警察、医师等,时间一长,由于习惯的力量,都会变得麻木不仁,即使有心,也不能不采取敷衍了事的态度对待他们的当事人。在这方面,他们跟在后院屠宰牛羊却看不见血的农民没有什么不同。法官既然对人采取敷衍了事、冷酷无情的态度,那么为了剥夺无辜的人的一切公民权,判他苦役刑,就只需要一件东西,那就是时间。只要有时间来完成一些法定手续(法官们正是因此才拿薪水的),就大功告成了。

事后,你休想在这个离铁路线有二百俄里远的、肮脏的、糟糕的小城里找到正义和保障!再者,既然社会认为一切暴力都是合理而适当的必要手段,各种仁慈行为,例如宣告无罪的判决,会引起沸沸扬扬的不满和报复情绪,那么,在这种情况下谈正义不可笑吗?

到早晨,伊万·德米特里奇起床,满心害怕,额头冒出冷汗,已经完全相信他随时会被捕了。他想,既然昨天的阴郁思想这么久都不肯离开他,可见其中必是有点道理。的确,那些思想绝不会无缘无故钻进他脑子里来。

有一个警察不慌不忙地走过他的窗口,这可不会没有来由。那儿,在房子附近,有两个人站着不动,也不言语。为什么他们沉默呢?

从此,伊万·德米特里奇一天到晚提心吊胆。凡是路过窗口或者走进院子里来的人,他都觉得是间谍和暗探。中午,县警察局长照例坐着一辆双马马车走过大街,这是他从近郊的庄园坐车到警察局去,可是伊万·德米特里奇每回都觉得他的车子走得太快,而且他的脸上有一种特别的神情:他分明急着要去报告,说城里有一个很重要的犯人。

门口有人一拉铃,一敲门,伊万·德米特里奇就打一个冷战,每逢在女房东屋里碰到生客,他就坐立不安。他一遇见警察和宪兵就微笑,打唿哨,为了显得满不在乎。他一连好几夜担心被捕而睡不着觉,可又像睡熟的人那样大声打鼾,呼气,好让女房东以为他睡着了。因为,要是他睡不着,那一定是他在受良心的煎熬:这就是了不起的罪证!事实和常识使他相信所有这些恐惧都是荒唐,都是心理作用。

要是往大处看，那么被捕也好、监禁也好，其实并没有什么可怕的，只要良心清白就行，可是他越是有理性、有条理地思考，他那内心的不安反而变得越发强烈痛苦。这倒跟一个隐士的故事相仿了：那隐士想在一片密林里给自己开辟一小块空地，他越是辛辛苦苦用斧子砍，树林反而长得越密越盛。到头来，伊万·德米特里奇看出这没有用处，就索性不再考虑，完全听凭绝望和恐惧来折磨自己了。

他开始过隐居的生活，躲开人们。他早先就讨厌他的职务，现在他简直干不下去了。他生怕他会被人蒙骗，上了什么圈套，趁他不防备往他口袋里塞一点贿赂，然后揭发他，或者他自己一不小心在公文上出了个错，类似伪造文书，再不然丢了别人的钱。奇怪的是在别的时候他的思想从来没有像现在这样灵活机动，千变万化过，他每天想出成千种不同的理由来认真担忧他的自由和名誉。可是另一方面，他对外界的兴趣，特别是对书的兴趣，却明显淡薄了，他的记性也非常靠不住了。

春天，雪化了，在墓园附近的一条山沟里发现了两具部分腐烂的尸体，一个是老太婆，一个是男孩，都带着因伤致死的痕迹。城里人不谈别的，专门谈这两具死尸和没有查明的凶手。伊万·德米特里奇为了不让人家认为是他杀了人，就在街上走来走去，微微笑着，一遇见熟人，脸色就白一阵红一阵，开始表白说再也没有比杀害弱小和无力自卫的人更卑鄙的罪行了。

可是这种做假的行为不久就弄得他厌烦了，他略略想了一阵，就决定处在他的地位，他最好是躲到女房东的地窖里去。他在地窖里坐了一整天，后来又坐上一夜和一个白天，实在冷得厉害，挨到天黑就像贼那样悄悄溜回自己的房间里去了。他在房间中央呆站着，一动也不动地听着，直到天亮。

大清早，太阳还没出来，就有几个修理炉灶的工人来找女房东。伊万·德米特里奇明明知道这些人是来翻修厨房里的炉灶的，可是恐惧却告诉他说，他们是假扮成修理炉灶工人的警察。他悄悄溜出住所，没穿外衣，没戴帽子，满心害怕，沿着大街飞跑。狗汪汪叫着在他身后追来，一个农民在他身后什么地方呼喊，风在他耳边呼啸，伊万·德米特里奇觉得在他背后，全世界的暴力合成一团，正在追他。

人家拦住他，把他送回家，打发他的女房东去请医师。安德烈·叶菲梅奇(关于他以后还要提到)吩咐在他额头上放个冰袋，要他服一点稠樱叶水，忧虑地摇摇头，走了，临行时对女房东说，他不再来了，因为人不应该打搅发了疯的人。伊万·德米特里奇在家里没法生活,也得不到医治,不久就给送到医院里去,安置在花柳病人的病室里。他晚上睡不着觉,任性胡闹,搅扰病人,不久就由安德烈·叶菲梅奇下命令,转送到第六病室去了。

过了一年,城里人已经完全忘掉了伊万·德米特里奇,他的书由女房东堆在一个敞棚底下的一辆雪橇上,给小孩子陆续偷走了。

四

伊万·德米特里奇左边的邻居,我已经说过,是犹太人莫依谢依卡。他右边的邻居是一个农民,胖得臃肿,身材差不多滚圆,脸容痴呆,完全缺乏思想的痕迹。这是一个不动的、贪吃的、不爱干净的动物,早就丧失思想和感觉的能力。他那儿经常冒出一股令人窒息的刺鼻的臭气。

尼基达给他收拾脏东西的时候,总是狠命打他,使足力气,一点也不顾惜自己的拳头。可怕的还不是他挨打,这是谁都能习惯的;可怕的倒是这个呆钝的动物挨了拳头,却毫无反应,一声不响,也一动不动,眼睛里没有一点表情,光是稍微摇晃几下身子,好比一只沉甸甸的大圆桶。

第六病室里第五个,也就是最后一个病人,是一个小市民,从前做过邮政局的检信员。这是一个矮小的、相当瘦的金发男子,面容善良,可又带点调皮。根据他那对聪明镇静的眼睛闪着明亮快活的光芒来判断,他很有心计,心里有一桩很重大的、愉快的秘密。他在枕头和褥子底下藏着点东西,从来不拿给别人看,倒不是怕人家抢去或者偷走,而是因为不好意思拿出来。有时候他走到窗口,背对着同伴,把一个什么东西戴在胸口,低下头看它。要是你在这样的时候走到他面前去,他就慌里慌张,赶紧从胸口扯下一个什么东西来。不过要猜破他的秘密,却也不难。"请您跟我道喜吧,"他常对伊万·德米特里奇说,"我已经由他们呈请授予带星的斯坦尼斯拉夫二等勋章了。带星的二等勋章是只给外国人的,可是不知什么缘故他们愿意为我破例。"他微笑着说,迷惑地耸耸肩膀,"是啊,老实说,我可真没料到!"

"这类事我一点也不懂。"伊万·德米特里奇阴郁地声明。

"可是您知道我早晚还会得什么勋章吗?"原先的检信员接着说,调皮地眯细眼睛。"我一定会得瑞典的'北极星'。为了那样的勋章,真值得费点心思呢。那是一个白十字,有一条黑丝带。那是很漂亮的。"

大概别处任什么地方的生活都不及这所厢房里这样单调。早晨,除了瘫子和胖农民以外,病人都到前堂去,在一个大木桶那儿洗脸,用长袍的底襟擦脸。这以后他们就用带把的白铁杯子喝茶,这茶是尼基达从医院主楼拿来的。每人只许喝一杯。中午他们喝酸白菜汤和麦糊,晚上吃中午剩下来的麦糊。空闲的时候,他们就躺着,睡觉,看窗外,从这个墙角走到那个墙角,天天这样。甚至原先的检信员也老是谈他的那些勋章。

第六病室里很难见到新人。医师早已不收疯人了。再者,世界上喜欢访问疯人院的人总是很少的。每过两个月,理发师谢苗·拉扎里奇就到这个厢房里来一趟。至于他怎样给那些疯人理发,尼基达怎样帮他的忙,这个醉醺醺、笑嘻嘻的理发师每次光临的时候病人怎样大乱,我就不愿意再描写了。

除了理发师以外,还从来没有一个人来看一看这个厢房,病人们注定了一天到晚只看见尼基达一个人。

不过近来,医院主楼里却在散布一种相当奇怪的流言。

风传医师开始常到第六病室去了。

五

奇怪的流言!

安德烈·叶菲梅奇·拉京医师从某一点来看是一个与众不同的人。据说他年纪很轻的时候十分信神,准备干教士的行业。一八六三年在中学毕业的时候,他有心进一个宗教学院,可是他父亲,一个内外科的医师,似乎刻薄地挖苦他,干脆声明说,要是他去做教士,就不认他做儿子。

这话是真是假,我不知道,不过安德烈·叶菲梅奇不止一回承认他对医学或者一般的专门科学素来不怎么爱好。不管怎样,总之,他在医科毕业以后,并没出家做教士。他并不显得特别信教,他现在跟初做医师时候一样,不像是宗教界的人。

他的外貌笨重、粗俗,跟农民一样。他的脸相、胡子、平顺的头发、又壮又笨的体格,都叫人联想到大道边上小饭铺里那种吃得挺胖、喝酒太多、脾气很凶的老板。他那严厉的脸上布满细小的青筋,他眼睛小,鼻子红。他身材高,肩膀宽,因而手脚也大，仿佛一拳打出去准能致人死命似的。可是他的脚步轻，走起路来小心谨慎，蹑手蹑脚。要是他在一个窄过道里碰见了谁，他总是先站住让路，说一声"对不起"，而且他那讲话声音，出人意外，并不粗，而是尖细柔和的男高音。他的脖子上长着一个不大的瘤子，使他没法穿浆硬的衣领，因此他老是穿软麻布或者棉布的衬衫。总之，他的装束不像个医生。

一套衣服，他一穿就是十年。新的衣服，他通常总是到犹太人的铺子里去买，经他穿在身上以后，就跟旧衣服一样又旧又皱。他看病也好，吃饭也好，拜客也好，总是穿着那套衣服，可是这倒不是因为他吝啬，而是因为对自己的仪表全不在意。

安德烈·叶菲梅奇到这个城里来就职的时候，这个"慈善机关"的情形糟极了。病室里，过道上，医院的院子里，臭得叫人透不过气来。医院的杂役，助理护士和他们的孩子，跟病人一块儿住在病房里。大家抱怨说这地方没法住，因为蟑螂、臭虫、耗子太多。外科病室里的丹毒从没绝迹过。整个医院里只有两把外科手术刀，温度计连一个也没有。浴室里存放土豆。总务处长、女管理员、医士，一齐向病人勒索钱财。安德烈·叶菲梅奇的前任是一个老医师，据说似乎私下里卖医院的酒精，还搜罗护士和女病人，成立了一个后宫。

这些乱七八糟的情形，城里人是十分清楚的，甚至把它说得言过其实，可是大家对待这种现象却不在乎。有人还辩白说躺在医院里的只有小市民和农民，他们不可能不满意，因为他们家里比医院里还要糟得多。总不能拿松鸡来给他们吃啊！还有人辩白说：没有地方自治局的资助，单靠这个小城本身是没有力量维持一个好医院的，谢天谢地，这个医院即使差一点，可是总算有了一个。新成立的地方自治局，在城里也好，在城郊也好，根本没有开办诊疗所，推托说城里已经有医院了。

安德烈·叶菲梅奇视察医院以后，断定这个机构道德败坏，对病人的健康极其有害。依他看来，目前所能做的顶聪明的办法就是把病人放出去，让医院关门。可是他考虑到单是他一个人的意思办不成这件事，况且这样办了也没用，就算把肉体的和精神的污秽从一个地方赶出去，它们也会搬到另外一个地方去。那就只好等它们自己消灭。再说，人们既开办了一个医院，容许它存在下去，可见他们是需要它的。偏见以及日常生活中的种种坏事和丑事都是必要的，因为日子一长，它们就会化为有益的东西，如同粪肥变成黑土一样。人世间没有一种好东西在起源的时候会不沾一点肮脏的。

等到安德烈·叶菲梅奇上任办事以后,他对那种乱七八糟的情形分明相当冷淡。他只要求医院的杂役和助理护士不要在病房里过夜,购置了装满两个柜子的外科器械。至于总务处长、女管理员、医士、外科的丹毒等,仍旧维持原状。

安德烈·叶菲梅奇十分喜爱智慧和正直,可是讲到在自己四周建立一种合理而正直的生活,他却缺乏毅力,缺乏信心来维护自己的这种权利。下命令、禁止、坚持,他根本办不到,这就仿佛他赌过咒,永远不提高嗓门说话,永远不用命令的口气似的。要他说一句"给我这个"或者"把那个拿来"是很困难的;他要吃东西的时候,总是迟疑地清一清喉咙,对厨娘说:"给我喝点茶才好……"或者"给我开饭才好。"至于吩咐总务处长别再偷东西,或者赶走他,再不然干脆取消这个不必要的、寄生的职位,他是根本没有力量办到的。

安德烈·叶菲梅奇每逢遭到欺骗或者受到奉承,或者看到一份他分明知道是伪造的账单送来请他签署的时候,他就把脸涨得跟龙虾一样红,觉着于心有愧,不过还是签了字。每逢病人向他抱怨说他们在挨饿,或者责怪助理护士粗暴,他就发窘,惭愧地嘟哝道:"好,好,以后找来调查一下……多半这是出了什么误会。"

起初安德烈·叶菲梅奇工作得很勤快。他每天从早晨起床到吃午饭的时候就一直给病人看病,动手术,甚至接生。女人们说他工作用心,诊断很灵,特别是妇科病和小儿科病。可是日子一长,因为这工作单调无味而且显然无益,他分明厌烦了。今天接诊三十个病人,到明天一瞧,加到三十五个了,后天又加到四十个,照这样一天天,一年年地干下去,城里的死亡率并没减低,病人仍旧不断地来。

从早晨起到吃午饭为止要对四十个门诊病人真正有所帮助,那是体力上办不到的,因此这就不能不成为骗局。一年接诊一万两千个门诊病人,如果简单地想一想,那就等于欺骗了一万两千人。讲到把病重的人送进病房,照科学的规则给他们治病,那也是办不到的,因为规则倒是有,科学却没有。要是他丢开哲学,照别的医生那样一板一眼地依规则办事,那么首先,最要紧的事情就是消除肮脏,取消臭烘烘的酸白菜汤,改成有益健康的营养食品,取消盗贼,改用好的助手。

不过话说回来,既然死亡是每个人正常的、注定的结局,那又何必拦着他死呢?要是一个小商人或者文官多活个五年十载,那又有什么好处呢?要是认为医疗的目的在于借药品减轻痛苦,那就不能不提出一个问题来:为什么要减轻痛苦呢?第一,据说痛苦可以使人达到精神完美的境界;第二,人类要是真学会了用药丸和药水来减轻痛苦,就会完全抛弃宗教和哲学,可是直到现在为止,在这两种东西里,人们不但找到了逃避各种烦恼的保障,甚至找到了幸福。

普希金临死受到极大的痛苦,可怜的海涅躺在床上瘫了好几年,那么其余的人,安德烈·叶菲梅奇也好,玛特辽娜·萨维希娜也好,生点病有什么关系?反正他们的生活根本没有什么内容,再要没有痛苦,就会完全空虚,跟阿米巴的生活一样了。

安德烈·叶菲梅奇给这类想法压垮,心灰意懒,不再天天到医院里去了。

六

他的生活是这样过的。他照例早晨八点钟起床,穿好衣服,喝茶。然后他在自己的书房里坐下看书,或者到医院里去。那边,在医院里,门诊病人坐在又窄又黑的小过道里等着看病。医院的杂役和助理护士在他们身边跑来跑去,皮靴在砖地上踩得咚咚地响;穿着长袍、形容憔悴的病人也从这儿过路。死尸和装满脏东西的器具也从这儿抬过去。小孩子在啼哭,过堂风吹进来。

安德烈·叶菲梅奇知道这种环境对发烧的、害肺病的、一般敏感的病人是痛苦的,可是那又有什么办法呢?在候诊室里,他遇见医士谢尔盖·谢尔盖伊奇,那是一个矮胖子,脸蛋很肥,洗得干干净净,胡子刮光,态度温和沉稳,穿一身肥大的新衣服,看上去与其说像医士,倒不如说像枢密官。他在城里私人行医,生意做得很大。他打着白领结,自以为比医师精通医术,因为医师不另外私人行医。

在候诊室的墙角神龛里放着一个大圣像,面前点着一盏笨重的长明灯,旁边有一个读经台,蒙着白罩子。墙上挂着主教的像、圣山修道院的照片、一圈圈干枯的矢车菊。谢尔盖·谢尔盖伊奇信教,喜欢庄严的仪式。圣像是由他出钱设置的。每到星期日,他指定一个病人在这候诊室里大声念赞美歌。念完以后,谢尔盖·谢尔盖伊奇就亲自拿着手提香炉,摇着它,散出里面的香烟,走遍各病室。

病人很多,可是时间很少,因此诊病工作就只限于简短地问一问病情,发一点药品,例如挥发性油膏或者蓖麻油等等。安德烈·叶菲梅奇坐在那儿,用拳头支着脸颊,沉思着,随口问话。谢尔盖·谢尔盖伊奇也坐下,搓着手,偶尔插一句嘴。

"我们生病，受穷，"他说，"是因为我们没有好好向仁慈的上帝祷告。对了！"

安德烈·叶菲梅奇诊病的时候从来也不动手术。他早已不干这种事，一看见血心里就不愉快地激动起来。每逢他不得不扳开小孩的嘴，看一下喉咙，而小孩哭哭啼啼，极力用小手招架的时候，他耳朵里的闹声就会弄得他头晕，眼睛里涌出眼泪来。他连忙开个药方，摆一摆手，让女人赶快把孩子带走。

在诊病的时候，病人的胆怯和前言不搭后语，再加上身边坐着的庄严的谢尔盖·谢尔盖伊奇、墙上的相片、二十多年以来他反反复复问过不知多少次的那些话，不久就弄得他厌烦了。他看过五六个病人以后就走了。他走后，余下的病人由医士接着看下去。

安德烈·叶菲梅奇回到家里，愉快地想到：谢天谢地，他已经很久没有私人行医，现在没有人会来打搅他了，就立刻在书房里桌子旁边坐下，开始看书。他看很多书，老是看得津津有味。他的薪水有一半都用在买书上，他的住处一共有六个房间，其中有三个房间堆满了书籍和旧杂志。他最爱看的是历史书和哲学书。医学方面，他却只订了一份《医师》，而且他总是从后面看起。每回看书，他老是一连看好几个钟头，中间不停顿，也不觉着累。他看书不像伊万·德米特里奇过去那样看得又快又急，而是慢慢地看，集中心力，遇到他喜欢的或者不懂的段落常常停一停。书旁边放着一小瓶白酒，旁边放一根腌黄瓜或者一个盐渍苹果，不是盛在碟子里，而是放在粗呢桌布上。每过半个钟头，他就倒一杯白酒，慢慢喝下去，眼睛始终没离开书。随后，他不用眼睛去看，光是用手摸到黄瓜，咬下一小截来。到下午三点钟，他就小心地走到厨房门口，清一清喉咙说："达留希卡，给我开饭才好……"

吃过一顿烧得很差、不干不净的午饭以后，安德烈·叶菲梅奇就把两条胳膊交叉在胸口上，在房间里走来走去，思索着。钟敲四下，后来敲五下，他始终走来走去思索着。偶尔厨房的门吱吱嘎嘎响起来，达留希卡那张带着睡意的红脸从门里探出来。

"安德烈·叶菲梅奇，到您喝啤酒的时候了吧？"她操心地问。

"没有，还没到时候……"他回答，"我要等一会儿……我要等一会儿……"

照例，到了傍晚，邮政局长米哈依尔·阿韦良内奇来了，他在全城当中是唯一没有惹得安德烈·叶菲梅奇讨厌的人。米哈依尔·阿韦良内奇从前是个很有钱的地主，在骑兵队里当差，后来家道中落，为贫穷所迫，晚年就到邮政部门里做事了。他精神旺盛，相貌健康，白色络腮胡子蓬蓬松松，风度文雅，嗓音响亮而好听。他心肠好，重感情，可是脾气躁。每逢邮政局里有个主顾提出抗议，或者不同意他的话，或者刚要辩理，米哈依尔·阿韦良内奇就涨红脸，周身发抖，用雷鸣般的声调叫道："闭嘴！"因此这个邮政局早就出了名，到这个机关去一趟真要战战兢兢。米哈依尔·阿韦良内奇喜欢而且尊重安德烈·叶菲梅奇，因为他有学问，心灵高尚。可是他对本城的别的居民总是很高傲，仿佛他们是他的部下似的。

"我来了！"他走进安德烈·叶菲梅奇的房间说，"您好，老兄！您恐怕已经讨厌我了吧，对不对？"

"刚好相反，我很高兴，"医师回答说，"我见着您总是很高兴。"

两个朋友在书房里一张长沙发上坐下来，沉默地抽一会儿烟。

"达留希卡，给我们拿点啤酒来才好！"安德烈·叶菲梅奇说。

他们仍旧一句话也不说，把第一瓶酒喝完。医师沉思着，米哈依尔·阿韦良内奇现出畅快活泼的神情，仿佛有什么极其有趣的事要讲一讲似的。谈话总是由医师开头。

"多么可惜啊，"他轻轻地、慢慢地说，摇着头，没有瞧他朋友的脸（他从来不瞧人家的脸）。"真是可惜极了，尊敬的米哈依尔·阿韦良内奇，我们城里简直没有一个人能够聪明而有趣地谈一谈天，他们也不喜欢谈天。这对我们就是很大的苦事。甚至知识分子也不免于庸俗。我跟您保证，他们的智力水平一点也不比下层人高。"

"完全对。我同意。"

"您知道，"医师接着轻声说，音调抑扬顿挫，"在这个世界上，除了人类智慧的最崇高的精神表现以外，一切都是无足轻重而没有趣味的。智慧在人和兽类中间画了一条明显的界线，暗示人类的神圣性，甚至在一定程度上由它代替了实际并不存在的不朽。因此，智慧成为快乐的唯一可能的源泉了。可是在我们四周，我们却看不见，也听不见智慧，这就是说我们的快乐被剥夺了。不错，我们有书，可是这跟活跃的谈话和交际根本不一样。要是您容许我打个不完全恰当的比喻的话，那我就要说，书是音符，谈话才是歌。"

"完全对。"

接着是沉默。达留希卡从厨房里走来，站在门口，用拳头支住下巴，带着茫然的哀伤神情,想听一听。

"唉!"米哈依尔·阿韦良内奇叹口气,"要希望现在的人有脑筋,那可是休想!"

他就叙述过去的生活是多么健康、快乐、有趣,从前俄罗斯的知识分子多么聪明,他们对名誉和友情有多么高尚的看法。借出钱去不要借据。朋友遭了急难而自己不出力帮忙,那是被人看作耻辱的。而且从前的出征、冒险、交锋是什么样子啊!什么样的朋友,什么样的女人!再说高加索,好一个惊人的地区!有一个营长的妻子,是个怪女人,常穿上军官的军服,傍晚骑马到山里去,单身一个人,向导也不带。据说她跟一个山村里的小公爵有点风流韵事。

"圣母啊,母亲啊……"达留希卡叹道。

"那时候我们怎样地喝酒!我们怎样地吃饭啊!那时候有多么激烈的自由主义者!"

安德烈·叶菲梅奇听着,却没听进去。他一边喝啤酒,一边在想什么。

"我常常盼望有些聪明的人,跟他们谈一谈天,"他忽然打断米哈依尔·阿韦良内奇的话说,"我父亲使我受到很好的教育,可是他在六十年代的思想影响下,硬叫我做医生。我觉得当时要是没听从他的话,那我现在一定处在智力活动的中心了。我多半做了大学一个系里的教员了。当然,智慧也不是永久的,而是变动无常的,可是您已经知道我为什么对它有偏爱。生活是恼人的牢笼。一个有思想的人到了成年时期,思想意识成熟了,就会不由自主地感到他被关在一个无从脱逃的牢笼里面。确实,他从虚无中活到世上来原是由不得自己做主,被偶然的条件促成的……这是为什么呢?他想弄明白自己生活的意义和目的,人家却什么也说不出来,或者跟他说些荒唐话。他敲门,可是门不开。随后死亡来找他,这也是由不得他自己做主的。因此,如同监狱里的人被共同的灾难联系着,聚在一块儿就觉着轻松得多一样,喜欢分析和归纳的人只要凑在一起,说说彼此的骄傲而自由的思想来消磨时间,也就不觉得自己是关在牢笼里了。在这个意义上说来,智慧是没有别的东西可以代替的快乐。"

"完全对。"

安德烈·叶菲梅奇没有瞧朋友的脸,继续轻声讲聪明人,讲跟他们谈天,他的话常常停顿一下,再往下讲。米哈依尔·阿韦良内奇专心听着,同意说:"完全对。"

"您不相信灵魂不朽吗？"邮政局长忽然问。

"不，尊敬的米哈依尔·阿韦良内奇，我不相信，而且也没有理由相信。"

"老实说，我也怀疑。不过我又有一种感觉，好像我永远也不会死似的。我暗自想道，得了吧，老家伙，你也该死了！可是我的灵魂里却有个小小的声音说：'别信这话，你不会死的！'"

九点钟过后不久，米哈依尔·阿韦良内奇就告辞了。他在前堂穿上皮大衣，叹口气说：

"可是命运把我们送到什么样的穷乡僻壤来了！顶恼人的是我们不得不死在这儿。唉……"

七

安德烈·叶菲梅奇送走朋友以后，就在桌旁坐下，又开始看书。傍晚的宁静以及后来夜晚的宁静，没有一点响声来干扰。时间也仿佛停住，跟医师一块儿呆呆地看书，好像除了书和带绿罩子的灯以外什么也不存在似的。

医师那粗俗的、农民样的脸渐渐放光，在人的智慧的活动面前现出感动而入迷的笑容。"啊，为什么人类不会长生不死呢？"他想。为什么人要有脑中枢和脑室，为什么人要有视力、说话能力、自觉能力、天才呢？这些不都是注定了要埋进土里，到头来跟地壳一同冷却，然后在几百万年中间随着地球围绕太阳旋转，既没有意义，也没有目的吗？只为了叫人变凉，然后去旋转，那根本用不着把人以及人的高尚的、近似神的智慧从虚无中拉出来，然后仿佛开玩笑似的再把他变成泥土。这是新陈代谢！可是用这种代替不朽的东西来安慰自己，这是多么懦弱啊！自然界所发生的这种无意识的变换过程甚至比人的愚蠢还要低劣，因为，不管怎样，愚蠢总还含有知觉和意志，在那种过程里却什么也没有。只有在死亡面前恐惧多于尊严的懦夫才会安慰自己说：他的尸体迟早会长成青草，长成石头，长成癞蛤蟆的……在新陈代谢中见到不朽是奇怪的，就像一个宝贵的提琴被砸碎，却预言装提琴的盒子会有灿烂的前途一样。

每逢时钟敲响，安德烈·叶菲梅奇就把身子往圈椅的椅背上一靠，闭上眼睛，为的是思索一会儿。他在刚从书上读到的优美思想的影响下，不由得对他的过去和现在看一眼。过去是可惜的，还是不想为妙。可是现在也跟过去一样。他知道：如今正当他的思想随同凉下去的地球围绕太阳旋转的时候，在那跟医师住宅并排的大房子里，人们却在疾病和肉体方面的污秽中受苦，有的人也许没睡觉，正在跟虫子打仗，有的人正在受着丹毒的传染，或者因为绷带扎得太紧而呻吟。也许病人在跟助理护士打牌，喝酒。每年有一万两千个人受到欺骗，全部医院工作跟二十年前一样，建立在偷窃、污秽、毁谤、徇私上面，建立在草率的庸医骗术上面。医院仍旧是个不道德的机构，对病人的健康极为有害。他知道尼基达在那安着铁窗子的第六病室里殴打病人，也知道莫依谢依卡每天到城里走来走去讨饭。

另一方面，他也很清楚地知道：在最近二十五年当中医学起了神奇的变化。当初他在大学念书的时候，觉着医学不久就会遭到炼金术和玄学同样的命运。可是如今每逢他晚上看书，医学却感动他，引得他惊奇，甚至入迷。真的，多么意想不到的辉煌啊！由于有了防腐方法，伟大的皮罗戈夫认为就连 in spe① 都不能做的手术，现在也能做了。普通的地方自治局医师都敢于做截除膝关节的手术。一百例腹腔切开术当中只有一例造成死亡。讲到结石病，那已经被人看作小事，甚至没人为它写文章了。梅毒已经能够根本治疗。另外还有遗传学说、催眠术、巴斯德与科赫的发现、以统计做基础的卫生学，还有我们俄罗斯的地方自治局医师的工作！精神病学以及现代的精神病分类法、诊断法和医疗法，跟过去相比，成了十足的厄尔布鲁士。

现在不再往疯子的头上泼冷水，也不再给他们穿紧身衣了，人们用人道态度对待疯子，据报纸上说甚至为他们开舞会，演剧了。安德烈·叶菲梅奇知道，就现代的眼光和水平来看，像第六病室这样糟糕的东西也许只有在离铁路线二百俄里远的小城中才会出现。在那样的小城里，市长和所有的市议员都是半文盲的小市民，把医生看作术士，即使医生要把烧熔的锡灌进他们的嘴里去，也得相信他，不加一点批评，换了在别的地方，社会人士和报纸早就把这个小小的巴士底砸得稀烂了。

"可是这又怎么样呢？"安德烈·叶菲梅奇睁开眼睛，问自己。"由此能得出什么结论来呢？有防腐方法也罢，有科赫也罢，有巴斯德也罢，可是事情的实质却一点也没有改变。患病率和死亡率仍旧一样。他们给疯子开舞会，演戏，可是仍旧不准

①拉丁文，在将来的意思。

疯子自由行动。可见这都是胡扯和瞎忙，最好的维也纳医院和我的医院实际上并没有什么差别。"

然而悲哀和一种近似嫉妒的感觉却不容他漠不关心。这大概是疲劳的缘故吧。他那沉甸甸的头向书本垂下去，他就用两只手托住脸，使它舒服一点，暗想道："我在做有害的事。我从人们手里领了薪水，却欺骗他们。我不正直。不过，话要说回来，我自己是无能为力的，我只是一种不可避免的社会罪恶的一小部分，所有县里的文官都有害，都白拿薪水……可见我的不正直不能怪我，要怪时代……我要是生在二百年以后，就会成为另一个人了。"

等到时钟敲了三下，他就吹熄灯，走进寝室。他并没有睡意。

八

两年前，地方自治局为表示慷慨，议决每年拨出三百卢布作为补助金，供城中医院扩充医务人员用，直到将来地方自治局的医院开办为止。县医师叶夫根尼·费奥多雷奇·霍博托夫也应邀进城来协助安德烈·叶菲梅奇。这个人还很年轻，甚至没到三十岁。他身量高，头发黑，颧骨高，眼睛小。他的祖先多半是异族人。他来到本城的时候，一个钱也没有，只有一个又小又破的手提箱，还带着一个难看的年轻女人，他管她叫厨娘。这女人有个要喂奶的孩子。叶夫根尼·费奥多雷奇平时脚穿高筒皮靴，戴一顶硬帽檐的大檐帽，冬天穿一件短羊皮袄。他跟医士谢尔盖·谢尔盖伊奇和会计主任交成了好朋友，可是不知什么缘故却把别的职员叫作贵族，而且躲着他们。他的整个住宅里只有一本书：《一八八一年维也纳医院最新处方》。他去看病人，总要随身带着这本小书。一到傍晚他就到俱乐部去打台球，他不喜欢打牌。他在谈话中很喜欢用这类字眼："无聊之至""废话连篇""故布疑阵"，等等。

他每个星期到医院里来两次，查病房，看门诊。医院里完全不用消毒方法，放血用拔血罐，这些都使他愤慨，可是他也没有运用新方法，怕的是这样会得罪安德烈·叶菲梅奇。他把他的同行安德烈·叶菲梅奇看作老滑头，疑心他有很多的钱，私下里嫉妒他。他恨不得占据到他的职位才好。

九

那是春天，也就是三月底，地上已经没有积雪，椋鸟在医院的花园里啼叫了。

一天黄昏,医师送他的朋友邮政局长走到大门口。正巧这当儿犹太人莫依谢依卡带着战利品回来,走进院子里。他没戴帽子,一双光脚上套着雨鞋,手里拿着一小包人家施舍的东西。

"给我一个小钱!"他对医师说,微微笑着,冷得直哆嗦。

安德烈·叶菲梅奇素来不肯回绝别人的要求,就给他一个十戈比的银币。

"这多么糟,"他瞧着犹太人的光脚和又红又瘦的足踝,暗想:"瞧,脚都湿了。"这在他心里激起一种又像是怜悯又像是厌恶的感情,他就跟在犹太人的身后,时而看一看他的秃顶,时而看一看他的足踝,走进了那幢厢房。医师一进去,尼基达就从那堆破烂东西上跳下来,立正行礼。

"你好,尼基达,"安德烈·叶菲梅奇温和地说,"发一双靴子给那个犹太人穿才好,不然他就要着凉了。"

"是,老爷。我去报告总务处长。"

"劳驾,你用我的名义请求他好了。就说是我请他这么办的。"

从前堂通到病室的门敞开着。伊万·德米特里奇躺在床上,用胳膊肘支起身子,惊慌地听着不熟悉的声音,忽然认出了来人是医师。他气得周身发抖,从床上跳下来,脸色气愤、发红,眼睛暴出来,跑到病室中央。

"大夫来了!"他喊一声,哈哈大笑,"到底来了!诸位先生,我给你们道喜。大夫赏光,到我们这儿来了!该死的败类!"他尖声叫着,带着以前病室里从没见过的暴怒,跺一下脚,"打死这个败类!不,打死还嫌便宜了他!把他淹死在粪坑里!"

安德烈·叶菲梅奇听见这话,就从前堂探进头去,向病室里看,温和地问道:"这是为什么?"

"为什么?"伊万·德米特里奇嚷道,带着威胁的神情走到他面前,急忙把身上的长袍裹紧一点。"为什么?你是贼!"他带着憎恶的神情说,努起嘴唇像要吐出一口痰去。"骗子!刽子手!"

"请您消一消气,"安德烈·叶菲梅奇说,"我跟您担保我从没偷过什么东西;至于别的话,您大概说得大大地过火了。我看得出来您在生我的气。我求您,消一消气,要是可能的话,请您冷静地告诉我:您为什么生气?"

"那么您为什么把我关在这儿?"

"因为您有病。"

"不错,我有病。可是要知道,成十成百的疯子都逍遥自在地走来走去,因为您糊涂得分不清疯子跟健康的人。那么,为什么我跟这些不幸的人像替罪羊似的替大家关在这儿?您、医士、总务处长、所有你们这医院里的混蛋,在道德方面不知比我们每个人要低下多少,那为什么关在这儿的是我们而不是你们?道理在哪儿?"

"这跟道德和道理全不相干。一切都要看机会。谁要是关在这儿,谁就只好待在这儿。谁要是没关起来,谁就可以走来走去,就是这么回事。至于我是医生,您是精神病人,这是既说不上道德,也讲不出道理来的,只不过是刚好机会凑巧罢了。"

"这种废话我不懂……"伊万·德米特里奇用闷闷的声调说,在自己床上坐下。

尼基达不敢当着医师的面搜莫依谢依卡。莫依谢依卡就把一块块面包、纸片、小骨头摊在他自己的床上。他仍旧冻得打哆嗦,用犹太话讲起来,声音像唱歌,说得很急。他多半幻想自己在开铺子了。

"放我出去吧。"伊万·德米特里奇说,他的嗓音发颤。

"我办不到。"

"可是为什么?为什么呢?"

"因为这不是我能决定的。请您想想看,就算我放您出去了,那于您又有什么好处呢?您出去试试看。城里人或者警察会抓住您,送回来的。"

"不错,不错,这倒是实话……"伊万·德米特里奇说,用手心擦着脑门,"这真可怕!可是我该怎么办呢?怎么办呢?"

安德烈·叶菲梅奇喜欢伊万·德米特里奇的声调、他那年轻聪明的容貌和那种愁苦的脸相。他有心对这年轻人亲热点,安慰他一下。他就在床边挨着他坐下,想了一想,开口说:"您问我该怎么办。处在您的地位,顶好是从这儿逃出去。然而可惜,这没用处。您会被人捉住。社会在防范罪人、精神病人和一般不稳当的人的时候,总是不肯善罢甘休的。剩下来您就只有一件事可做,那就是心平气和地认为您待在这个地方是不可避免的。"

"这是对任何什么人都没有必要的。"

"只要有监狱和疯人院,那就总得有人关在里面才成。不是您,就是我。不是我,就是另外一个人。您等着吧,到遥远的未来,监狱和疯人院绝迹的时候,也就不会再有窗上的铁格,不会再有这种长袍了。当然,那个时代是早晚要来的。"

伊万·德米特里奇冷笑。"您说起笑话来了,"他说,眯细了眼睛,"像您和您的助手尼基达之流的老爷们跟未来是一点关系也没有的。不过您放心就是,先生,美好的时代总要来的!让我用俗话来表示一下我的看法,您要笑就尽管笑好了:新生活的黎明会放光,真理会胜利,那时候节日会来到我们街上!我是等不到那一天了,我会死掉,不过总有别人的曾孙会等到的。我用我整个灵魂向他们欢呼,我高兴,为他们高兴!前进啊!求主保佑你们,朋友们!"

伊万·德米特里奇闪着亮晶晶的眼睛站起来,向窗子那边伸出手去,继续用激动的声调说:"我从这铁格窗里祝福你们!真理万岁!我高兴啊!"

"我看不出有什么特殊的理由要高兴,"安德烈·叶菲梅奇说,他觉得伊万·德米特里奇的举动像是演戏,不过他也还是很喜欢。"将来,监狱和疯人院都不会有,真理会像您所说的那样胜利,不过要知道,事物的本质不会变化,自然界的规律也仍旧一样。人们还是会像现在这样害病,衰老,死掉。不管将来会有多么壮丽的黎明照亮您的生活,可是您到头来还是会躺进棺材,钉上钉子,扔到墓穴里去。"

"那么,长生不死呢?"

"唉,算了吧!"

"您不相信,可是我呢,却相信。不知是在陀斯妥耶夫斯基还是伏尔泰的一本书里,有一个人物说:要是没有上帝,人就得臆造出一个来。我深深地相信:要是没有长生不死,伟大的人类智慧早晚会把它发明出来。"

"说得好,"安德烈·叶菲梅奇说,愉快地微笑着。"您有信心,这是好事。人有了这样的信心,哪怕幽禁在四堵墙当中,也能生活得很快乐。您以前大概在哪儿念过书吧?"

"对了,我在大学里念过书,可是没有毕业。"

"您是个有思想、爱思考的人。在随便什么环境里,您都能保持内心的平静。那种极力要理解生活的、自由而深刻的思索,那种对人间无谓纷扰的十足蔑视,这是两种幸福,比这更高的幸福,人类还从来没有领略过。您哪怕生活在三道铁栅栏里,却仍旧能够享受这种幸福。第欧根尼住在一个桶子里,可是他比世界上所有的皇帝都幸福。"

"您那个第欧根尼是傻瓜,"伊万·德米特里奇阴郁地说,"您干吗跟我提什么第欧根尼,说什么理解生活?"他忽然生气了,跳起来叫道,"我爱生活,热烈地爱生活! 我害被虐狂,心里经常有一种痛苦的恐惧。不过有时候我充满生活的渴望,一到那种时候我就害怕自己会发疯。我非常想生活,非常想!"

他激动得在病室里走来走去,然后压低了嗓音说:"每逢我幻想起来,我脑子里就生出种种幻觉。有些人走到我跟前来了,我听见说话声和音乐声了,我觉得我好像在一个树林里漫步,或者沿海边走着,我那么热烈地渴望着纷扰,渴望着奔忙……那么,请您告诉我,有什么新闻吗?"伊万·德米特里奇问,"外头怎么样了?"

"您想知道城里的情形呢,还是一般的情形?"

"哦,先跟我讲一讲城里的情形,再讲一般的情形吧。"

"好吧。城里乏味得难受……你找不着一个人来谈天,也找不着一个人可以让你听他谈话。至于新人是没有的。不过最近倒是来了一个姓霍博托夫的年轻医师。"

"居然在我还活着的时候就有人来了。他是怎么样的一个人,粗俗吗?"

"他不是一个有教养的人。您知道,说来奇怪……凭各种征象看来,我们的大城里并没有智力停滞的情形,那儿挺活跃,可见那边一定有真正的人,可是不知什么缘故,每回他们派到我们这儿来的都是些看不上眼的人。这真是个不幸的城!"

"是的,这是个不幸的城!"伊万·德米特里奇叹道,他笑起来,"那么一般的情形怎么样? 人家在报纸和杂志上写了些什么文章?"

病室里已经暗下来了。医师站起来,立在那儿,开始叙述国内外发表了些什么文章,现在出现了什么样的思想潮流。

伊万·德米特里奇专心听着,提出些问题,可是忽然间,仿佛想起什么可怕的事,抱住头,在床上躺下,背对着医师。

"您怎么了?"安德烈·叶菲梅奇问。

"您休想再听见我说一个字!"伊万·德米特里奇粗鲁地说,"躲开我!"

"这是为什么?"

"我跟您说:躲开我! 干吗一股劲儿地追问?"

安德烈·叶菲梅奇耸一耸肩膀,叹口气,出去了。他走过前堂的时候说:

"把这儿打扫一下才好,尼基达……气味难闻得很!"

"是，老爷。"

"这个年轻人多么招人喜欢！"安德烈·叶菲梅奇一面走回自己的寓所，一面想。"从我在此地住下起，这些年来他好像还是我所遇见的第一个能够谈一谈的人。他善于思考，他所关心的也正是应该关心的事。"

这以后，他看书也好，后来上床睡觉也好，总是想着伊万·德米特里奇。第二天早晨他一醒，就想起昨天他认识了一个头脑聪明、很有趣味的人，决定一有机会就再去看他一趟。

十

第二天，伊万·德米特里奇仍旧照昨天那种姿势躺着，双手抱住头，腿缩起来。他的脸却看不见。

"您好，我的朋友，"安德烈·叶菲梅奇说，"您没有睡着吧？"

"第一，我不是您的朋友，"伊万·德米特里奇把嘴埋在枕头里说，"第二，您白忙了，您休想再听见我说一个字。"

"奇怪……"安德烈·叶菲梅奇狼狈地嘟哝着，"昨天我们谈得挺和气，可是忽然间不知什么缘故，您恼气了，一下子什么也不肯谈了……大概总是我说了什么不得体的话，再不然也许说了些不合您的信念的想法……"

"是啊，居然要我来相信您的话！"伊万·德米特里奇说，欠起身来，带着讥讽和惊慌的神情瞧着医师。他的眼睛发红。"您尽可以上别处去侦察，探访，可是您在这儿没什么事可做。我昨天就已经明白您为什么上这儿来了。"

"古怪的想法！"医师笑着说，"那么您当我是密探吗？"

"对了，我就是这么想的……密探也好，大夫也好，反正是奉命来探访我的，这总归是一样。"

"唉，真的，原谅我说句实话，您可真是个……怪人啊！"

医师在床边一张凳子上坐下，不以为然地摇摇头。

"不过，姑且假定您的话不错吧，"他说，"就算我在阴险地套出您的什么话来，好把您告到警察局去。于是您被捕，然后受审。可是您在法庭上和监狱里难道会比待在这儿更糟吗？就算您被判终身流放，甚至服苦役刑，难道这会比关在这个厢房里还要糟吗？我觉得那也不见得更糟……那么您有什么可怕的呢？"

这些话分明对伊万·德米特里奇起了作用。他安心地坐下了。

这是下午四点多钟,在这种时候安德烈·叶菲梅奇通常总是在自己家中各房间里走来走去,达留希卡问他到了喝啤酒的时候没有。外面没有风,天气晴朗。

"我吃完饭出来溜达,顺便走进来看看您,正像您看到的那样,"医师说,"外面完全是春天了。"

"现在是几月?三月吗?"伊万·德米特里奇问。

"是的,三月尾。"

"外面很烂吗?"

"不,不很烂。花园里已经有路可走了。"

"眼下要是能坐上一辆四轮马车到城外什么地方去走一趟,倒挺不错,"伊万·德米特里奇说,揉揉他的红眼睛,好像半睡半醒似的,"然后回到家里,走进一个温暖舒适的书房……请一位好大夫来治一治头痛……我已经好久没有照普通人那样生活过了。这儿糟透了!糟得叫人受不了!"

经过昨天的兴奋以后,他累了,无精打采,讲话不大起劲。他的手指头发抖,从他的脸相看得出他头痛得厉害。

"温暖舒适的书房跟这个病室并没有什么差别,"安德烈·叶菲梅奇说,"人的恬静和满足并不在人的外部,而在人的内心。"

"您这话是什么意思?"

"普通人从身外之物,那就是说从马车和书房,寻求好的或者坏的东西,可是有思想的人却在自己内心寻找那些东西。"

"请您到希腊去宣传那种哲学吧。那边天气暖和,空中满是酸橙的香气,这儿的气候却跟这种哲学配不上。我跟谁谈起第欧根尼来着?大概就是跟您吧?"

"对了,昨天跟我谈过。"

"第欧根尼用不着书房或者温暖的住处,那边没有这些东西也已经够热了。只要睡在桶子里,吃吃橙子和橄榄就成了。可是如果他有机会到俄罗斯来生活,那他别说在十二月,就是在五月里也会要求住到屋里去。他准会冻得缩成一团呢。"

"不然。寒冷如同一般说来任何一种痛苦一样,人能够全不觉得。马可·奥勒留说:'痛苦是一种生动的痛苦概念;运用意志的力量改变这个概念,丢开它,不再诉苦,痛苦就会消灭了。'这话说得中肯。大圣大贤,或者只要是有思想、爱思索的人,他们之所以与众不同就在于蔑视痛苦，他们永远心满意足，对什么事都不感到惊讶。"

"那么我就是呆子了，因为我痛苦，不满足，对人的卑劣感到惊讶。"

"您这话说错了。只要您多想一想，您就会明白那些搅得我们心思不定的外在事物都是多么渺小。人得努力理解生活，真正的幸福就在这儿。"

"理解……"伊万·德米特里奇说，皱起眉头，"什么外在，内在的……对不起，我实在不懂。我只知道，"他说，站起来，怒气冲冲地瞧着医师，"我只知道上帝是用热血和神经把我创造出来的，对了，先生! 人的机体组织如果是有生命的，对一切刺激就一定有反应。我就有反应! 受到痛苦，我就用喊叫和泪水来回答；遇到卑鄙，我就愤慨，看见肮脏，我就憎恶。依我看来，说实在的，只有这才叫作生活。这个有机体越低下，它的敏感程度也越差，对刺激的反应也就越弱。机体越高级，也就越敏感，对现实的反应也就越有力。这点道理您怎么会不懂? 您是医师，却不懂这些小事! 为了蔑视痛苦，永远知足，对任什么事也不感到惊讶，人得先落到这种地步才成，"伊万·德米特里奇就指了指肥胖的、满身是脂肪的农民说，"要不然，人就得在苦难中把自己磨炼得麻木不仁，对苦难失去一切感觉，换句话说，也就是停止生活才成。对不起，我不是大圣大贤，也不是哲学家，"伊万·德米特里奇愤愤地接着说，"那些道理我一点也不懂。我也不善于讲道理。"

"刚好相反，您讲起道理来很出色。"

"您模仿的斯多葛派，是些了不起的人，可是他们的学说远在两千年前就已经停滞不前，一步也没向前迈进，将来也不会前进，因为那种学说不切实际，不合生活。那种学说只在那些终生终世致力于研究和赏玩各种学说的少数人当中才会得到成功，可是大多数人都不懂。任何鼓吹对富裕冷淡、对生活的舒适冷淡、对痛苦和死亡加以蔑视的学说，对绝大部分人来说是完全没法理解的，因为这大部分人从来也没有享受过富裕，也从没享受过生活的舒适。对他们来说，蔑视痛苦就等于蔑视生活本身，因为人的全部实质就是由饥饿、寒冷、委屈、损失等感觉以及汉姆雷特式的怕死感觉构成的。全部生活不外乎这些感觉。人也许会觉得生活苦恼，也许会痛恨这种生活，可是绝不会蔑视它。对了，所以，我要再说一遍：斯多葛派的学说决不会有前途。从开天辟地起一直到今天，您看得明白，不断进展着的是奋斗、对痛苦的敏感、对刺激的反应能力……"

伊万·德米特里奇忽然失去思路,停住口,烦躁地揉着额头。

"我本来想说一句重要的话,可是我的思路断了,"他说,"我刚才说什么来着?哦,对了! 我想说的是这个:有一个斯多葛派为了给亲人赎身,就自己卖身做了奴隶。那么,您看,这意思是说,就连斯多葛派对刺激也是有反应的,因为人要做出这种舍己救人的慷慨行为,就得有一个能够同情和愤慨的灵魂才成。眼下,我关在这个监狱里,已经把以前所学的东西忘光了,要不然我还能想起一点别的事情。拿基督来说,怎么样呢?基督对现实生活的反应是哭泣,微笑,忧愁,生气,甚至难过。他并没有带着微笑去迎接痛苦,他也没有蔑视死亡,而是在客西马尼花园里祷告,求这杯子离开他。①"

伊万·德米特里奇笑起来,坐下去。"就算人的安宁和满足不在外界,而在自己的内心,"他说,"就算人得蔑视痛苦,对什么事也不感到惊讶。可是您到底根据什么理由鼓吹这些呢? 您是圣贤? 是哲学家? "

"不,我不是哲学家,不过人人都应当鼓吹这道理,因为这是入情入理的。"

"不,我要知道您凭什么自以为有资格谈理解生活,谈蔑视痛苦等等? 难道您以前受过苦? 您懂得什么叫做痛苦? 容我问一句,您小时候挨过打吗? "

"没有,我的父母是厌恶体罚的。"

"父亲却死命地打过我。我父亲是个很凶的、害痔疮的文盲,鼻子挺长,脖子发黄。不过,我们还是来谈您。您有生以来从没被人用手指头碰过一下,谁也没有吓过您,打过您,您结实得跟牛一样。您在您父亲的翅膀底下长大成人,用他的钱求学,后来一下子就谋到了这个俸禄很高而又清闲的差使。您有二十多年一直住着不花钱的房子,有炉子,有灯火,有仆人,同时您有权利爱怎么干就怎么干,爱干多少就干多少,哪怕不做一点事也不要紧。您本性是一个疲沓的懒汉,因此您把您的生活极力安排得不让什么事来打搅您,不让什么事来惊动您,免得您动一动。您把工作交给医士跟别的坏蛋去办。您自己呢,找个温暖而又清静的地方坐着,攒钱,看书,为了消遣而思索各种高尚的无聊问题,而且,"说到这儿,伊万·德米特里奇看着医师的红鼻子,"喝酒。总之,您并没见识过生活,完全不了解它,对现实只有

---

①见《新约·马太福音》第二十六章第三十六至三十九节。

理论上的认识。至于您蔑视痛苦,对什么事都不感到惊讶,那完全是出于一种很简单的理由。什么四大皆空啦,外界和内部啦,把生活、痛苦、死亡看得全不在意啦,理解生活啦、真正的幸福啦,这都是最适合俄罗斯懒汉的哲学。比方说,您看见一个农民在打他的妻子。何必出头打抱不平呢?让他去打好了,反正他俩早晚都要死的。况且打人的人在打人这件事上所污辱的倒不是挨打的人,而是他自己。酗酒是愚蠢而又不像样子的,可是喝酒的结果也是死,不喝酒的结果也是死。一个农妇来找您,她牙痛……哼,那有什么要紧?痛苦只不过是痛苦的概念罢了。再说,人生在世免不了灾病,大家都要死的,因此,娘们儿,去你的吧,别妨碍我思索和喝酒。一个青年来请教:他该怎样做,怎样生活才对。换了别人,在答话以前总要好好想一想,可是您的回答却是现成的:努力去理解啊,或者努力去追求真正的幸福啊。可是那个荒唐的'真正的幸福'究竟是什么东西呢?当然,回答是没有的。在这儿,我们关在铁格子里面,长期幽禁,受尽折磨,可是这很好,合情合理,因为这个病室跟温暖舒适的书房之间根本没有什么分别。好方便的哲学:不用做事而良心清清白白,并且觉着自己是大圣大贤……不行,先生,这不是哲学,不是思想,也不是眼界开阔,而是懒惰,浑浑噩噩的麻木……对了!"伊万·德米特里奇又生气了,"您蔑视痛苦,可是如果用房门把您的手指头夹一下,您恐怕就要扯着嗓门大叫起来了!"

"可是也许我并不叫呢,"安德烈·叶菲梅奇说,温和地笑笑。

"对,当然!瞧着吧,要是您一下子中了风,或者假定有个傻瓜和蛮横的家伙利用他自己的地位和官品当众侮辱您一场,而且您知道他侮辱了您仍旧可以逍遥法外,哼,到那时候您才会明白您叫别人去理解和寻求真正的幸福是怎么回事了。"

"这话很有独到之处,"安德烈·叶菲梅奇说,愉快地笑起来,搓着手,"您那种对于概括的爱好使我感到愉快的震动。多承您刚才把我的性格勾勒一番,精彩得很。我得承认,跟您谈话使我得到很大的乐趣。好,我已经听完您的话,现在要请您费心听我说一说了……"

十一

这次谈话接下去又进行了一个多钟头,分明给安德烈·叶菲梅奇留下了深刻的印象。从此他天天到这个厢房里来。他早晨去,吃过午饭后也去,到了天近黄昏,他往往仍旧在跟伊万·德米特里奇交谈。起初伊万·德米特里奇见着他还有点拘束,怀疑他存心不良，可是后来他跟他处熟了，他那声色俱厉的态度就换成了鄙夷讥诮的态度。

不久，医院里传遍一种流言，说是安德烈·叶菲梅奇医师开始常到第六病室去了。谢尔盖·谢尔盖伊奇也好，尼基达也好，助理护士也好，谁都不明白他为什么到那儿去，为什么在那儿一连坐上好几个钟头，到底谈了些什么，为什么不开药方。他的行动显得古怪。米哈依尔·阿韦良内奇常常发现他不在家，这在过去是从来没有过的事。达留希卡也很心慌，因为现在医师不按一定的时候喝啤酒，有时候连吃饭都耽误了。

有一天，那已经是在六月末尾，霍博托夫医师去看望安德烈·叶菲梅奇，商量点事。他发现医师没有在家，就到院子里去找他。在那儿有人告诉他，说老医师到精神病人那儿去了。霍博托夫走进厢房，在前堂里站住，听见下面的谈话：

"我们永远也谈不拢，您休想叫我改信您那种信仰，"伊万·德米特里奇愤愤地说，"您完全不熟悉现实，您从来没有受过苦，反而像蚂蟥那样靠别人的痛苦生活着，我呢，从生下来那天起直到今天却一直不断地受苦。因此我老实对您说，我认为在各方面我都比您高明，比您有资格。您不配教导我。"

"我根本没有存心叫您改信我的信仰，"安德烈·叶菲梅奇低声说，惋惜对方不肯了解他的心意。"问题不在这儿，我的朋友。问题不在于您受过苦而我没受过。痛苦和欢乐都是暂时的，我们不谈这些，不去管它吧。问题在于您跟我都在思考，我们看出彼此都是善于思考和推理的人，那么不管我们的见解多么不同，这却把我们联系起来了。我的朋友，要是您知道我是多么厌恶那种普遍存在的狂妄、平庸、愚钝，而我每次跟您谈话的时候是多么高兴就好了！您是有头脑的人，我觉得跟您相处很快活。"

霍博托夫推开一点门缝，往病室里看了一眼。戴着睡帽的伊万·德米特里奇跟安德烈·叶菲梅奇医师并排坐在床上。疯子愁眉苦脸，打哆嗦，颤巍巍地裹紧身上的长袍。医师一动不动地坐在那儿，头低垂着，脸色发红，显得凄苦而悲伤。霍博托夫耸一耸肩膀，冷笑一声，跟尼基达互相看一眼。尼基达也耸一耸肩膀。

第二天，霍博托夫跟医士一块儿到厢房里来。两个人站在前堂里偷听。

"咱们的老大爷似乎完全疯了！"霍博托夫走出厢房时候说。

"主啊，饶恕我们这些罪人吧！"庄重的谢尔盖·谢尔盖伊奇叹道，小心地绕过泥塘，免得弄脏他那双擦得很亮的靴子。"老实说，尊敬的叶夫根尼·费奥多雷奇，我早就料着会出这样的事了!"

十二

这以后,安德烈·叶菲梅奇开始发觉四周有一种神秘的空气。杂役、助理护士、病人,一碰见他就追根究底地瞧他,然后交头接耳地说话。往常他总是喜欢在医院花园里碰见总务处长的女儿玛霞小姑娘,可是现在每逢他带着笑容向她跟前走过去,想抚摩一下她的小脑袋,不知什么缘故她却躲开他,跑掉了。邮政局长米哈依尔·阿韦良内奇听他讲话,也不再说"完全对",却莫名其妙地慌张起来,含糊地说:"是啊,是啊,是啊……"而且带着悲伤的、深思的神情瞧他。

不知什么缘故,他开始劝他的朋友戒掉白酒和啤酒,不过他是一个有礼貌的人,在劝的时候并不直截了当地说,只是用了种种暗示,先对他讲起一个营长,那是一个极好的人,然后谈到团里的神甫,也是一个很好的人,他俩怎样贪酒,害了病,可是戒掉酒以后,病就完全好了。安德烈·叶菲梅奇的同事霍博托夫来看过他两三回,也劝他戒酒,而且无缘无故地劝他服用溴化钾。

八月里,安德烈·叶菲梅奇收到市长一封信,说是有很要紧的事请他去谈一谈。安德烈·叶菲梅奇按照约定的时间到了市政厅,发现在座的有军事长官、政府委派的县立学校的校长、市参议员、霍博托夫,还有一位胖胖的、头发金黄的先生,经过介绍,原来是一位医师。这位医师姓一个很难上口的波兰姓,住在离城三十俄里远的一个养马场上,现在凑巧路过这个城。

"这儿有一份申请关系到您的工作部门,"等到大家互相招呼过,围着桌子坐下来以后,市参议员对安德烈·叶菲梅奇说,"叶夫根尼·费奥多雷奇刚才在这儿对我们说起医院主楼里的药房太窄了,应当把它搬到一个厢房里去。这当然没有问题,要搬也可以搬,可是主要问题在于厢房需要修理了。"

"对了,不修理不行了,"安德烈·叶菲梅奇想了一想,说,"要是把院子角上那个厢房布置出来,改作药房的话,我想至少要用五百卢布。这是一笔不小的开支。"

大家沉默了一会儿。

"十年前我已经呈报过,"安德烈·叶菲梅奇低声说下去,"照现在的形式存在着的这个医院对这个城市来说,是一种超过了它负担能力的奢侈品。这个医院是在四十年代建筑起来的，不过那时候的经费跟现在不同。这个城市在不必要的建筑和多余的职位方面花的钱太多了。我想，换一个办法就可以用同样多的钱来维持两个模范的医院。"

"好，那您就提出另外一个办法吧！"市参议员活跃地说。

"我已经向您呈请过把医疗部门移交地方自治局管理。"

"对，您要是把钱移交地方自治局，他们就会把它贪污了事。"头发金黄的医师笑着说。

"这是照例如此的。"市参议员同意道，也笑了。

安德烈·叶菲梅奇用无精打采、暗淡无光的眼睛瞧着金黄头发的医师说："我们得公道才对。"

他们又沉默了一会儿。茶端上来了。不知什么缘故，军事长官很窘，就隔着桌子碰了碰安德烈·叶菲梅奇的手说："您完全把我们忘了，大夫。不过，您是个修士，您既不打牌，也不喜欢女人。您跟我们这班人来往一定觉着没意思。"

大家谈起一个正派人住在这个城里多么无聊。没有剧院，没有音乐，俱乐部最近开过一次跳舞晚会，女人倒来了二十个上下，男舞伴却只有两个。青年男子不跳舞，却一直聚在小卖部附近，或者打牌。安德烈·叶菲梅奇没有抬起眼睛瞧任何人，低声慢慢讲起来，说到城里人把他们生命的精力、他们的心灵和智慧，都耗费在打牌和造谣上，不善于，也不愿意把时间用在有趣的谈话和读书方面，不肯享受智慧所提供的快乐，这真是可惜，可惜极了。只有智慧才有趣味，才值得注意，至于别的一切东西，那都是卑贱而渺小的。霍博托夫专心地听他的同事讲话，忽然问道："安德烈·叶菲梅奇，今天是几月几号？"

霍博托夫听到回答以后，就和金黄头发的医师用一种连自己也觉得不高明的主考人的口气开始盘问安德烈·叶菲梅奇今天是星期几，一年当中有多少天，第六病室里是不是住着一个了不起的先知。回答最后一个问题的时候，安德烈·叶菲梅奇脸红了，说："是的，他有病，不过他是一个有趣味的年轻人。"

此外他们没有再问他别的话。

他在前厅穿大衣的时候，军事长官伸出一只手来放在他的肩膀上，叹口气说："现在我们这些老头子到退休的时候了！"

安德烈·叶菲梅奇走出市政厅,才明白过来,原来这是一个奉命考查他的智力的委员会。他回想他们对他提出的种种问题,就涨红了脸,而且现在,不知什么缘故,生平第一回沉痛地为医学惋惜。

"我的上帝啊,"他想起那些医师刚才怎样考查他,不由得暗想,"要知道,他们前不久刚听完精神病学的课,参加过考试,怎么会这样一窍不通呢?他们连精神病学的概念都没有!"

他生平第一回感到受了侮辱,生气了。

当天傍晚,米哈依尔·阿韦良内奇来看他。这个邮政局长没有向他打招呼,径直走到他跟前,拉住他的双手,用激动的声调说:"我亲爱的,我的朋友,请您向我表明您相信我的真诚的好意,把我看作您的朋友……我的朋友!"他不容安德烈·叶菲梅奇开口讲话,仍旧激动地接着说下去:"我因为您有教养,您心灵高尚而喜爱您。那些医生受科学规章的限制,不能对您说真话,可是我要像军人那样实话实说:您的身体不大好!请您原谅我,我亲爱的,不过这是实情,您四周的人早就注意到这一点了。叶夫根尼·费奥多雷奇医师刚才对我说:为了有利于您的健康,您务必要休养一下,散散心才成。完全对!好极了!过几天我就要度假,出外去换一换空气。请您表明您是我的朋友,我们一块儿走!仍照往日那样,我们一块儿走。"

"我觉得我的身体十分健康,"安德烈·叶菲梅奇想了一想,说,"我不能走。请您容许我用别的办法来向您表明我的友情。"

丢开书本,丢开达留希卡,丢开啤酒,一下子打破已经建立了二十年的生活秩序,出外走一趟,既不知道到哪儿去,也不知道为什么要去,这种想法一开头就使他觉着又荒唐又离奇。可是他想起了市政厅里的那番谈话,想起了他从市政厅出来,在回家的路上经历到的沉重心情,那么暂时离开这个城,躲开那些把他看作疯子的蠢人,倒也未尝不可。

"那么您究竟打算到哪儿去呢?"他问。

"到莫斯科去,彼得堡去,华沙去……在华沙,我消磨过我一生中最幸福的五个年头。那是多么了不起的城啊!去吧,我亲爱的!"

十三

一个星期以后,人们向安德烈·叶菲梅奇建议,要他休养一下,也就是说要他提出辞呈,他满不在乎地照着做了。再过一个星期,米哈依尔·阿韦良内奇就和他坐上一辆邮车,到就近的火车站去了。

天气凉快,晴朗,天空蔚蓝,远处风景看得清清楚楚。他们离火车站有二百俄里远,坐马车走了两天,在路上住了两夜。在驿站上每逢他们喝的茶用没有洗干净的杯子盛来,或者车夫套马车费的时间久了一点,米哈依尔·阿韦良内奇就涨紫了脸,周身发抖,嚷道:"闭嘴!不准强辩!"一坐上马车,他就一会儿也不停地说话,讲起他当初在高加索和波兰帝国旅行的情形。他有过多少奇遇,有过什么样的遭际啊!他讲得很响,同时还惊奇地瞪起眼睛,弄得听的人以为他是在说谎。再者,他一面说话,一面对着安德烈·叶菲梅奇的脸喷气,对着他的耳朵哈哈大笑。这弄得医师很别扭,妨碍他思考,不容他聚精会神地思索。

为了省钱,他们在火车上乘三等车,坐在一个不准吸烟的车厢里。有一半的乘客是上等人。米哈依尔·阿韦良内奇不久就跟所有的人认识了,从这个座位换到那个座位,大声地说他们大不该在这样糟糕的铁路上旅行。简直是骗人上当!如果骑一匹好马赶路,那就大不相同:一天走一百俄里的路,赶完了路还精神抖擞,身强力壮。讲到我们收成不好,那是因为宾斯克沼泽地带排干了水。总之,什么事都乱七八糟。他兴奋起来,讲得很响,不容别人开口。这种夹杂大声哄笑和指手画脚的不停的扯淡,闹得安德烈·叶菲梅奇很疲劳。

"我们这两个人当中究竟谁是疯子呢?"他懊恼地想,"究竟是我这个极力不惊吵乘客的人呢,还是这个自以为比大家都聪明有趣,因此不容人消停的利己主义者?"在莫斯科,米哈依尔·阿韦良内奇穿上没有肩章的军衣和镶着红丝绦的裤子。他一上街就戴上军帽,穿上军大衣,兵士们见着他都立正行礼。安德烈·叶菲梅奇现在觉得这个人把原来所有的贵族气派中的一切优点都丢掉了,只留下了劣点。他喜欢有人伺候他,哪怕在完全不必要的时候也是一样。火柴就在他面前的桌子上,他自己也看见了,却对仆役嚷叫,要他拿火柴来。有女仆在场,他却只穿着衬里衣裤走来走去,并不觉着难为情。他对所有的仆人,哪怕是老人,也一律称呼"你",遇到他生了气,就骂他们是傻瓜和蠢货。安德烈·叶菲梅奇觉得这是老爷派头,可是恶劣得很。

首先,米哈依尔·阿韦良内奇领他的朋友到伊文尔斯卡雅教堂去。他热心地祷告,叩头,流泪,完事以后,深深地叹口气说:"即使人不信神,可是祷告一下,心里也好像踏实点。吻圣像吧,我亲爱的。"

安德烈·叶菲梅奇很窘,吻了吻圣像,同时米哈依尔·阿韦良内奇努起嘴唇,摇头,小声祷告,眼泪又涌上了眼眶。随后,他们到克里姆林宫去,观看皇家的炮和皇家的钟,甚至伸出手指头去摸一摸。他们欣赏莫斯科河对面的风景,游览救世主教堂和鲁缅采夫博物馆。

他们在捷斯托夫饭店吃饭。米哈依尔·阿韦良内奇把菜单看了很久,摩挲着络腮胡子,用一种素来觉得到了饭店就像到了家里一样的美食家的口气对仆役说:"我们倒要瞧瞧今天你们拿什么菜来给我们吃,天使!"

十四

医师走来走去,看这看那,吃啊喝的,可是他只有一种感觉:恨米哈依尔·阿韦良内奇。他一心想离开他的朋友休息一下,躲着他,藏起来,可是朋友却认为自己有责任不放医师离开身边一步,尽量为他想出种种消遣办法。到了没有东西可看的时候,他就用谈天来给他解闷。安德烈·叶菲梅奇一连隐忍了两天,可是到第三天他就向朋友声明他病了,想留在家里待一整天。他的朋友回答说,既是这样,那他也不出去。实在,也该休息一下了,要不然两条腿都要跑断了。安德烈·叶菲梅奇在一个长沙发上躺下,脸对着靠背,咬紧牙齿,听他朋友热烈地向他肯定说:法国早晚一定会打垮德国,莫斯科有很多骗子,单凭马的外貌绝看不出马的长处。医师耳朵里嗡嗡地响起来,心怦怦地跳,可是出于客气,又不便请他的朋友走开或者住口。幸亏米哈依尔·阿韦良内奇觉着坐在旅馆房间里闷得慌,饭后就出去散步了。

等到只剩下自己一个人,安德烈·叶菲梅奇就让自己沉湎于休息的感觉里。一动不动地躺在长沙发上,知道屋里只有自己一个人,这是多么痛快啊!没有孤独就不会有真正的幸福。堕落的天使之所以背弃上帝,大概就因为他一心想孤独吧,而天使们是不知道什么叫作孤独的。安德烈·叶菲梅奇打算想一想近几天来他看见了些什么,听见了些什么,可是米哈依尔·阿韦良内奇却不肯离开他的脑海。

"话说回来,他度假,跟我一块儿出来旅行,还是出于友情,出于慷慨呢,"医师烦恼地想,"再也没有比这种友情的保护更糟糕的事了。本来他倒好像是个好心的、慷慨的、快活的人，不料是个无聊的家伙。无聊得叫人受不了。有些人就是这样，平素说的都是聪明话，好话，可是人总觉得他们是愚蠢的人。"

这以后一连几天，安德烈·叶菲梅奇声明他生病了，不肯走出旅馆的房间。他躺着，用脸对着长沙发的靠背，遇到他的朋友用谈话来给他解闷，他总是厌烦。遇到他的朋友不在，他就养神。他生自己的气，因为他跑出来旅行，他还生他朋友的气，因为他一天天地变得贫嘴、放肆了。他无论如何也不能把他的思想提到严肃高尚的方面去。

"这就是伊万·德米特里奇所说的现实生活了，它把我折磨得好苦，"他想，气恼自己这样小题大做。"不过这也没什么要紧……将来我总要回家去，一切就会跟先前一样了……"

到了彼得堡，局面仍旧是那样。他一连好几天不走出旅馆的房间，老是躺在长沙发上，只有为了喝啤酒才起来一下。

米哈依尔·阿韦良内奇时时刻刻急着要到华沙去。

"我亲爱的，我上那儿去干什么？"安德烈·叶菲梅奇用恳求的声音说。"您一个人去，让我回家好了！我求求您了！"

"那可无论如何也不成！"米哈依尔·阿韦良内奇抗议道，"那是个了不起的城。在那儿，我消磨过我一生中顶幸福的五个年头呢！"

安德烈·叶菲梅奇缺乏坚持自己主张的性格，勉强到华沙去了。到了那儿，他没有走出过旅馆的房间，躺在长沙发上，生自己的气，生朋友的气，生仆役的气，这些仆役固执地不肯听懂俄国话。米哈依尔·阿韦良内奇呢，照常健康快活，精神抖擞，一天到晚在城里溜达，找他旧日的熟人。他有好几回没在旅馆里过夜。有一天晚上他不知在一个什么地方过了一夜，一清早回到旅馆里，神情激动极了，脸涨得绯红，头发乱蓬蓬。他在房间里从这头走到那头，走了很久，自言自语，不知在讲些什么，后来站住说：

"名誉第一啊！"他又走了一阵，忽然双手捧住头，用悲惨的声调说："对了，名誉第一啊！不知我为什么起意来游历这个巴比伦，真是该死！我亲爱的，"他接着对医师说，"请您看轻我吧，我打牌输了钱！请您给我五百卢布吧！"

安德烈·叶菲梅奇数出五百个卢布，一句话也没有说就交给了他的朋友。他的朋友仍旧因为羞臊和气愤而涨红了脸,没头没脑地赌了一个不必要的咒,戴上帽子,走出去了。大约过了两个钟头,他回来了,往一张圈椅上一坐,大声叹一口气说:"我的名誉总算保住了!走吧,我的朋友!在这个该死的城里,我连一分钟也不愿意再待了。骗子!奥地利的间谍!"

等到两个朋友回到他们自己的城里,那已经是十一月了,街上积了很深的雪。霍博托夫医师接替了安德烈·叶菲梅奇的职位。他仍旧住在原来的寓所,等安德烈·叶菲梅奇回来,腾出医院的寓所。那个被他称作"厨娘"的丑女人已经在一个厢房里住下了。

关于医院又有新的流言在城里传布。据说那丑女人跟总务处长吵过一架,总务处长就跪在她的面前告饶。

安德烈·叶菲梅奇回到本城以后第一天就得出外去找住处。

"我的朋友,"邮政局长不好意思地对他说,"原谅我提一个唐突的问题:您手里有多少钱?"

安德烈·叶菲梅奇一句话也没有说,数一数自己的钱说:"八十六卢布。"

"我问的不是这个,"米哈依尔·阿韦良内奇慌张地说,没听懂他的意思。"我问的是您一共有多少家底?"

"我已经告诉您了,八十六卢布……此外我什么也没有了。"

米哈依尔·阿韦良内奇素来把医师看做正人君子,可是仍旧疑心他至少有两万存款。现在听说安德烈·叶菲梅奇成了乞丐,没有钱来维持生活,不知什么缘故他忽然流下眼泪,拥抱他的朋友。

十五

安德烈·叶菲梅奇在一个女小市民别洛娃家一所有三个窗子的小房子里住下来。在这所小房子里,如果不算厨房,就只有三个房间。医师住在朝街的两个房间里,达留希卡和带着三个孩子的女小市民住在第三个房间和厨房里。有时候女房东的情人,一个醉醺醺的农民,上她这儿来过夜。他晚上吵吵闹闹,弄得达留希卡和孩子们十分害怕。他一来就在厨房里坐下,开始要酒喝,大家就都觉着很不自在。医师动了怜悯的心,把啼哭的孩子带到自己的房间里,让他们在地板上睡下。

这样做，使他感到很大的快乐。

他跟先前一样，八点钟起床，喝完早茶以后坐下来看自己的旧书和旧杂志。他已经没有钱买新的了。要就是因为那些书都是旧的，要就是或许因为环境变了，总之，书本不再像从前那样紧紧抓住他的注意力，他看书感到疲劳了。为了免得把时间白白度过，他就给他的书开一个详细书目，在书脊上粘贴小签条。这种机械而费事的工作，他倒觉着比看书还有趣味。这种单调费事的工作不知怎么弄得他的思想昏睡了。他什么也不想，时间过得很快。即使坐在厨房里跟达留希卡一块儿削土豆皮，或者挑出荞麦粒里的皮屑，他也觉着有趣味。一到星期六和星期日，他就到教堂去。他站在墙边，眯细眼睛，听着歌声，想起他的父亲、他的母亲，想起大学，想起各种宗教，他心里变得平静而忧郁。事后他走出教堂，总惋惜礼拜式结束得太快。

他有两次到医院里去看望伊万·德米特里奇，想跟他谈天。可是那两回伊万·德米特里奇都非常激动、气愤。他请医师不要来搅扰他，因为他早就讨厌空谈了。他说他为自己的一切苦难只向那些该死的坏蛋要求一种补偿：单人监禁。难道连这么一点要求他们也会拒绝他吗？那两回安德烈·叶菲梅奇向他告辞，祝他晚安的时候，他没好气地哼一声，回答说："滚你的吧！"

现在安德烈·叶菲梅奇不知道该不该再去看望他。不过他心里还是想去。

从前，在吃完午饭以后的那段时间，安德烈·叶菲梅奇总是在房间里走来走去，思索，可是现在从吃完午饭起直到喝晚茶的时候止，他却一直躺在长沙发上，脸对着靠背，满脑子的浅薄思想，无论如何也压不下去。他想到自己做了二十几年的事，既没有得到养老金，也没有得到一次发给的补助金，不由得愤愤不平。不错，他工作得不勤恳，不过话说回来，所有的工作人员，不管勤恳也好，不勤恳也好，是一律都领养老金的。当代的正义恰好就在于官品、勋章、养老金等不是根据道德品质或者才干，却是一般地根据服务，不论什么样的服务；而颁给的。那为什么只有他一个人是例外呢？他已经完全没有钱了。他一走过小杂货店，一看见女老板，就觉着害臊。他已经欠了三十二个卢布的啤酒钱。他也欠小市民别洛娃的钱。达留希卡悄悄地卖旧衣服和旧书，还对女房东撒谎，说是医师不久就要收到很多很多钱。

他恼恨自己，因为他在旅行中花掉了他积蓄的一千卢布。那一千卢布留到现在会多么有用啊！他心里烦躁，因为人家不容他消消停停过日子。霍博托夫认为自己有责任偶尔来看望这个有病的同事。安德烈·叶菲梅奇觉得他处处都讨厌：胖胖的脸、恶劣而尊大的口气、"同事"那两个字、那双高筒皮靴。顶讨厌的是他自以为有责任给安德烈·叶菲梅奇医病，而且自以为真的在给他看病。每回来访，他总带来一瓶溴化钾药水和几粒大黄药丸。

米哈依尔·阿韦良内奇也认为自己有责任来看望这个朋友，给他解闷。每一回他走进安德烈·叶菲梅奇的屋里总是装出随随便便的神情，不自然地大声笑着，开始向他保证说今天他气色大好。谢谢上帝，局面有了转机。从这样的话里，人就可以推断他认为他朋友的情形没有希望了。他还没有归还他在华沙欠下的债，心头压着沉重的羞愧，觉着紧张，因此极力大声地笑，说些滑稽的话。他的奇闻轶事现在好像讲不完了，这对安德烈·叶菲梅奇也好，对他自己也好，都是痛苦的。

有他在座，安德烈·叶菲梅奇照例躺在长沙发上，脸对着墙，咬紧牙关听着，他的心上压着一层层的水锈。他的朋友每来拜访一回，他就觉着这些水锈堆得更高一点，好像就要涌到他的喉头来了。

为了压下这些无聊的感触，他就赶紧暗想：他自己也罢，霍博托夫也罢，米哈依尔·阿韦良内奇也罢，反正早晚都会死亡，甚至不会在大自然中留下一点痕迹。要是想象一百万年以后有个精灵飞过地球上空，就只会看见黏土和光秃的峭壁。一切东西，文化也好，道德准则也好，都会消灭，连一棵牛蒡也不会长出来。那么，在小店老板面前觉着害臊，有什么必要呢？那个不足道的霍博托夫，或者米哈依尔·阿韦良内奇的讨厌的友情，有什么道理呢？这一切都琐琐碎碎，毫无意义。

可这样的想法已经无济于事了。他刚刚想到一百万年以后的地球，穿高筒靴的霍博托夫或勉强大笑的米哈依尔·阿韦良内奇就从光秃的峭壁后面闪出来，甚至可以听见含羞带愧的低语声："华沙的债，好朋友，过几天我就还给您……一定。"

十六

有一天，米哈依尔·阿韦良内奇饭后来了，安德烈·叶菲梅奇正躺在长沙发上。凑巧，霍博托夫同时带着溴化钾药水也来了。安德烈·叶菲梅奇费力地爬起来，坐好，把两条胳膊支在长沙发上。

"今天您的气色比昨天好多了，我亲爱的，"米哈依尔·阿韦良内奇开口说，"对了,您显得挺有精神。真的,挺有精神!"

"您也真的到了该复原的时候了,同事,"霍博托夫说,打个哈欠。"大概这种无聊的麻烦事您自己也腻烦了。"

"会复原的!"米哈依尔·阿韦良内奇快活地说,"咱们会再活一百年! 一定!"

"一百年倒活不了,再活二十年是总能行的,"霍博托夫安慰说,"没关系,没关系,同事,别灰心……那种病只不过是您胡思乱想罢了。"

"我们还要大显身手呢!"米哈依尔·阿韦良内奇哈哈大笑,拍一拍他朋友的膝头,"我们还要大显身手呢! 明年夏天,求上帝保佑,咱们到高加索去玩一趟,骑着马到处逛一逛——驾! 驾! 驾! 等到我们从高加索回来,瞧着吧,大概还要热热闹闹地办一回喜事哪。"讲到这儿,米哈依尔·阿韦良内奇调皮地眨一眨眼,"我们会给您说成一门亲事的,好朋友……我们会给您说成一门亲事的……"

安德烈·叶菲梅奇忽然觉着那点水锈涌到喉头上来了。他的心猛烈地跳起来。

"这是庸俗!"他说,很快地站起来,走到窗子那边去。"难道你们不明白你们说的是些庸俗的话吗?"他本来想温和而有礼貌地讲下去,可是他违背本心,忽然攥紧拳头,高高地举到自己的头顶上。

"躲开我!"他嚷道,嗓音变了,脸涨得通红,浑身打抖。"出去,你们俩都出去! 你们俩!"

米哈依尔·阿韦良内奇和霍博托夫站起来,瞧着他,先是愣住,后来害怕了。

"出去,你们俩!"安德烈·叶菲梅奇不断地嚷道。"蠢材! 愚人! 我既不要你们的友情,也不要你的药品,蠢材! 庸俗! 可恶!"

霍博托夫和米哈依尔·阿韦良内奇狼狈地互相看一眼,跟跄地退到门口,走进了前堂。安德烈·叶菲梅奇抓起那瓶溴化钾,对他们背后扔过去。药水瓶摔在门槛上,砰的一声碎了。

"滚蛋!"他跑进前堂,用含泪的声音嚷道。"滚!"

等到客人走了,安德烈·叶菲梅奇就在长沙发上躺下来,像发烧一样地哆嗦,反反复复说了很久:"蠢材! 愚人!"

等到他的火气平下来,他首先想到可怜的米哈依尔·阿韦良内奇现在一定羞愧得不得了,心里难受,他想到这件事做得真可怕。以前还从来没有出过这样的事。他的智慧和客气到哪儿去了？对人间万物的理解啦，哲学性质的淡漠啦，都到哪儿去了？

医师又是羞愧，又是生自己的气，一夜也没有能够睡着，第二天早晨大约十点钟就动身到邮局去，向邮政局长道歉。

"以前发生的事，我们不要再提了。"米哈依尔·阿韦良内奇十分感动，握紧他的手，叹口气说，"谁再提旧事，就叫谁的眼睛瞎掉。留巴甫金！"他忽然大喊一声，弄得所有的邮务人员和顾客都打了个哆嗦。"搬椅子来。你等着！"他对一个农妇嚷道，她正把手伸进铁栅栏，向他递过一封挂号信来。"难道你没看见我忙着吗？过去的事我们就不要再提了，"他接着温和地对安德烈·叶菲梅奇说，"我恳求您，坐下吧，我亲爱的。"

他沉默了一会儿，揉着自己的膝头，然后说："我心里一点也没有生您的气。害病可不是闹着玩儿的事，我明白。昨天您发了病，吓坏了医师跟我，事后关于您我们谈了很久。我亲爱的，您为什么不肯认真地治一治您的病呢？难道可以照这样下去吗？原谅我出于友情直爽地说一句，"米哈依尔·阿韦良内奇小声说，"您生活在极其不利的环境里：狭窄，肮脏，没有人照料您，也没有钱治病……亲爱的朋友，我跟医师全心全意地恳求您听从我们的忠告：到医院里去养病吧！在那儿有滋补的吃食，有照应，有人治病。咱们背地里说一句，叶夫根尼·费奥多雷奇虽然举止粗俗，不过他精通医道，咱们倒可以完全信任他。他已经答应我说他要给您治病。"

安德烈·叶菲梅奇被这种真诚的关心和忽然在邮政局长脸颊上闪光的眼泪感动了。

"我尊敬的朋友，不要听信那种话！"他小声说，把手按在胸口上。"不要听信那种话！那全是骗人的！我的病只不过是这么回事：二十年来我在全城只找到一个有头脑的人，而他又是个疯子。我根本没有害病，只不过我落进了一个魔圈里，出不来了。我觉得随便怎样都没关系，我准备承担一切。"

"进医院去养病吧，我亲爱的。"

"我是无所谓的，哪怕进深渊也没关系。"

"好朋友，答应我：您样样都听叶夫根尼·费奥多雷奇的安排。"

"遵命，要我答应我就答应。可是我再说一遍，我尊敬的朋友，我落进了一个魔圈里。现在不管什么东西，就连朋友的真心同情在内，也只有一个结局：引我走到灭亡。我正在走向灭亡，我也有勇气承认这个事实。"

"好朋友，您会复原的。"

"何必再说这种话呢？"安德烈·叶菲梅奇愤愤地说，"很少有人在一生的结尾不经历到我现在所经历到的情形。临到有人告诉您说您肾脏有病或者心房扩大之类的话，因此您开始看病的时候，或者有人告诉您说您是疯子或者罪犯，总之换句话说，临到人家忽然注意您，那您就得知道您已经落进魔圈里，再也出不来了。您极力想逃出来，可是反而陷得越发深了。那您就索性听天由命吧，因为任何人力都已经不能挽救您了。我觉得就是这样。"

这当儿窗洞那里挤满了人。为了免得妨碍人家的工作，安德烈·叶菲梅奇就站起来告辞。米哈依尔·阿韦良内奇又一次取得他的诺言，然后送他到外边门口。

当天，将近傍晚，出人意外，霍博托夫穿着短羊皮袄和高筒靴到安德烈·叶菲梅奇家里来了，用一种仿佛昨天根本没出过什么事的口气说道："我是有事来找您的，同事。我来邀请您：您愿意不愿意跟我一块儿去参加会诊？啊？"

安德烈·叶菲梅奇心想霍博托夫大概要他出去散步解一解闷，或者真的要给他一个赚点钱的机会，就穿上衣服，跟他一块儿走到街上。他暗自高兴，总算有个机会可以把他昨天的过失弥补一下，就此和解了。他心里感激霍博托夫，因为昨天的事他绝口不提，分明原谅他了。这个没有教养的人会有这样细腻的感情，倒是很难料到的。

"您的病人在哪儿？"安德烈·叶菲梅奇问。

"在我的医院里。我早就想请您去看一看了……那是一个很有趣的病例。"

他们走进医院的院子，绕过主楼，向那住着疯人的厢房走去。不知什么缘故他们走这一路都没有说话。他们一走进厢房，尼基达照例跳起来，挺直了身子立正。

"这儿有一个病人两侧肺部忽然害了并发症，"霍博托夫跟安德烈·叶菲梅奇一块儿走进病室，低声说，"您在这儿等一会儿，我马上就来。我只是为了去拿我的听诊器。"说完，他就出去了。

十七

天渐渐黑下来。伊万·德米特里奇躺在床上，把脸埋在枕头里。那个瘫子一动也不动地坐着,轻声地哭,努动嘴唇。胖农民和从前的检信员睡觉了。屋里寂静无声。

安德烈·叶菲梅奇在伊万·德米特里奇的床上坐下,等着。可是半个钟头过去了,霍博托夫没有来,尼基达却抱着一件长袍、一身不知什么人的衬里衣裤、一双拖鞋,走进病室里来。

"请您换衣服,老爷,"他轻声说,"您的床在这边,请到这边来,"他又说,指一指一张空床,那分明是不久以前搬进来的。"不要紧,求上帝保佑,您会复原的。"

安德烈·叶菲梅奇心里全明白了。他一句话也没说,依照尼基达的指点,走到那张床边坐下。他看见尼基达站在那儿等着,就脱光身上的衣服,觉着很害臊。然后他穿上医院的衣服,衬裤很短,衬衫却长,长袍上有熏鱼的气味。

"求上帝保佑,您会复原的。"尼基达又说一遍。

他把安德烈·叶菲梅奇的衣服收捡起来,抱在怀里,走出去,随手关上了门。

"没关系……"安德烈·叶菲梅奇想,害臊地把长袍的衣襟掩上,觉着穿了这身新换的衣服像是一个囚犯。"这也没关系……礼服也好,制服也好,这件长袍也好,反正是一样……"

可是他的怀表怎么样了?侧面衣袋里的笔记簿呢?他的纸烟呢?尼基达把他的衣服拿到哪儿去了?这样一来,大概直到他死的那天为止,他再也没有机会穿长裤、背心、高筒靴了。这种事,乍一想,不知怎的,有点古怪,甚至不能理解。安德烈·叶菲梅奇到现在还相信小市民别洛娃的房子跟第六病室没有什么差别,这世界上的一切都无聊、空虚。然而他的手发抖,脚发凉,一想到待一会儿伊万·德米特里奇起来,看见他穿着长袍,就不由得害怕。他站起来,在房间里走了一个来回,又坐下。

在那儿,他已经坐了半个钟头,一个钟头,他厌烦得要命。难道在这种地方人能住一天,一个星期,甚至像这些人似的一连住好几年吗?是啊,他已经坐了一阵,走了一阵,又坐下了。他还可以再走一走,瞧一瞧窗外,再从这个墙角走到那个墙角。可是这以后怎么样呢?就照这样像个木头人似的始终坐在这儿思考吗?不,这样总不行啊。

安德烈·叶菲梅奇躺下去,可是立刻坐起来,用衣袖擦掉额头上的冷汗,于是觉着整个脸上都有熏鱼的气味了。他又走来走去。

"这一定是出了什么误会……"他说,茫然摊开两只手。"这得解释一下才成,一定是出了什么误会……"

这当儿伊万·德米特里奇醒来了。他坐起来,用两个拳头支着腮帮子。他吐了口唾沫。然后他懒洋洋地瞧一眼医师,起初分明不明白这是怎么回事。可是不久他那带着睡意的脸就现出了恶毒的讥讽神情。

"啊哈!好朋友,他们把您也关到这儿来了!"他眯细一只眼睛,用带着睡意而发哑的声音说,"我很高兴。您以前吸别人的血,现在人家要吸您的血了。好极了!"

"这一定是出了什么误会,"安德烈·叶菲梅奇给伊万·德米特里奇的话吓坏了,慌张地说,他耸一耸肩膀,再说一遍:"这一定是出了什么误会……"

伊万·德米特里奇又吐口唾沫,躺下去。

"该诅咒的生活!"他嘟哝说,"这种生活真叫人痛心,感到气愤,要知道它不是以我们的痛苦得到补偿来结束,不是像歌剧里那样庄严地结束,却是用死亡来结束。临了,来几个医院杂役,拉住死尸的胳膊和腿,拖到地下室去。呸!不过,那也没关系……到了另一个世界里,那就要轮着我们过好日子了……到那时候我要从那个世界到这里来显灵,吓一吓这些坏蛋。我要把他们吓得白了头。"

莫依谢依卡回来了,看见医师,就伸出手。"给我一个小钱!"他说。

十八

安德烈·叶菲梅奇走到窗口去,瞧着外面的田野。天已经黑下来,右面天边一个冷冷的、发红的月亮升上来了。离医院围墙不远,至多不出一百俄丈的地方,矗立着一所高大的白房子,由一道石墙围起来。那是监狱。

"这就是现实生活!"安德烈·叶菲梅奇想,他觉着害怕了。

月亮啦,监狱啦,围墙上的钉子啦,远处一个烧骨场上腾起来的火焰啦,全都可怕。他听见身后一声叹息。安德烈·叶菲梅奇回过头去,看见一个人胸前戴着亮闪闪的星章和勋章,微微笑着,调皮地眨着眼。这也显得可怕。

安德烈·叶菲梅奇极力对自己说:月亮或者监狱并没有什么蹊跷的地方。勋章是就连神智健全的人也戴的,人间万物早晚会腐烂,化成黏土。可是他忽然满心绝望,双手抓住窗上的铁窗格,使足力气摇它。坚固的铁窗格却一动也不动。

随后,为了免得觉着可怕,他走到伊万·德米特里奇的床边,坐下。

"我的精神支持不住了,我亲爱的,"他喃喃地说,发抖,擦掉冷汗。"我的精神支持不住了。"

"可是您不妨谈点哲学啊。"伊万·德米特里奇讥诮地说。

"我的上帝,我的上帝啊……对了,对了……有一回您说俄罗斯没有哲学,然而大家都谈哲学,连小人物也谈。其实,小人物谈谈哲学,对谁都没有什么害处啊,"安德烈·叶菲梅奇说,那声音仿佛要哭出来,引人怜悯似的。"可是我亲爱的,为什么您发出这种幸灾乐祸的笑声呢?小人物既然不满意,怎么能不谈哲学呢?一个有头脑、受过教育的人,他有神那样的相貌,有自尊心,爱好自由,却没有别的路可走,只能到一个肮脏愚蠢的小城里来做医师,把整整一辈子消磨在拔血罐、蚂蟥、芥子膏上面!欺骗,狭隘,庸俗!啊,我的上帝!"

"您在说蠢话了。要是您不愿意做医师,那就去做大臣好了。"

"不行,我什么也做不成。我们软弱啊,亲爱的。以前我满不在乎,活泼清醒地思考着,可是生活刚刚粗暴地碰到我,我的精神就支持不住……泄气了……我们软弱啊,我们不中用……您也一样,我亲爱的。您聪明,高尚,从母亲的奶里吸取了美好的激情,可是刚刚走进生活就疲乏,害病了……我们软弱啊,软弱啊!"

随着黄昏来临,除了恐惧和屈辱的感觉以外,另外还有一种没法摆脱的感觉不断折磨安德烈·叶菲梅奇。临了,他明白了:他想喝啤酒,想抽烟。

"我要从这儿出去,我亲爱的,"他说,"我要叫他们在这儿点个灯……这样我可受不了……我不能忍受下去……"

安德烈·叶菲梅奇走到门口,开了门,可是尼基达立刻跳起来,挡住他的去路。"您上哪儿去?不行,不行!"他说,"到睡觉的时候了!"

"可是我只出去一会儿,在院子里散一散步!"安德烈·叶菲梅奇慌张地说。

"不行,不行。这是不许可的。您自己也知道。"尼基达砰的一声关上房门,用背抵住门。

"可是,就算我出去一趟,对别人又有什么害处呢?"安德烈·叶菲梅奇问,耸一耸肩膀。"我不明白!尼基达,我一定要出去!"他用发颤的嗓音说,"我要出去!"

"不许捣乱,这可要不得!"尼基达告诫说。

"鬼才知道这是怎么回事!"伊万·德米特里奇忽然叫道,他跳下床。"他有什么权利不放我们出去?他们怎么敢把我们关在这儿?法律上似乎明明说着不经审判不能剥夺人的自由啊!这是暴力!这是专横!"

"当然,这是专横!"安德烈·叶菲梅奇听到伊万·德米特里奇的叫声,添了点勇气,说道,"我一定要出去,非出去不可!他没有权利!我跟你说:你放我出去!"

"听见没有,愚蠢的畜生?"伊万·德米特里奇叫道,用拳头砰砰地敲门。"开门!要不然我就把门砸碎!残暴的家伙!"

"开门!"安德烈·叶菲梅奇叫道,浑身发抖。"我要你开门!"

"你尽管说吧!"尼基达隔着门回答道,"随你去说吧!"

"至少去把叶夫根尼·费奥多雷奇叫到这儿来!就说我请他来……来一会儿!"

"明天他老人家自己会来。"

"他们绝不会放我们出去!"这时候,伊万·德米特里奇接着说,"他们要把我们在这儿折磨死!啊,主,难道下一个世界里真的没有地狱,这些坏蛋会得到宽恕?正义在哪儿?开门,坏蛋,我透不出气来啦!"他用沙哑的声调喊着,用尽全身力量撞门。"我要把我的脑袋碰碎!杀人犯!"

尼基达很快地开了门,用双手和膝盖粗暴地推开安德烈·叶菲梅奇,然后抡起胳膊,一拳打在他的脸上。安德烈·叶菲梅奇觉着有一股咸味的大浪兜头盖上来,把他拖到床边去。他嘴里真的有一股咸味:多半他的牙出血了。他好像要游出这股大浪似的挥舞胳膊,抓住什么人的床架,同时觉得尼基达在他背上打了两拳。

伊万·德米特里奇大叫一声。大概他也挨打了。

然后一切都安静了。淡淡的月光从铁格子里照进来,地板上铺着一个像网子那样的阴影。这是可怕的。安德烈·叶菲梅奇躺在那儿,屏住呼吸:他战战兢兢地等着再挨打。他觉着好像有人拿一把镰刀,刺进他的身子,在他胸中和肠子里搅了几下似的。他痛得咬枕头,磨牙,忽然在他那乱糟糟的脑子里清楚地闪过一个可怕的、叫人受不了的思想:这些如今在月光里像黑影一样的人,若干年来一定天天都在经受这样的痛苦。这种事他二十多年以来怎么会一直不知道,也不想知道?他不懂痛苦,根本没有痛苦的概念,可见这不能怪他,不过他那跟尼基达同样无情而粗暴的良心却使得他从后脑勺直到脚后跟都变得冰凉了。他跳起来,想用尽气力大叫一声,赶快跑去打死尼基达,然后打死霍博托夫、总务处长、医士,再打死他自己。可是他的胸腔里却发不出一点声音,他的腿也不听他使唤了。他喘不过气来,拉扯胸前的长袍和衬衫,撕得粉碎,然后倒在床上,不省人事了。

十九

第二天早晨他头痛,耳朵里嗡嗡地响,觉得周身不舒服。他想起昨天他的软弱,并不害臊。昨天他胆怯,甚至怕月亮,而且真诚地说出了这以前他万没料到自己会有的感情和思想。比方说,想到小人物爱谈哲学是由于不满足。可是现在,他什么也不在意了。

他不吃不喝,躺在那儿一动也不动,也不说话。

"对我说来,什么都一样了,"他们问他话的时候,他想,"我不想回答了……对我说来,什么都一样了。"

午饭后,米哈依尔·阿韦良内奇来了,送给他四分之一磅的茶叶和一磅果冻。达留希卡也来了,在床边站了整整一个钟头,脸上现出茫然的悲伤神情。霍博托夫医师也来看他。他拿来一瓶溴化钾药水,吩咐尼基达烧点什么熏一熏病室。

将近傍晚,安德烈·叶菲梅奇因为中风而死了。起初他感到猛烈的寒战和恶心,仿佛有一种使人恶心的东西浸透他的全身,甚至钻进他的手指头,从肚子里往上冒,涌到他的脑袋里,淹没他的眼睛和耳朵。一切东西在他眼前都变成绿色了。安德烈·叶菲梅奇明白他的末日已经到了,想起伊万·德米特里奇、米哈依尔·阿韦良内奇、成百万的人,都相信长生不死。万一真会不死呢?可是他并不希望不死,他只想了想就算了。他昨天在书上读到过一群非常美丽优雅的鹿,如今在他的面前跑过去。随后有一个农妇向他伸出手来,手里拿着一封挂号信……米哈依尔·阿韦良内奇说了句什么话。后来一切都消散了,安德烈·叶菲梅奇永远昏过去了。杂役们走来,抓住他的胳膊和腿,把他抬到小教堂里去了。

在那儿他躺在桌子上,睁着眼睛,晚上月光照着他。到早晨,谢尔盖·谢尔盖伊奇来了,对着耶稣钉在十字架上的雕像虔诚地祷告一番,把他前任长官的眼睛合上了。

第二天,安德烈·叶菲梅奇下了葬。送葬的只有米哈依尔·阿韦良内奇和达留希卡。

未婚夫

一个鼻头发青的人走到一口大钟前,例行公事地敲了起来。在此以前一直不慌不忙的旅客,突然匆匆地跑动和忙碌起来……

站台上,运送行李的小推车发出轧轧的响声。车厢顶上,有人开始吵吵嚷嚷地拉扯绳索……火车头鸣着汽笛,向车厢这边驰来。火车头和车厢挂在了一起。不知什么地方,有人忙乱中打碎了一个瓶子……

到处是告别声,呜呜咽咽的抽泣声,女人的喊叫声……

在一个二等车厢旁,站着一位小伙子和一位年轻姑娘。他们正在挥泪惜别。

"再见啦,亲爱的!"小伙子一边吻那位浅发姑娘的脑袋,一边说,"再见啦!我是多么不幸啊!你把我撇在了这里,得等整整一个星期我们才能见面!对于一个正在恋爱的人来说,这段时间太长久了!再见吧……请你把眼泪擦干……不要哭……"

姑娘眼里扑簌簌地滚出几滴泪珠,一滴泪珠正好落在小伙子的嘴唇上。

"再见啦,瓦里娅!请替我向所有的人问好……唉,是的!顺便还有一件事……你要是见到穆拉科夫,请把这些……这些钱交给他……别哭啦,我的心肝……请把这二十五卢布交给他。"小伙子从衣袋里掏出一张面值二十五卢布的票子,递给瓦里娅。

"劳驾,请你交给他……这是我欠他的钱……唉,我心里真不好受呀!"

"你别哭啦,彼佳。礼拜天我一定……回来……你可别忘了我呀……"

浅发姑娘依偎在彼佳胸前。

"忘了你？忘了你?！这怎么可能呢？"

响起了第二遍铃。彼佳紧紧地把瓦里娅抱在怀里,他眨巴着眼睛,像个孩子似的大声哭起来。瓦里娅把一只胳膊搭在他脖子上。两个人一齐走进车厢。

"再见啦,亲爱的!我的心上人!一个星期以后再见!"

小伙子最后一次吻了吻瓦里娅,便从车厢里走出来。他站在车厢窗口旁,从衣袋里掏出手帕,开始挥动起来……瓦里娅那双泪汪汪的眼睛死死盯着他的脸……

"请大家赶快进车厢!"列车员命令道,"马上就要敲第三遍铃了!"

彼佳挥动着手帕。响起了第三遍铃。可是他突然沉下脸来……朝自己脑门上拍了一下,像个疯子似的跑进车厢。

"瓦里娅!"他气喘吁吁地说,"我给了你二十五卢布,让你交给穆拉科夫……亲爱的……请你给我打个收条吧!快点!亲爱的,请你给我打个收条吧!我怎么把这件事给忘啦？"

"已经晚了,彼佳!哎呀!火车开动了!"

火车已经开动。小伙子从火车上跳下来,不禁失声痛哭。

"你写个收条,通过邮局寄来也行!"他冲着正向他点头的浅发姑娘喊了一声。"我真是傻透了!"火车从视线中消失以后,他心里这样想,"给了别人钱,却没有要收条!啊？我太粗心大意了,我办事怎么这样轻率呀!(叹息)现在火车大概快要到站了……亲爱的!"

诽谤

人们在大厅里唱歌，跳舞，玩耍。从俱乐部雇来的几个服务员身穿黑色燕尾服，脖子上系着肮脏的白领带，在各个房间里跑来跑去。笑语喧哗，人声鼎沸。习字课教师谢尔盖·卡皮托内奇·阿希涅耶夫把自己的女儿塔利娅嫁给了史地课教师伊万·彼得罗维奇·治沙季内依。婚礼办得热热闹闹，喜气洋洋。

数学教师塔兰图洛夫，教法语的法国人帕杰库阿和监察院监察员叶戈尔·维涅季克托维奇·穆兹达，正并排坐在一张沙发上，争先恐后地向客人们讲述人被活埋时的情景，并畅谈他们各自对招魂术的看法。他们三个人都不大相信招魂术，但又承认世界之大无奇不有，有许多现象都是人类智慧所不能理解的。在另一个房间里，语文教师多顿斯基正向客人们解释哨兵什么时候有权向过路的行人开枪射击。你们瞧，这些谈话都非常吓人，但听起来又相当有趣。

窗外还站着不少人，他们只能扒头往室内观看，因为社会地位的关系，他们还无权进入室内。

午夜时分，一家之长阿希涅耶夫走进厨房，想看看晚餐是否已准备就绪。厨房里烟雾弥漫，热气腾腾，到处都是炖鹅、烤鸭和烹炸煎炒的香味。两张桌案上摆满佳肴美酒，那些佳肴美酒上都有独特的标志物，显得错落有致，颇具艺术性。厨娘玛尔法在案桌旁忙碌着，她是一个红光满面的大肚子女人。

"亲爱的，让我看看鲟鱼做得怎么样！"阿希涅耶夫一边搓着手，舔着嘴唇，一边说道，"好哇，味道真香，简直令人垂涎欲滴！我真想把这些美味全都吃进肚子里!喂,让我看看鲟鱼!"

　　玛尔法走到一张桌案旁,小心翼翼地把一张油渍斑斑的报纸稍微掀开。报纸下面是一个很大的盘子,盘子里摆着一条凝冻的大鲟鱼,鲟鱼上撒着五颜六色的刺山柑花菜、油橄榄果和胡萝卜丝。阿希涅耶夫朝鲟鱼望了一眼,不禁感叹一声。他脸上顿时容光焕发,两个眼珠子骨碌碌乱转。他偏下身去,吧嗒一声咂了一下嘴唇,那响声犹如多日没有上膏油的车轮的声音。他站了一会儿,高兴得把手指弹得噼啪作响,又咂了一下嘴唇。

　　"哎哟,这是热烈的接吻声……玛尔法,你这是在跟谁亲嘴呀?"从邻屋传来一个人的声音,紧接着,门口出现了教员万尼金头发剪得很短的脑袋。"你这是在跟谁亲嘴呀?啊——啊——啊……真叫人开心!原来是在跟谢尔盖·卡皮托内奇亲嘴!这老爷子干得好,没说的!你居然也拜倒在女人的石榴裙下,在这里跟她幽会起来了!"

　　"我根本就没跟她亲嘴,"阿希涅耶夫不好意思起来,"这是谁告诉你的,混账东西?这是因为我……看到烹炸的鲟鱼……感到高兴……才无意间咂响了嘴唇……"

　　"那你就去跟大伙讲讲吧!"

　　万尼金满脸堆笑,离开了厨房。阿希涅耶夫涨红了脸。

　　"真是活见鬼!"他心里想道,"瞧吧,这个坏蛋马上就会走到众人面前搬弄是非,说我的坏话。他会让我在全城人面前丢脸的,这个畜生……"

　　阿希涅耶夫胆怯地走进客厅,斜眼瞅瞅万尼金在哪里。万尼金正站在钢琴旁,神气活现地弯着腰,小声对那位嬉笑不止的学监的小姨子说着什么。

　　"他准是在说我!"阿希涅耶夫心里想道,"他在说我呢,真是岂有此理!连她也相信了……连她也相信了!瞧她笑得那么开心!我的天哪!不行,绝不能让他随便乱说……不行……我得采取点措施,好让大家不相信他的话……我要把真实情况告诉所有的人,好让大家知道,他不过是个爱搬弄是非造谣中伤的坏蛋罢了。"

　　阿希涅耶夫于是捋捋头发,尽管很不好意思,还是鼓起勇气走到法国人帕杰库阿面前。

　　"我刚才到厨房去了一趟,想安排一下晚餐的事,"他对那位法国人说,"我知道您喜欢吃鲟鱼,我嘛,老弟,对鲟鱼也馋得要命!这么大一条鲟鱼,足足有二尺长!嘿——嘿——嘿……是的,我就顺便……我差一点给忘了……我一进厨房,就去看那条鲟鱼——这时发生了一件意外的趣闻！我刚走进厨房，想看看菜肴准备得怎么样……我一看见那条鲟鱼，就高兴得忍不住……垂涎欲滴地咂响了嘴唇！恰在这时，那个坏蛋万尼金正好走进厨房，他说……哈——哈——哈……他说：'哎哟……你们在这里亲嘴呢！'居然说我跟那个厨娘玛尔法亲嘴！亏这个蠢货想得出来！那女人长得又丑又难看，就像野兽一样，他却居然讲……我跟她亲嘴！真是一个坏蛋！"

"您说谁是坏蛋？"走上前来的塔兰图洛夫问道。

"就是他，那个万尼金！我刚一走进厨房，就……"于是他又说起万尼金来。

"他简直是拿我开玩笑！依我看，就是跟看家狗亲嘴，也比跟玛尔法亲嘴好。"他回头一看，穆兹达正站在自己身后，便又补充了一句。

"我们正在说万尼金，"他对他说，"真是咄咄怪事！他走进厨房，看见我和玛尔法在一起，便胡编乱造出各种意想不到的笑话，说什么：'信吗，你们是在亲嘴吧？'他准是由于喝醉了酒才说这种话。我却要说，我宁肯跟公火鸡亲嘴，也不跟玛尔法亲嘴。况且我有妻子，我就对他说，你这个坏蛋，你纯粹是拿我开玩笑！"

"谁拿您开玩笑来着？"走到阿希涅耶夫跟前来的宗教课教师问道。

"万尼金！要知道，我当时正站在厨房里看鲟鱼……"

如此等等，不一而足。就这样，半个小时以后，所有的客人都知道了鲟鱼和万尼金的事。

"现在让他再去跟人们说吧！"阿希涅耶夫一边搓着手，一边想道，"让他去说吧！任他怎样说，别人也不会相信了：'别说啦，傻瓜，你这完全是胡说八道！我们已经全都知道了！'"

阿希涅耶夫于是完全放下心来，由于高兴，他多喝了四杯酒。吃过晚餐，把新娘新郎送入洞房以后，他回到自己的房间便睡着了，就跟一个完全无辜的孩子一样，到了第二天，他就把鲟鱼的事忘得一干二净了。

可是，唉！人有自己的想法，上帝却另有打算。恶毒的舌头仍然捏造出一个恶毒的谣言，不管阿希涅耶夫如何善于使手腕，也无济于事！过了整整一个星期，那是在星期三，上完第三节课以后，阿希涅耶夫正站在教员休息室里谈论一个名叫维谢金的学生的坏习惯，校长走到他面前，把他叫到一边。

"我有句话要对您说,谢尔盖·卡皮托内奇,"校长说,"请您原谅我……其实这也不关我的事,不过我还是应该使您明白……这是我的责任……您知道吗,现在人们议论纷纷,都说您跟您的那位……厨娘在一起睡觉……其实这也不关我的事,不过……你们在一起睡觉,亲嘴……其实您想干什么就可以干什么,不过别太明目张胆呀!我求求您啦!别忘了,您可是一位教师!"

阿希涅耶夫打了个冷战,吓得目瞪口呆。就像突然被一窝马蜂蜇过一样,就像被开水烫了一下一样,他回家了。在回家的路上,他似乎觉得全城的人都在瞧着他,好像他家大门上被人涂上了焦油①……在家里等待着他的是更大的灾难。

"你怎么一句话也不说,一口饭也不吃呀?"吃午饭时,他妻子问他,"你在胡思乱想些什么?是在想你干的那些风流韵事吧?是在想念你的玛尔法吧?真主啊,我什么都知道了!善良的人们帮我擦亮了眼睛!呸……你这个不知羞耻的野人!"

说罢,她啪的一声扇了阿希涅耶夫一个耳光!阿希涅耶夫从桌旁站起来,感到脚下的土地在摇晃,他没戴帽子,也没穿大衣,便慢慢地磨蹭着去找万尼金,正好碰上万尼金在家。

"你这个坏蛋!"阿希涅耶夫冲着万尼金喊起来,"你为什么要在众人面前往我脸上抹黑,说我的坏话?你为什么要诽谤我?"

"什么诽谤?你胡说些什么呀!"

"是谁在背后搬弄是非,造谣中伤,说我跟玛尔法亲嘴来着?难道不是你说的吗?难道不是你吗,你这个强盗?"

万尼金眨巴着眼睛,他那憔悴的脸庞上的所有肌肉都在跳动,抬起头来望着圣像说:"上帝惩罚我!我要是在别人面前说过你一句坏话,就让我瞎了眼睛,让我不得好死!让我断子绝孙!让我得霍乱病死掉!"万尼金的真诚是毋庸置疑的。显然,他并没有搬弄是非,并没有说过阿希涅耶夫的坏话。

"那么究竟是谁说的呢?是谁呢?"阿希涅耶夫陷入沉思,他把所有的熟人都想了一遍,一边拍打着自己的胸口。"究竟是谁呢?"

"究竟是谁呢?"我们也不禁要问读者诸君!

---

①旧俄民间习俗:谁家出了丑闻,人们就在他家大门上涂上焦油借以表示轻蔑。

带小狗的女人

据说，在堤岸上出现了一个新人：一个带小狗的女人。

德米特利·德米特利奇·古罗夫已经在雅尔塔生活了两个星期，对这个地方已经熟悉，也开始对新人产生兴趣了。他坐在韦尔奈的售货亭里，看见堤岸上有一个年轻的金发女人在走动，她身材不高，戴一顶圆形软帽。有一条白毛的狮子狗跟在她后面跑。后来他在本城的公园里，在街心小公园里遇见她，一天遇见好几次。她孤身一个人散步，老是戴着那顶软帽，带着那条白毛狮子狗。谁也不知道她是什么人，就都简单地把她叫作"带小狗的女人"。

"如果她没有跟她的丈夫住在这儿，也没有熟人，"古罗夫暗自思忖道，"跟她认识一下，倒也不坏呢。"

他还没到四十岁，可是已经有一个十二岁的女儿和两个上中学的儿子了。他结婚很早，当时他还是大学二年级的学生，如今他妻子的年纪仿佛比他大半倍似的。她是一个高身量的女人，生着两道黑眉毛，直率，严肃，庄重，按她对自己的说法，她是个有思想的女人。她读过很多书，在信上不写"ъ"这个硬音符号，不叫她的丈夫德米特利而叫吉米特利；他呢，私下里认为她智力有限，胸襟狭隘，缺少风雅，他怕她，不喜欢待在家里。他早已开始背着她跟别的女人私通，而且不止一次了，大概就是这个缘故，他一讲起女人几乎总是说坏话。每逢人家在他面前谈到女人，他总是这样称呼她们："卑贱的人种！"他认为他已经受够了沉痛的经验教训，可以随意骂她们了，可是话虽如此，但只要他一连两天身边没有那个"卑贱的人种"，他就过不下去。他跟男人相处觉得乏味，不称心，跟他们没有多少话好谈，冷冷淡淡，可是到了女人中间，他就觉得自由自在，知道该跟她们谈什么，该采取什么态度。甚至不跟她们讲话的时候也觉得很轻松。他的相貌、他的性格、他的全身心有一种迷人的、不可捉摸的东西，使得女人对他产生好感，吸引她们。这一点他是知道的，同时也有一种什么力量在把他推到她们那边去。

多次的经验，确实沉痛的经验，早已教导他说：跟正派女人相好，特别是跟优柔寡断、迟疑不决的莫斯科女人相好，起初倒还能够给生活添一点愉快的变化，就像是轻松可爱的生活插曲，过后却不可避免地演变成为复杂的大问题，最后情况就变得令人难以忍受了。可是每一次他新遇见一个有趣的女人，这种经验不知怎的总是从他的记忆里消失。他渴望生活，于是一切都显得十分简单而引人入胜了。

有一天，将近傍晚，他正在公园里吃饭，那个戴软帽的女人慢慢地走过来，要在他旁边的一张桌子那儿坐下。她的神情、步态、服饰、发型都告诉他说，她是一个上流社会的女人，已经结过婚，这是头一次到雅尔塔来，孤身一个人，觉得在这儿很寂寞。那些关于本地风气败坏的传闻，有许多是假的，他不理会那些传闻，知道这类传闻大多是那些只要自己有办法也很乐意犯罪的人捏造出来的。可是等到那个女人在离他只有三步远的那张桌子边坐下，他就不由得想起那些关于风流艳遇和登山旅行的传闻。于是，来一次快捷而短促的结合，跟一个身份不明、连姓名都不知道的女人干一回风流韵事这样的诱人想法就突然控制了他。

他亲切地招呼那条狮子狗，等到它真走近，他却摇着手指头吓唬它。狮子狗就汪汪地叫起来，古罗夫又摇着手指头吓唬它。

那个女人瞟他一眼，立刻低下眼睛。"它不咬人。"她说，脸红了。

"可以给它一根骨头吗？"等到她肯定地点了一下头，他就殷勤地问道："您来雅尔塔很久了吧？"

"有五天了。"

"我在这儿可已经待了两个星期了。"

他们沉默了一会儿。

"光阴过得很快，可是这儿又那么沉闷！"她说，眼睛没有看他。

"认为这儿沉闷，只不过是一种惯常的说法罢了。一个市民居住在内地城市别廖夫或者日兹德拉，倒不觉得沉闷，可是一到了这儿却说：'唉，沉闷啊！唉，好大的灰尘！'别人会以为他是从格林纳达来的呢。"

她笑起来。后来这两个人继续沉默地吃饭，像两个不认识的人一样，可是吃过饭后他们并排走着，开始了一场说说笑笑的轻松谈话，只有那种自由而满足的、不管到哪儿去或者不管聊什么都无所谓的人才会这样谈天。他们一面散步，一面谈到海面多么奇怪地放光，海水现出淡紫的颜色，那么柔和而温暖，在月光下，水面上荡漾着几条金黄色的长带。他们谈到炎热的白昼过去以后天气多么闷热。古罗夫说他是莫斯科人，在学校里学的是语文学，然而在一家银行里工作。先前他准备在一个私人的歌剧团里演唱，可是后来不干了，他在莫斯科有两所房子……他从她口中知道她是在彼得堡长大的，可是出嫁以后就住到了斯城，已经在那儿住了两年，她在雅尔塔还要住到下个月，说不定她丈夫也会来，他也想休养一下。至于她丈夫在什么地方工作，在省政府呢，还是在本省的地方自治局执行处，她却无论如何也说不清楚，连她自己也觉得好笑。古罗夫还打听清楚她名叫安娜·谢尔盖耶芙娜。

后来，他在自己的旅馆里想起她，想到明天想必会跟她见面。这是一定的。他上床躺下，想起她不久以前还是个贵族女子中学的学生，还在念书，就跟现在他的女儿一样。想起她笑的时候，跟生人谈话的时候，还那么腼腆，那么局促不安，大概这是她生平头一次孤身一个人处在这种环境里吧。而在这种环境里，人们纯粹出于一种她完全不懂的秘密目的跟踪她，注意她，跟她讲话。他想起她的瘦弱的脖子和她那对美丽的灰色眼睛。

"总之，她那样儿有点可怜，"他想着，昏昏睡去了。

他们相识以后，一个星期过去了。这一天是节日。房间里闷热，而街道上刮着大风，卷起灰尘，吹掉行人的帽子。人们一整天都口干舌燥，古罗夫屡次到那个售货亭去，时而请安娜·谢尔盖耶芙娜喝果汁，时而请她吃冰激凌。这种天气人简直不知躲到哪儿去才好。

傍晚风小了一点，他们就在防波堤上走来走去，看轮船怎样开到此地。码头上有许多散步的人。他们聚在这儿，手里拿着花束，预备迎接什么人。这个装束考究的雅尔塔人群有两个特点清楚地映入人的眼帘：上了年纪的太太们打扮得跟年轻女人一样，将军很多。由于海上起了风浪，轮船来迟了，到太阳下山以后才来，而且在靠拢防波堤以前,花了很长时间掉头。安娜·谢尔盖耶芙娜举起带柄眼镜瞧着轮船,瞧着乘客,好像在寻找熟人似的。等到她转过身来对着古罗夫,她的眼睛亮了。她说许多话,她的问话前言不搭后语,而且刚刚问完就马上忘了问的是什么,后来在人群中把带柄眼镜也失落了。

装束考究的人群已经走散,一个人也看不见了,风完全停住,可是古罗夫和安娜·谢尔盖耶芙娜却还站在那儿,好像等着看轮船上还有没有人下来似的。安娜·谢尔盖耶芙娜已经沉默下来,在闻一束花,眼睛没有看古罗夫。

"天气到傍晚好一点了,"他说,"可是现在我们到哪儿去呢?我们要不要坐一辆马车到什么地方去兜风?"

她一句话也没有回答。

这时候他定睛瞧着她,忽然搂住她,吻她的嘴唇,花束的香味和潮气向他扑来,他立刻战战兢兢地往四下里看:有没有人注意到他们?

"我们到您的旅馆里去吧……"他轻声说。

两个人很快地走了。她的旅馆房间里闷热,弥漫着一股她在一家日本商店里买来的香水的气味。古罗夫瞧着她,心里暗想:在生活里会碰到多么不同的人啊!在他的记忆里,保留着以往一些无忧无虑、心地忠厚的女人的印象,她们由于爱情而高兴,感激他带来的幸福,虽然这幸福十分短暂;还保留着另一些女人的印象,例如他的妻子,她们在恋爱的时候缺乏真诚,说过很多的话,装腔作势,感情病态,从她们的神情看来,好像这不是爱情,不是情欲,而是一种更有意义的事情似的;另外还保留着两三个女人的印象,她们长得很美,内心却冷冰冰的,脸上忽而会掠过一种猛兽般的贪婪神情,她们具有固执的愿望,想向生活索取和争夺生活所不能给予的东西,这种女人年纪已经不轻,为人任性,不通情理,十分专横,头脑不聪明,每逢古罗夫对她们冷淡下来,她们的美貌总是在他心里引起憎恨的感觉,在这种时候,她们的衬衣的花边在他的眼睛里就好像鱼鳞一样了。

可是眼前这个女人却还那么腼腆,流露出缺乏经验的青年人那种局促不安的神情和别别扭扭的心态。她给人一种惊慌失措的印象,好像忽然有人出其不意地来敲门似的。安娜·谢尔盖耶芙娜,这个"带小狗的女人",对待刚发生过的事情的态度有点特别,看得十分严重,好像这是她的堕落,至少看上去是这样,而这是奇怪的，不恰当的。她垂头丧气，无精打采，她的长头发忧伤地挂在脸颊的两边，她带着沮丧的样子呆呆地出神，好像古画上那个犯了罪的女人。

"这是不好的，"她说，"现在您要头一个不尊重我了。"

房间里的桌子上有一个西瓜。古罗夫给自己切了一块，慢慢地吃起来，在沉默中至少过了半个钟头。

安娜·谢尔盖耶芙娜神态动人，从她身上散发出一个正派的、纯朴的、生活阅历很浅的女人的纯洁气息。桌子上点着一支孤零零的蜡烛，几乎照不清她的脸，不过还是看得出来她心绪不宁。

"我怎么能不尊重你呢？"古罗夫问，"你自己都不知道你在说什么。"

"求上帝饶恕我吧！"她说，眼睛里含满泪水，"这是可怕的。"

"你仿佛在替你自己辩白似的。"

"我有什么理由替我自己辩白呢？我是个下流的坏女人，我看不起自己，我根本没有替自己辩白的意思。我欺骗的不是我的丈夫，而是我自己。而且也不光是现在，我早就在欺骗我自己了。我丈夫也许是个诚实的好人，可是要知道，他是个奴才！我不知道他在那儿干些什么事，在怎样工作，我只知道他是个奴才。我嫁给他的时候才二十岁，好奇心煎熬着我，我巴望过好一点的日子，我对自己说：'一定有另外一种不同的生活。'我一心想生活得好！我要生活，生活……好奇心燃烧着我……这您是不会了解的，可是，我当着上帝起誓，我已经管不住自己了，我起了变化，什么东西也没法约束我了。我对我的丈夫说我病了，我就到这儿来了……到了这儿，我老是走来走去，像是着了魔，发了疯……现在呢，我变成一个庸俗下贱的女人，谁都会看不起我了。"

古罗夫已经听得乏味，那种天真的口气，那种十分意外而大煞风景的忏悔惹得他不痛快。要不是她眼睛里含着泪水，别人就可能认为她是在开玩笑或者装腔作势。

"我不明白，"他轻声说，"你到底要什么？"她把她的脸埋在他的胸前，偎紧他。

"请您相信我的话，务必相信我的话，我求求您……"她说，"我喜欢正直、纯洁的生活，讨厌犯罪，我自己也不知道我在干什么。老百姓说：鬼迷了心窍。现在我也可以这样说我自己：鬼迷了我的心窍。"

"得了,得了……"他嘟哝说。他瞧着她那对不动的、惊吓的眼睛,吻她,亲热地轻声说话,她就渐渐平静下来,重又感到快活,于是两个人都笑了。

后来,等他们走出去,堤岸上已经一个人影也没有了,这座城市以及它那些柏树显得死气沉沉,然而海水还在哗哗地响,拍打着海岸,一条汽艇在海浪上摇摆,汽艇上的灯睡意蒙眬地闪烁着。

他们雇到一辆马车,就到奥列安达去了。

"刚才我在楼下前厅里看到你的姓,那块牌子上写着冯·季杰利茨。"古罗夫说,"你丈夫是德国人吧?"

"不,他祖父好像是德国人,然而他本人却是东正教徒。"

到了奥列安达,他们坐在离教堂不远的一条长凳上,瞧着下面的海洋,沉默着。透过晨雾,雅尔塔朦朦胧胧,看不大清,白云一动不动地停在山顶上,树上的叶子纹丝不动,知了在叫,单调而低沉的海水声从下面传上来,述说着安宁,述说着那种在等候我们的永恒的安眠。当初此地还没有雅尔塔,没有奥列安达的时候,下面的海水就照这样哗哗地响,如今还在哗哗地响,等我们不在人世了,它仍旧会这么冷漠而低沉地哗哗响。这种持久不变,这种对我们每个人的生和死完全无动于衷,也许包含着一种保证:我们会永恒地得救,人间的生活会不断地运行,一切会不断趋于完善。

古罗夫跟一个在黎明时刻显得十分美丽的年轻女人坐在一起,面对着这神话般的环境,面对着这海,这山,这云,这辽阔的天空,不由得平静下来,心醉神迷,暗自思忖:如果往深里想一想,那么实际上,这个世界上的一切都是美好的,唯独我们在忘记生活的最高目标,忘记我们人的尊严的时候所想和所做的事情是例外。

有个人,大概是看守吧,走过来,朝他们望了望,就走开了。这件小事显得那么神秘,而且也挺美。可以看见一条从费奥多西亚来的轮船进港了,船身被朝霞照亮,船上的灯已经熄灭。

"草上有露水了。"在沉默以后,安娜·谢尔盖耶芙娜说。

"是啊,该回去啦。"

他们就回到城里去了。

后来,他们每天中午在堤岸上见面,一块儿吃早饭,吃午饭,散步,欣赏海洋。

她抱怨睡眠不好,心跳得不稳;她老是提出同样的问题,一会儿因为嫉妒而激动,一会儿又担心他不十分尊重她了。

在广场的小公园里或者大公园里,每逢他们附近没有行人的时候,他就会突然把她拉到自己身边,热烈地吻她。十足的闲散,这种在阳光下的接吻以及左顾右盼、生怕有人看见的担忧,炎热,海水的气味,再加上闲散的、装束考究的、饱足的人们不断在他眼前闪过,这一切仿佛使他更兴奋了;他对安娜·谢尔盖耶芙娜说,她多么好看,多么迷人,他火热地恋着,一步也不肯离开她的身旁,而她却常呆呆地出神,老是要求他承认他不尊重她,一点也不爱她,只把她看作一个庸俗的女人。几乎每天傍晚,夜色深了,他们总要坐上马车出城去一趟,到奥列安达去,或者到瀑布那儿去。这种游玩总是很尽兴,他们得到的收获每一次都必定是美好而庄严的。

他们在等她的丈夫到此地来。可是他寄来一封信,通知她说他的眼睛出了大毛病,要求他的妻子赶快回家去。安娜·谢尔盖耶芙娜就慌忙起来。

"我走了倒好,"她对古罗夫说,"这也是命运注定的。"

她坐上马车走了,他去送她。他们走了一整天。等到她在一列特别快车的车厢里坐好,等到第二遍钟声敲响,她就说:"好,让我再看您一回……再看一眼。这就行了。"她没有哭,可是神情忧伤,仿佛害了病,她的脸在颤抖。

"我会想到您……念到您,"她说,"求主跟您同在,祝您万事如意。我有什么不好的地方,您也别记着。我们永远分别了,这也是应当的,因为我们根本就不该遇见。好,求主跟您同在。"

火车很快开走了,车上的灯火消失,过了一会儿,连轰隆声也听不见了,好像什么事物都串通一气,极力要赶快结束这场美妙的迷梦、这种疯狂似的。古罗夫孤身一个人留在月台上,瞧着黑暗的远方,听着蠡斯的叫声和电报线的嗡嗡声,觉得自己好像刚刚睡醒过来一样。他心里暗想:如今他的生活中又添了一次奇遇,或者一次冒险,而这件事也已经结束,如今只剩下回忆了……他感动,悲伤,生出一点淡淡的懊悔心情。要知道,这个他从此再也不能与之见面的年轻女人跟他过得并不幸福。他对她亲热,倾心,然而在他对她的态度里,在他的口吻和温存里,仍旧微微地露出讥诮的阴影,露出一个年纪差不多比她大一倍的幸福男子的带点粗鲁的傲慢。她始终说他心好、不平凡、高尚。显然在她的心目中,他跟他的本来面目不同，这样说来，他无意中欺骗了她。

这儿，在车站上，已经有秋意，傍晚很凉了。

"我也该回北方去了。"古罗夫走出站台，暗想，"是时候了！"

在莫斯科，家家都已经是过冬的样子了，炉子生上火，早晨孩子们准备上学，喝早茶的时候，天还黑着，保姆就点上灯。

严寒已经开始。下头一场雪的时候，人们第一天坐上雪橇，看见白茫茫的大地，白皑皑的房顶，呼吸柔和而舒畅，就会感到很愉快，这时候不由得会想起青春的岁月。那些老菩提树和桦树蒙着重霜而变得雪白，现出一种忠厚的神情，比柏树和棕榈树更贴近人心，有它们在近处，人就无意去想那些山峦和海洋了。

古罗夫是莫斯科人，他在一个晴朗、寒冷的日子回到莫斯科。等到他穿上皮大衣，戴上暖和的手套，便沿彼得罗夫卡走去。每逢星期六傍晚听见教堂的钟声，不久以前的那次旅行和他到过的那些地方对他来说就失去了一切魅力。

他渐渐沉浸在莫斯科的生活中，每天津津有味地阅读三份报纸，却说他不是本着原则读莫斯科报纸的。他已经喜欢到饭馆、俱乐部去，喜欢去参加宴会、纪念会，有著名的律师和演员到他的家里来，或者他在医师俱乐部里跟教授一块儿打牌，他就觉得光彩。他已经能够吃完整份的用小煎锅盛着的酸白菜切肉了……

他觉得，再过上个把月，安娜·谢尔盖耶芙娜在他的记忆里就会被一层雾覆盖，只有偶尔像别人那样来到他的梦中，现出她那动人的笑容罢了。

可是一个多月过去，隆冬来了，而在他的记忆里一切还是很清楚，仿佛昨天他才跟安娜·谢尔盖耶芙娜分手似的。而且这回忆越来越强烈，不论是在傍晚的寂静中，孩子的温课声传到他的书房里来，或者在饭馆里听见抒情歌曲，听见风琴的声音，或者是暴风雪在壁炉里哀叫，顿时，一切就都会在他的记忆里复活：在防波堤上发生的事、清晨以及山上的迷雾、从费奥多西亚开来的轮船、接吻等等。他久久地在书房里来回走着，回想着，微微地笑，然后回忆变成幻想。在想象中，过去的事就跟将来会发生的事混淆起来了。安娜·谢尔盖耶芙娜没有到他的梦中来，可是她像影子似的跟着他到处走，一步也不放过他。他一闭上眼睛就看见她活生生地站在他面前，显得比本来的样子还要美丽、年轻、温柔；他自己也显得比原先在雅尔塔的时候更漂亮。每到傍晚，她总是从书柜里，从壁炉里，从墙角里瞅他，他听见她的呼吸声、她的衣服的亲切的窸窣声。在街上他的目光常常跟踪着来往的女人,想找一个跟她长得相像的人……一种强烈的愿望在折磨他,他渴望把他这段回忆跟什么人谈一谈。然而在家里是不能谈自己的爱情的,而在外面又找不到一个可以谈的人。跟房客们谈是不行的,在银行里也不行。而且谈些什么呢?难道那时候他真爱她吗?难道他跟安娜·谢尔盖耶芙娜的关系中有什么优美的,富于诗意的,或者有教育意义的,或者干脆有趣味的地方吗?他只好含含糊糊地谈到爱情,谈到女人,谁也猜不出他的用意在哪儿,只有他的妻子扬起两道黑眉毛,说:"你,德米特利,可不配演花花公子的角色啊。"

有一天夜里,他同一个刚刚一块儿打过牌的文官走出医师俱乐部,忍不住说:"但愿您知道我在雅尔塔认识了一个多么迷人的女人!"

那个文官坐上雪橇,走了,可突然回过头来喊道:"德米特利·德米特利奇!"

"什么事?"

"方才您说得对:那鲟鱼肉确实有点臭味儿!"

这句话平平常常,可是不知什么缘故惹得古罗夫冒火了,他觉得这句话不干不净,带有侮辱性。多么野蛮的习气,什么样的人啊!多么无聊的夜晚,多么没趣味的、平淡的白天啊!狂赌,吃喝,酗酒,反反复复讲老一套的话。不必要的工作和老套的谈话占去了人的最好的那部分时间,最好的那部分精力,到头来只剩下一种短了翅膀和缺了尾巴的生活,一种无聊的东西,想走也走不开,想逃也逃不脱,仿佛关在疯人院里或者监狱的强迫劳动队里似的!

古罗夫通宵没睡,满腔愤慨,然后头痛了整整一天。第二天晚上他睡不稳,老是在床上坐起来,想心事,或者从这个墙角走到那个墙角。他讨厌他的孩子,讨厌银行,不想到什么地方去,也不想谈什么话。

在十二月的假期中,他准备好出门的行装,对他的妻子说,他要到彼得堡去为一个青年人张罗一件什么事,可是他动身到斯城去了。去干什么?他自己也不大清楚。他想跟安娜·谢尔盖耶芙娜见面,谈一谈,如果可能的话,就约她出来相会。

他早晨到达斯城,在一家旅馆里租了一个最好的房间,房间里整个地板上铺着灰色的军用呢子,桌子上有一个蒙着灰色尘土的墨水瓶,瓶上雕着一个骑马的人像,举起一只拿着帽子的手,脑袋却掉了。

看门人给他提供了必要的消息：冯·季杰利茨住在老冈察尔纳亚街上他的私宅里，这所房子离旅馆不远，他生活优裕，阔气，自己有马车，全城的人都知道他。看门人把他的姓念成"德雷迪利茨"了。

古罗夫慢慢地往老冈察尔纳亚街走去，找到了那所房子。正好在那所房子的对面立着一道灰色的围墙，很长，墙头上钉着钉子。

"谁见着这样的围墙都会逃跑。"古罗夫看一看窗子，又看一看围墙，暗想。

他心里盘算：今天是机关不办公的日子，她的丈夫大概在家。再者，闯进她的家里去，搅得她心慌意乱，那总是不妥当的。要是送一封信去，那封信也许就会落到她丈夫的手里，那就可能把事情弄糟。最好是伺机行事。他一直在街上围墙旁边走来走去，等机会。他看见一个乞丐走进大门，于是就有一些狗向他扑过来。后来，过了一个钟头，他听见弹钢琴的声音，低微含混的琴音就传过来。大概是安娜·谢尔盖耶芙娜在弹琴吧。前门忽然开了，一个老太婆从门口走出来，后面跟着那条熟悉的白毛狮子狗。古罗夫想叫那条狗，可是他的心忽然剧烈地跳动起来，他由于兴奋而忘了那条狮子狗叫什么名字了。

他走来走去，越来越痛恨那堵灰色的围墙，就气愤地暗想安娜·谢尔盖耶芙娜忘了他，也许已经跟别的男人好上了，而这对于一个从早到晚不得不瞧着这堵该死的围墙的年轻女人是很自然的。他回到他的旅馆房间里，在一张长沙发上坐了很久，不知道该怎么办才好，然后吃午饭，饭后睡了很久。

"这是多么愚蠢，多么恼人啊！"他醒过来后，瞧着乌黑的窗子，暗想：已经是黄昏时分了。"不知为什么我倒睡足了。那么晚上我干什么好呢？"他坐在床上，床上铺着一条灰色的、廉价的、像医院里那样的被子，他懊恼地挖苦自己说："你去会'带小狗的女人'吧……去搞风流韵事吧……你可能只会在这儿坐着。"

这天早晨他还在火车站的时候，有一张用很大的字写的海报映入他的眼帘：《盖伊霞》第一次公演。他想起这件事，就坐车到剧院去了。

"她很可能去看第一次公演的戏。"他想。

剧院里满座。这儿如同一般的内地剧院里一样，枝形吊灯架的上边弥漫着一团迷雾，顶层楼座那边吵吵嚷嚷；在开演以前，头一排的当地大少爷们站在那儿，把手抄在背后；在省长的包厢里头一个座位上坐着省长的女儿，围着毛皮的围脖，省长本人却谦虚地躲在门帘后面，人们只看得见他的两条胳膊。舞台上的幕布晃动着，乐队调音花了很久时间。在观众们走进来找位子的时候，古罗夫一直在热切地用眼睛搜索。

安娜·谢尔盖耶芙娜也走进来了。她坐在第三排，古罗夫一瞧见她，他的心就缩紧了，他这才清楚地体会到如今对他来说，全世界再也没有一个比她更亲近、更宝贵、更重要的人了。她，这个娇小的女人，混杂在内地的人群里，一点出众的地方也没有，手里拿着一副俗气的长柄眼镜，然而现在她却占据了他的全部生命，成为他的悲伤、他的欢乐、他目前所指望的唯一幸福；他听着那个糟糕的乐队的乐声，听着粗俗、低劣的提琴的声音，暗自想着：她多么美啊。他思索着，幻想着。

跟安娜·谢尔盖耶芙娜一同走进来、坐在她旁边的是一个身量很高的年轻人，留着小小的络腮胡子，背有点驼；他每走一步路就摇一下头，好像在不住地点头致意似的。这人大概就是她的丈夫，也就是以前在雅尔塔，她在痛苦的心情中斥之为奴才的那个人吧。果然，他那细长的身材、他那络腮胡子、他那一小片秃顶，都有一种奴才般的卑顺神态，他的笑容甜得腻人，他的纽扣眼上有个什么学会的发亮的证章，活像是听差的号码牌子。

头一次幕间休息的时候，她丈夫走出去吸烟，她留在位子上。古罗夫也坐在池座里，这时候就走到她跟前去，勉强做出笑脸，用发颤的声音说："您好。"

她看他一眼，脸色顿时发白，然后又战战兢兢地看他一眼，不相信自己的眼睛了；她双手紧紧地握住扇子和长柄眼镜，分明在极力支撑着，免得昏厥过去。两个人都没有讲话。她坐着，他呢，站在那儿，被她的窘态弄得惊慌失措，不敢挨着她坐下去。提琴和长笛开始调音，他忽然觉得可怕，似乎所有包厢里的人都在瞧他们。可是这时候她却站了起来，很快地往出口走去。他跟着她走，两个人糊里糊涂地穿过过道，时而上楼，时而下楼，眼睛前面晃过一些穿法官制服、教师制服、皇室地产管理部门制服的人，一概佩戴着证章。又晃过一些女人和衣架上的皮大衣，穿堂风迎面吹来，送来一股烟头的气味。古罗夫心跳得厉害，心想：唉，主啊！干什么要有这些人、要有那个乐队啊……这时候他突然记起那天傍晚他在火车站上送走安娜·谢尔盖耶芙娜的时候，对自己说：事情就此结束，他们从此再也不会见面了。可是这件事离结束还远得很呢！

在一道标着"通往梯形楼房"的狭窄而阴暗的楼梯上,她站住了。

"您吓了我一大跳!"她说,呼吸急促,脸色仍旧苍白,吓慌了神。"哎,您真吓了我一大跳。我几乎死过去了。您来干什么? 干什么呀? "

"可是您要明白,安娜,您要明白……"他匆忙地低声说,"我求求您,您要明白……"

她带着恐惧、哀求、热爱瞧着他,凝视着他,要把他的相貌更牢固地留在她的记忆里。"我苦死了!"她没有听他的话,接着说,"我时时刻刻都在想您,只想您一个人,我完全是在对您的思念中生活着。我一心想忘掉,忘掉您,可是您为什么到这儿来?为什么呢? "

上边,楼梯口有两个中学生在吸烟,瞧着下面,可是古罗夫全不在意,他把安娜·谢尔盖耶芙娜拉到身边来,开始吻她的脸、她的脸颊、她的手。

"您干什么呀,您干什么呀!"她惊恐地说,把他从身边推开,"我们两个都疯了。您今天就走,马上就走……我凭一切神圣的东西恳求您,央告您……有人到这儿来了! "

下面有人走上楼来了。

"您一定得走……"安娜·谢尔盖耶芙娜接着小声说,"您听见了吗,德米特利·德米特利奇? 我会到莫斯科去找您的。我从来没有幸福过,我现在不幸福,将来也绝不会幸福,绝不会,绝不会! 不要给我多添痛苦了! 我赌咒,我会到莫斯科去的。现在我们分手吧! 我亲爱的,好心的人,我宝贵的人,我们分手吧! "

她握一下他的手,开始快步走下楼去,不住地回头看他,从她的眼神看得出来,她也确实不幸福……古罗夫站了一忽儿,留心听着,然后,等到一切声音停息下来,他找到他那挂在衣帽架上的大衣,走出了剧院。

安娜·谢尔盖耶芙娜真的动身到莫斯科去看他了。每过两三个月她就从斯城去一次,告诉她的丈夫说,她去找一位教授治她的妇女病,她的丈夫将信将疑。她到了莫斯科就在斯拉维扬斯基商场住下来,立刻派一个戴红帽子的人去找古罗夫。古罗夫收到消息就去看她,莫斯科没有一个人知道这件事。

有一回,那是冬天的一个早晨(前一天傍晚信差来找过他,可是没有碰到他),他照这样去看她。他的女儿跟他同路,他打算送她去上学,正好是顺路。天上下着大片的湿雪。"现在气温是零上三度,然而下雪了,"古罗夫对他的女儿说,"可是要知道,这只是地球表面的温度,大气上层的温度就完全不同了。"

"爸爸,为什么冬天不打雷呢?"

关于这个问题他也解释了一下。他一边说,一边心里暗想:现在他正在去赴幽会,这件事一个人都不知道,大概永远也不会有人知道。他有两种生活:一种是公开的,凡是要知道这种生活的人都看得见,都知道,充满了传统的真实和传统的欺骗,跟他的熟人和朋友的生活完全一样;另一种生活则在暗地里进行。由于环境的一种奇特的、也许是偶然的巧合,凡是他认为重大的、有趣的、必不可少的事情,凡是他真诚地去做而没有欺骗自己的事情,凡是构成他的生活核心的事情,统统是瞒着别人,暗地里进行的;而凡是他弄虚作假,他用以伪装自己以遮盖真相的外衣,例如他在银行里的工作、他在俱乐部里的争论、他的所谓"卑贱的人种"、他带着他的妻子去参加纪念会等,却统统是公开的。他根据自己来判断别人,就不相信他看见的事情,老是揣测每一个人都在秘密的掩盖下,就像在夜幕的遮盖下一样,过着他的真正的、最有趣的生活。每个人的私生活都包藏在秘密里,也许,多多少少因为这样,有文化的人才那么栖栖遑遑地主张个人的秘密应当受到尊重。

古罗夫把他的女儿送到学校以后,就往斯拉维扬斯基商场走去。他在楼下脱掉皮大衣,上了楼,轻轻地敲门。安娜·谢尔盖耶芙娜穿着他所喜爱的那件灰色连衣裙,由于旅行和等待而感到疲乏,从昨天傍晚起就在盼他了。她脸色苍白,瞧着他,没有一点笑容,他刚走进去,她就扑在他的胸脯上了。仿佛他们有两年没有见面似的,他们的接吻又久又长。

"哦,你在那边过得怎么样?"他问,"有什么新闻吗?"

"等一等,我过一会儿告诉你……我说不出话来了。"

她没法说话,因为她哭了。她转过脸去,用手绢捂住眼睛。

"好,就让她哭一场吧,我坐下来等着就是。"他想着,在一个圈椅上坐下来。

后来他摇铃,吩咐送茶来,然后他喝茶。她呢,仍旧站在那儿,脸对着窗子……她哭,是因为激动,因为凄苦地体验到他们的生活落到多么悲惨的地步;他们只能偷偷地见面,瞒住外人,像窃贼一样!难道他们的生活不是毁掉了吗?

"得了,别哭了!"他说。对他来说,事情是明显的,他们这场恋爱还不会很快就结束,不知道什么时候才会结束。安娜·谢尔盖耶芙娜越来越深地依恋他,崇拜他;如果有人对她说这场恋爱早晚一定会结束,那在她是不可想象的,而且她也不会相信。

他走到她跟前去,扶着她的肩膀,想跟她温存一下,说几句笑话,这时候他看见了他自己在镜子里的影子。

他的头发已经开始花白。他不由得感到奇怪:近几年来他变得这样苍老,这样难看了。他的手扶着的那个肩膀是温暖的,正在颤抖。他对这个生命感到怜悯,这个生命还这么温暖,这么美丽,可是大概已经临近开始凋谢、枯萎的地步,像他的生命一样了。她为什么这样爱他呢?他在女人的心目中老是跟他的本来面目不同,她们爱他并不是爱他本人,而是爱一个由她们的想象创造出来的,她们在生活里热切地寻求的人,后来她们发现自己错了,却仍旧爱他。她们跟他相好的时候,没有一个人幸福过。岁月如流,以往他认识过一些女人,跟她们相好过,分手了,然而他一次也没有爱过。把这种事情无论说成什么都可以,单单不能说是爱情。

直到现在,他的头发开始白了,他才生平第一次认真地、真正地爱上一个女人。

安娜·谢尔盖耶芙娜和他相亲相爱,像是十分贴近的亲人,像是一对夫妇,像是知心的朋友。他们觉得他们的相遇似乎是命中注定的,他们不懂为什么他已经娶了妻子,她也已经嫁了丈夫;他们仿佛是两只候鸟,一雄一雌,被人捉住,硬关在两个笼子里,分开生活似的。他们互相原谅他们过去做过的自觉羞愧的事,原谅目前所做的一切,感到他们的这种爱情把他们两个人都改变了。

以前在忧伤的时候,他总是用他想得到的任何道理来安慰自己,可现在他顾不上什么道理了,他感到深深的怜悯,一心希望自己诚恳,温柔……"别哭了,我的好人,"他说,"哭了一阵也就够了……现在让我们来谈谈,想一个什么办法吧。"

后来他们商量了很久,讲到应该怎样做才能摆脱这种必须躲藏、欺骗、分居两地、很久不能见面的处境,应该怎样做才能从这种不堪忍受的桎梏中解放出来。

"应该怎样做?应该怎样做呢?"他问,抱住头,"应该怎样做呢?"

似乎再过一会儿,答案就可以找到,到那时候,一种崭新的、美好的生活就要开始了,不过这两个人心里明白:离结束还很远很远,那最复杂、最困难的道路现在才刚刚开始。

📛 读后感

　　契诃夫,俄罗斯文坛乃至世界文坛的一位文学巨匠,"世界三大短篇小说家"之一,也是我最喜欢的一位作家。

　　看完这本书,给我印象最深的文章是《变色龙》,故事讲述了发生在街头的一件小事。首饰匠赫留金被一只小狗咬伤,警官奥楚美洛夫来处理这件事。他本来要处死小狗,但是听说小狗的主人是将军的时候却变了脸,开始指责起赫留金来。又有人说它不是将军的狗,警官再次变脸,说要严肃处理这条野狗。最后,他从将军家的厨子口中得知它是将军哥哥的狗,警官又变脸了,他开始夸奖小狗伶俐聪明……

　　在整个事件中,警官奥楚美洛夫就是一条不折不扣的"变色龙",他对着将军家的狗摇尾乞怜,尽显谄媚之态,而对平面百姓却张牙舞爪、装腔作势。小说具有着深刻的讽刺意味,反映了当时沙皇俄国社会的官场现实。

　　赶紧翻开书,去契诃夫的小说中看不一样的沙皇俄国吧!

我的读书计划

我想读的书:_____

作者:_____

读书时间:_____年___月___日

我想读的书:_____

作者:_____

读书时间:_____年___月___日

我想读的书:_____

作者:_____

读书时间:_____年___月___日

我想读的书:_____

作者:_____

读书时间:_____年___月___日